SILKE NEUMAYER ist Drehbuchautorin für Film und Fernsehen und mehrfache Bestsellerautorin. Sie mag Pasta und das Dolce Vita in Italien, und sie weiß, dass gute Freundinnen die Menschen sind, die uns lieben, obwohl sie uns sehr gut kennen. Silke Neumayer lebt alleinerziehend mit ihrer Tochter in München.

Von Silke Neumayer sind in unserem Hause
außerdem erschienen:
Schmetterlinge im Bauch sind die gefährlichsten Tiere der Welt
Das Beste an meinem Ex war ich

SILKE NEUMAYER

KEINE *Spaghetti* SIND AUCH KEINE LÖSUNG

Roman

Ullstein

Besuchen Sie uns im Internet:
www.ullstein.de

Wir verpflichten uns zu Nachhaltigkeit
· Papiere aus nachhaltiger Waldwirtschaft
und anderen kontrollierten Quellen
· ullstein.de/nachhaltigkeit

MIX
Papier
FSC FSC® C021394

Originalausgabe im Ullstein Taschenbuch
1. Auflage April 2024
2. Auflage 2024
© Ullstein Buchverlage GmbH, Berlin 2024
Wir behalten uns die Nutzung unserer Inhalte für Text und Data
Mining im Sinne von § 44b UrhG ausdrücklich vor.
Umschlaggestaltung: Sabine Kwauka, München
Titelabbildung: shutterstock / © Alex_Zakharov
(Landschaft); shutterstock / © alaver (Mohnblumen);
shutterstock / © HannaSymo (Tisch, Stühle);
shutterstock / © robuart (Tischdecke); shutterstock / © GAlexS
(Esel); shutterstock / © alaver (Autor); shutterstock / ©
Ducka_house (Spaghetti)
Gesetzt aus der Quadraat powered by pepyrus
Druck und Bindearbeiten: ScandBook, Litauen
ISBN 978-3-548-06807-7

»Tut mir wirklich furchtbar leid, Poppy, aber das nächste Woche, also den Freitagabend, also das schaff ich wirklich nicht. Ja, ja, ich weiß, der Termin steht seit einem Monat fest, und ich habe mich ja auch gefreut, euch beide zu sehen, aber … der Elternabend kam einfach so dazwischen – ich kann da nicht wegbleiben … die Zwillinge machen nächstes Jahr Abi, wie du weißt, und wenn ich da nicht hingehe zu dem wohl letzten Elternabend für die beiden überhaupt, dann verpasse ich wahrscheinlich wichtige Informationen, und Stina ist kurz davor, Mathe vollkommen in den Sand zu setzen, und bei null Punkten war es das dann mit ihrem Abi und damit mit ihrem ganzen restlichen Leben, fürchte ich …«

Mia konnte Poppys Enttäuschung über ihre Absage durch das Telefon hindurch fast körperlich spüren. Ein unangenehmes Gefühl machte sich in ihr breit. Irgendwo in ihrer Magengegend schlingerte es.

Der Elternabend war natürlich wirklich superwichtig, und Stina war ganz im Gegensatz zu ihrer Zwillingsschwester Stella tatsächlich – und zu Mias absolutem Verdruss – in Mathe eine ziemliche Null – im Grunde genommen konnte man Stellas mathematische Leistungen schon im Bereich der negativen Zahlen ansiedeln –, aber wahr war eben auch:

Der Elternabend war schon am Donnerstag. Eine Lüge war das jetzt aber trotzdem nicht gewesen, nur ein kleines Flunkern, redete sich Mia ein.

Sie hatte einfach nicht die Kraft, Poppy jetzt die Wahrheit zu sagen. Poppy würde sofort vorbeikommen, sich Sorgen machen und nach Ursachen forschen, warum Mia so müde war, so unendlich müde manchmal, dass sie noch nicht mal ihre besten Freundinnen treffen wollte. Poppy würde nicht nachlassen, bis Mia versprechen würde, irgendwelche Tinkturen, Kügelchen oder was auch immer einzuwerfen. Poppy verstand einfach nicht, wie man zu müde sein konnte, um seine besten Freundinnen zu treffen. Sie selbst war dafür nie zu müde – ganz im Gegenteil.

Mia schaltete das Telefon auf Lautsprecher, legte es auf den Küchentisch, nahm das hölzerne Spaghettimaß aus der Schublade und maß exakt die Menge für heute Mittag ab. Poppy warf die Spaghetti immer einfach so rein und schüttelte den Kopf, wenn sie sah, wie Mia selbst aus dem Kochen von Spaghetti eine Wissenschaft machte. Aber Poppy war in vielen Dingen lässig – oft zu lässig, wie Mia fand.

»... ja, du bist die Patentante von Stina«, fuhr Mia jetzt laut sprechend fort, »aber du solltest das nicht locker sehen, sondern dir auch Sorgen machen ...«

»Macht Paul sich Sorgen?«, fragte Poppy in einem ziemlich süffisanten Ton nach und traf damit direkt ins Schwarze. Poppys Missbilligung ihrem Mann gegenüber, der wirklich zu viel arbeitete und zu wenig für die Familie da war, konnte Mia förmlich durch das Telefon riechen.

Poppy hielt nicht allzu viel von Mias zugegebenermaßen

nicht ganz einfacher Ehe. Aber was wusste Poppy schon von den Spielregeln und Zugeständnissen, die für eine langjährige Ehe nötig waren? Eine langjährige Ehe mit drei Kindern – es gab nicht nur die Zwillinge, sondern auch noch Max, ihren Ältesten. Max studierte Medizin im fünften Semester und war vor einem Jahr von der Vorstadt in eine WG ins Stadtzentrum gezogen. Mia vermisste ihn jeden Tag und musste sich zurückhalten, um ihm nicht jeden zweiten Tag was zu essen vorbeizubringen. Also was wusste Poppy von ständiger Doppel- und Dreifachbelastung? Poppy, die schon stöhnte, wenn sie mal mehr als nur für ihre Katze und sich selbst zuständig war, was äußerst selten vorkam, da Poppys Beziehungen irgendwie nie allzu lange dauerten. Und ihre letzte Beziehung lag jetzt auch schon ewig zurück. Deswegen kümmerte sie sich hauptsächlich um sich selbst, ihren Job und ihre Katze, und deshalb hatte sie auch genug Zeit, um sich – gebeten oder ungebeten, aber jedenfalls manchmal etwas zu viel für Mias Geschmack – um ihre Freundinnen zu kümmern.

»Paul arbeitet viel, wie du weißt, und im Moment hat er einen großen Prozess am Laufen. Du hast bestimmt über diesen Korruptionsfall in der Zeitung gelesen. Da ist er mental beschäftigt, aber natürlich interessiert er sich auch für seine Kinder.«

»Natürlich.«

Mia warf die genau berechneten Spaghetti ins kochende Wasser. Sie waren bei ihrem späten Mittagessen zu dritt, die Zwillinge und sie. Ihr Mann Paul würde sicher erst spät am Abend heimkommen. Sie würde ihm etwas von der Bolognese übrig lassen und für ihn dann frische Nudeln dazu machen.

»Du kannst dich ja auch mit Schröder mal einfach nur zu zweit treffen.«

»Schröder kann auch nicht.«

»Schröder kann nie«, stellte Mia fest.

»Schröder kann, wenn du kannst.«

»Das stimmt so nicht. Warum kann Schröder am Freitag nicht?«, hakte Mia nach.

»Irgendein Bauprojekt ist mal wieder im Chaos versunken, und Schröder arbeitet vierundzwanzig Stunden, sonst brechen das Gerüst und die Welt zusammen«, klang es enttäuscht und leicht klagend durchs Telefon. Mia hatte das Gefühl, Poppy würde gleich anfangen zu weinen. Das war etwas, das Mia nicht wirklich ertragen konnte. Und auch nicht ertragen wollte.

»Also ich kann fast immer, nur nächste Woche Freitag nicht«, sagte sie schnell. »Wie wäre es eine Woche später?«

Mia blickte auf den Familienkalender, der mit Magneten am Kühlschrank befestigt war. Ihre Termine waren mit Rotstift eingetragen. Rot war die dominante Farbe in dem Kalender, unterbrochen von ab und an Grün für Paul, Pink für Stina und Lila für Stella. Aber eigentlich war der ganze Monat Juli rot. Rot. Rot. Rot. Und die anderen Monate auch. Nun, wenn man einen Halbtagsjob in einer Steuerberaterkanzlei, pubertierende Zwillinge, einen um die Ecke studierenden Sohn und einen Mann hatte, bestand das Leben eben aus Terminen. Das war etwas, das Poppy nicht wirklich verstehen konnte. Das Leben war nun mal kein Ponyhof.

»Ich sehe gerade, da ist ein Geschäftsessen von Paul, da muss ich mit, da geht es leider auch nicht. Freitag in drei Wochen sieht aber echt gut aus. Wie wäre es damit?«

Aus dem Telefon drang ein tiefer Seufzer.

»Gut. Freitag in drei Wochen. Dann aber bitte wirklich. Ich frage Schröder, ob sie da kann … und mach nicht wieder Sahne in die Bolognese, da gehört Milch rein und keine Sahne.« Mittlerweile klang Poppy nicht mehr ganz so enttäuscht.

»Woher weißt du, dass es Spaghetti bolognese bei mir gibt?«, fragte Mia.

»Es ist Montag. Da kochst du immer Spaghetti. Am ersten Montag des Monats Bolognese, am zweiten Carbonara, am dritten die Tonno-Soße, und am vierten gibt es Penne mit Pesto und so weiter und so fort.«

»Du bist manchmal unheimlich, Poppy, weißt du das?« Mia musste lachen, und das blöde Gefühl wegen ihrer Ausrede wurde dadurch etwas gemildert.

»Du auch.« Poppy lachte laut und herzhaft durch das Telefon, nun wieder versöhnt. »Grüß mir die Zwillinge. Ich liebe alle beide.«

»Weiß ich, und die wissen das auch«, antwortete Mia lächelnd. Sie legte auf, griff zu dem Becher mit Sahne und gab einen guten Schuss davon in die Bolognese.

Poppy hatte einfach keine Ahnung.

Das war mal wieder absolut typisch, dachte Poppy, als sie auflegte. Sie saß an ihrem übergroßen Schreibtisch, der aus einem alten abgeschliffenen und dann knallpink lackierten Türblatt auf zwei Böcken bestand, und blickte aus dem Fenster auf ihren kleinen, üppig bepflanzten Altbaubalkon. Jetzt, mitten im Sommer, war er in voller Pracht und Blüte. Poppy hatte einen grünen Daumen, und ein kleiner Garten war ihr bisher unerfüllter Traum. Dafür hatte sie einen Dschungel auf dem Balkon.

Draußen saß wieder diese Meise auf dem Geländer und blickte mit schrägem Kopf neugierig zu Poppy ins Zimmer. Theo, ihr alter schwarz-weißer Kater, der auf einem etwas abgenutzten Pouf in der Ecke Audienz hielt, blinzelte bei dem Anblick des Vogels nur träge. Er war schon viel zu lange auf der Welt, um sich der Illusion hinzugeben, dieser Vogel sei extra für ihn als Jagdbeute eingetroffen.

Poppy seufzte und blickte auf das Papierchaos vor sich. Jede Menge Entwürfe, bunte Figuren auf Papier, stapelten sich oder lagen auf dem Boden verstreut, und noch immer war nichts wirklich Gutes dabei. Und der Abgabetermin für das neue Kinderbuch war in sechs Wochen.

»Pffffff …« Poppy atmete laut und langsam aus, genauso, wie sie es in dem »Bewusster atmen, bewusster leben«-Kurs gelernt hatte, und ließ damit Luft aus ihrer Seele, die nach dem Telefonat mit Mia etwas Überdruck hatte.

Mia tat immer so wahnsinnig beschäftigt. Dabei waren die Zwillinge jetzt wirklich groß genug und mussten nicht mehr rund um die Uhr bemuttert werden. Aber ihre Freundin wollte einfach nicht loslassen. Irgendwie konnte Poppy das sogar verstehen. Mias Ehe hatte ihre Schwierigkeiten, und die Aussicht, irgendwann mit Paul ganz allein in dem Reiheneckhaus zurückzubleiben, während Max und die Zwillinge sich in der Weltgeschichte ohne ihre Mutter vergnügten, löste in Mia wahrscheinlich schwere Panikattacken aus, die sie vergeblich mit noch mehr Bemuttern in den Griff zu bekommen versuchte.

Egal. Das war gerade nicht Poppys Problem. Irgendwann würden die Zwillinge ausfliegen, egal, was Mia anstellte oder meinte. Max hatte es ja auch geschafft, sich von seinen Eltern und vor allem von seiner Mutter weg in eine WG abzusetzen.

Poppy blickte auf die Entwürfe. Der Drache war einfach nicht freundlich genug. Er musste netter aussehen, viel netter. Sein Gesichtsausdruck war viel zu schlecht gelaunt für die lustige Geschichte. So wirkte er eher, als würde er gleich jemanden mit seinem Feuer grillen. Das hatte wahrscheinlich etwas damit zu tun, wie Poppy sich gerade fühlte. Schlecht gelaunt irgendwie. Und irgendwie schaffte es ihre Laune immer wieder, sich ein klein wenig in ihre Entwürfe einzuschleichen. So entstanden leicht deprimierte Feen, frustrierte Einhörner und schlecht gelaunte Drachen. Aber Poppy konnte sich vor der Abgabe dann doch immer genügend zusammenreißen, um aus den deprimierten Feen leicht und luftig schwebende Wesen zu machen, und die Einhörner waren am Ende nicht frustriert, sondern wirklich magische Wesen, die für die Kinder eine ganz neue Welt der Fantasie herbeizauberten. Poppy war eine sehr begehrte Kinderbuchillustratorin. Jobmäßig lief es wirklich gut bei ihr, da konnte sie nicht klagen. Sie hatte zu tun, manchmal mehr, als ihr lieb war, und das war für eine Freiberuflerin in ihrem Bereich eher die Ausnahme als die Regel.

Aber das war ihr Berufsleben. Ganz anders sah es leider mit ihrem Privatleben aus.

Ach, wenn ihr Privatleben sich doch auch so schnell mal eben mit ein paar Pinselstrichen verändern ließe.

Poppy seufzte noch mal auf, während sie den Drachen schlecht gelaunt betrachtete. Mia hatte in diesem Jahr schon dreimal das Treffen der drei Freundinnen, das normalerweise regelmäßig alle sechs bis acht Wochen stattfand, abgesagt. Für Poppy waren diese Treffen wie ein Rettungsanker in einer dunkelgrünen See der Einsamkeit.

Sie hatte in früheren Jahren drei grausame Fehlgeburten gehabt und gefühlt dreißig Fehlbeziehungen. Seit mehr als vier Jahren hatte sie gar nichts mehr in ihrem Leben. Außer Amelie, Mia und Schröder, ihre immer noch besten Freundinnen, dazu Theo, den trägen Kater, und jede Menge Kurse. Volkshochschulkurse, Abendkurse, Morgenkurse – vom Töpfern übers Kochen bis hin zu Salsa. Poppy tat alles, um die Wochenenden nicht ganz allein verbringen zu müssen. Mia hatte überhaupt keine Ahnung, wie es war, wenn es in der Wohnung sehr still wurde – viel zu still für Poppys

Geschmack. Poppy liebte eigentlich pures Leben und Chaos um sich herum, das Blöde war nur, dass das Leben zumindest in dieser Hinsicht offensichtlich Poppy nicht liebte. Oder nicht genügend liebte, um ihr reichlich Chaos und knalliges Leben zu schenken. Das war frustrierend. So frustrierend, dass Poppy sich nicht nur mit Kursen zu retten versuchte, sondern auch mit Keksen. Und Kuchen. Und Pasta und Soßen und allem, was lecker und superlecker war. Das Dumme dabei war nur: once on your lips, forever on your hips. Einmal auf den Lippen – für immer auf den Hüften.

Diese Vorliebe für Trost in Form von Kalorien sah man Poppy zu ihrem eigenen Leidwesen mittlerweile an. Und dass sie jetzt auch noch mitten in den Wechseljahren war, machte die Sache nicht wirklich besser. Poppy musste einen Keks nur angucken, um am nächsten Tag ein Kilo mehr zu wiegen. Und dann noch ein Kilo am übernächsten Tag und am darauffolgenden Tag wieder ein Kilo. Einfach nur angucken reichte, Poppy würde das jederzeit unter Eid schwören – auch unter Folter. Sie hatte deutlich mehr als nur ein paar Kilo zu viel, was ihr schmerzlich bewusst war, auch wenn sie nach außen hin immer so tat, als würde sie nach dem Motto »rund, na und?« leben.

Poppy seufzte erneut auf und schob die Entwürfe zur Seite. Im Moment war ihre Stimmung nicht gut genug, um dem Drachen ein Lächeln ins Gesicht zu zaubern. Zeit für eine Kaffeepause und einen kleinen italienischen Facetime-Plausch mit Amelie, Zeit für einen Cappuccino und einen winzig kleinen Cantuccino dazu.

Amelie, die Vierte im Bunde der Freundinnen, war vor

über einem Jahr ziemlich Hals über Kopf in die Toskana ausgewandert. Sie hatte überraschend von einer Großtante ein kleines Vermögen geerbt und daraufhin beschlossen, sich einen lang gehegten Lebenstraum zu erfüllen: ein kleines Castello irgendwo in der Toskana und endlich frei als Künstlerin arbeiten. Amelie war jahrelang in der Personalabteilung eines Versicherungsunternehmens tätig gewesen und hatte schon lange vor der Erbschaft das Gefühl gehabt, langsam, aber sicher unter Exceltabellen und Akten lebendig begraben zu werden. Und da Amelie bewusst kinderlos geblieben war und nach einem viel zu früh verstorbenen Ehemann, wenn überhaupt, zu eher flüchtigen Männerbekanntschaften neigte, stand nach dem Erbe ihrem Traum vom Dolce Vita nichts mehr im Weg. Also mit fliegenden Fahnen ab in die Toskana.

Amelie war wild entschlossen gewesen, alles in Hamburg Knall auf Fall hinter sich zu lassen, und Mia, Schröder und Poppy waren von dieser schnellen Entscheidung etwas vor den Kopf gestoßen gewesen. Vor den Kopf gestoßen und vielleicht auch ein ganz klein wenig neidisch auf Amelie. Nicht zuletzt hatten die Freundinnen befürchtet, selbst auch einfach so Knall auf Fall zurückgelassen zu werden.

Mia fand es übrigens und überhaupt total verantwortungslos und hippiemäßig, einfach so einen festen Job zu kündigen. Schröder als absolute Großstadtpflanze hingegen fand, dass die Toskana zwar wunderschön sei, aber doch mehr für einen Urlaub geeignet als für den Alltag. Und Poppy fürchtete vor allem, eine ihrer Freundinnen für immer zu verlieren.

Natürlich hatten sich die vier geschworen, dass der Kontakt trotzdem nie und nimmer abreißen würde. Wozu gab es Handys, Facetime, Flüge, Autobahnen, den Brennerpass und lange Wochenenden? Früher waren sie doch auch öfter mal gemeinsam in Urlaub gefahren. Und jetzt würden sie einfach alle gemeinsam bei Amelie in der Toskana Urlaub machen. Eigentlich war das doch großartig, oder etwa nicht?

Amelie hatte in Windeseile alles verkauft, was nicht unbedingt nötig war, und war mit einem kleinen geliehenen und bis oben hin vollgepackten Van abgereist. Die drei anderen hatten ihr nachgewunken, und seitdem hatten es die vier nicht mehr geschafft, sich live zu viert zu treffen. Ab und zu, zu Geburtstagen oder Ähnlichem, machten sie gemeinsame Videocalls, und ab und zu telefonierten Mia oder Schröder auch direkt mit Amelie, der es da unten in Bella Italia wohl hervorragend ging.

Nur Poppy und Amelie hatten wirklich regelmäßig Kontakt. Mindestens zweimal in der Woche verabredeten sie sich zu einem »Facetime-Cappuccino«, ratschten und lachten wie früher, auch wenn sie ein paar Hundert Kilometer voneinander getrennt waren. Poppy hatte sogar das Gefühl, dass ihre Freundschaft mit Amelie eher intensiver geworden war, seit diese in der Toskana weilte.

Amelie schickte jede Menge Fotos, das Castello war ein Traum, ein großes Anwesen – die Erbschaft war wohl fetter als gedacht ausgefallen –, es thronte auf einem Hügel über einer Bilderbuchlandschaft. Die Italiener waren bezaubernd, das Essen der Wahnsinn, Wein gab es im Überfluss, und Amelies Bilder verkauften sich zu Poppys Verwunderung wie warme Semmeln – oder vielmehr wie diese leckeren italienischen Nugatpralinen mit dem schönen Namen »Baci« – Kuss.

Amelie hätte nicht glücklicher sein können. Nur blöd, dass die drei Amelie bisher nicht besucht hatten. Irgendwas kam immer dazwischen. Einmal hatten sie tatsächlich fahren wollen, aber kurz vorher hatte sich Stina den Arm gebrochen, weshalb Mia nicht mitkonnte, Poppy hatte einen wichtigen Auftrag reinbekommen, und Schröder hatte sowieso lieber für ein paar Tage in ein Wellnesshotel nach Portugal gewollt, um ihren Rücken in den Griff zu kriegen. Und dann, als die drei ein paar Wochen später endlich bereit für Italien gewesen waren, hatte Amelie wegen eines Treffens mit einer Galerie ausgerechnet in dieser Zeit nach Deutschland gemusst. Es war eben nicht so einfach, vier volle Terminkalender unter einen Hut zu bekommen.

Poppy wählte Amelie über Facetime an. Sie waren für heute zwar nicht fest verabredet, aber Poppy hatte Amelie schon seit über einer Woche nicht erreicht. Vielleicht würde es diesmal klappen. Normalerweise saß Amelie um diese Zeit in ihrem Atelier, das in einem Nebengebäude des Castellos untergebracht war, und malte vor sich hin. Das Handy brummte und vibrierte – aber vergeblich. Mist. Amelie ging nicht dran. Vielleicht war sie auch auf einem ihrer langen Spaziergänge unter den Zypressen der Toskana, oder sie hatte ihr Atelier direkt nach draußen in die wunderbare Natur verlegt, was sie gelegentlich tat. Nun, Poppy würde es später einfach noch mal versuchen. Sie legte auf und wählte stattdessen jetzt Schröders Nummer.

Wahrscheinlich würde Schröder sowieso nicht drangehen – mitten am Tag war sie normalerweise nicht zu sprechen. Dafür war sie viel zu beschäftigt und viel zu wichtig. Poppy war überrascht, als Schröder dann doch schon direkt nach dem ersten Klingeln abhob.

»Wo, verdammt noch mal, sind Sie?«, schnauzte Schröder zu Poppys Überraschung ohne ein Hallo und Guten Tag ins Telefon.

»Ich bin's, Poppy. Und ich bin zu Hause.«

»Ahh, du ... wieso rufst du mich an?«, herrschte Schröder sie immer noch in einem ziemlich ranzigen Ton an.

»Es geht um unser Treffen am Freitag. Wieso gehst du auch ans Telefon? Ich wollte dir auf die Mailbox sprechen.«

»Ich habe nicht aufs Display geschaut, ich dachte, du bist der Architekt, der schon vor einer Viertelstunde hier sein wollte. Was gibt's?«, fragte Schröder, nicht wirklich um einen freundlicheren Tonfall bemüht.

»Unser Treffen nächste Woche Freitag ist verschoben. Kannst du in drei Wochen?«

»Kommt Mia auch?«

»Sie hat den Termin vorgeschlagen.«

»Ich kann. Bis dann.«

Klick. Schröder hatte einfach aufgelegt. Sie war so genervt, wie nur sie genervt sein konnte.

Poppy hatte die Angewohnheit, an manchen Tagen fünfmal anzurufen. Und das ohne irgendeinen wirklich wichtigen Grund, einfach, um zu quatschen. Über den Vogel, der gerade auf dem Balkon vor Poppys Arbeitszimmer saß. Über Poppys Nachbarin, die überaus gebrechlich war, aber immer noch für Poppy Pakete bis in den dritten Stock schleppte. Über das Wetter, die nicht vorhandenen Männer in Poppys Leben (oder die vielen deutlich jüngeren Männer in Schröders Leben) oder über die Farbe Grün, die Poppy gerade als Hauptfarbe für ihr neues Kinderbuch verwendete. Poppy war einfach so. Sie mäanderte durch Gespräche, durch Tage und durch das Leben. Und trieb damit Schröder ab und an in den Wahnsinn. Schröder liebte klare und direkte Kommunikation. Von A nach B. Ohne Umwege, ohne am Zaun anzuhalten und ein paar Blümchen zu pflücken. Auch keine verbalen Blümchen. Schröder hatte noch nie Sinn für Blumen gehabt. Warum etwas teuer kaufen, was nach spätestens drei Tagen die Köpfe hängen ließ?

Poppy blickte etwas konsterniert auf den Hörer. Egal, wie lange sie Schröder schon kannte, manchmal war sie dann doch von ihrer ruppigen Art etwas irritiert.

Schröder war einfach nicht der Typ Freundin, mit dem man stundenlang am Telefon ratschen konnte. Sie wollte Fakten, kein langes Gelaber. Aber Schröder war auch eine Freundin, die, wenn es wirklich hart auf hart kam, sofort zur Stelle war. Poppy wusste: Wenn Schröder etwas in die Hand nahm, dann war es damit schon so gut wie erledigt. Bei Poppys drei Fehlgeburten hatte Schröder pragmatisch alles mit den Ärzten geregelt und ihr nach der dritten Fehlgeburt still und heimlich einen Gesprächstermin bei einer Therapeutin besorgt, den Poppy damals dankbar angenommen hatte. Wenn Schröder schon selbst nicht gern lang und ausdauernd über alles quakte, so wusste sie doch sehr genau, wann bei anderen dringender Redebedarf bestand. Poppy war sicher, wenn jemals die Welt in der nächsten Sintflut untergehen würde, hätte Schröder schon längst eine Arche für ihre Freundinnen und sich gebaut.

Poppy legte das Telefon auf den Schreibtisch und ging in die Küche, um sich einen Cappuccino zu machen, den sie jetzt eben einfach ohne Amelie trinken würde. Sie hatte für ihre sonst eher etwas bescheidenen Verhältnisse eine richtig gute, echt italienische Kaffeemaschine, und sie fand, dass sich das Teil mehr als bezahlt machte. Schließlich trank sie mehr als drei Tassen am Tag. Wer den ganzen Tag über Entwürfen brütete, brauchte guten Treibstoff.

Die Maschine brummte, und in der ganzen Küche breitete sich der Duft von frischem Kaffee aus. Theo sprang auf den Küchentresen in der Hoffnung, für ihn würde auch etwas abfallen. Poppy griff in die Dose mit den Katzenleckerlis, die direkt neben der Kaffeedose stand, und reichte ihm eins davon. Sie wurde mit Schnurren belohnt.

Plötzlich fiel Poppy siedend heiß ein, dass sie noch gar nicht nach der Post geschaut hatte. Und das mindestens schon seit drei, vier Tagen nicht mehr. Post war etwas, das Poppy in der Hauptsache mit Rechnungen verband. Fette unerwartete Summen, die von ihr gefordert wurden. Zahlbar in spätestens zwei Wochen – oder eigentlich sofort. Normalerweise war nichts, aber auch gar nichts in der Post, was Spaß machte. Und auch wenn Poppy gut im Geschäft war – Illustratorinnen verdienten nicht die Welt, und ihre Wohnung in der Innenstadt war gut gelegen und daher nicht ge-

rade billig. Poppy hasste die Post und die damit verbunde-
nen Rechnungen zutiefst, aber leider war das Nicht-Öffnen
der Briefe auch keine Lösung.

Der Cappuccino war fertig, aber er würde sowieso noch
zu heiß sein, um ihn gleich zu trinken, also blieb genug Zeit,
um sich kurz und schmerzlos den unangenehmen Dingen
des Lebens zu stellen.

Poppy schnappte sich den Haustürschlüssel und
schlüpfte in ein paar knallpinke Flipflops. Drei Stockwerke
Altbau runter zum Briefkasten und wieder hoch – damit
hätte sie dann für heute auch gleich Sport gemacht und sich
somit ein kleines Petit Four zum nächsten Espresso verdient.

Dieser bescheuerte Architekt ließ sich immer noch nicht blicken. Schröder hatte keine Ahnung, was ihn aufhielt, aber sie war schon jetzt so wütend, dass er mindestens seinen Kopf verlieren würde, sollte er endlich hier auf der Baustelle auftauchen. Wenn nicht sogar das ganze Projekt. Schröder überlegte kurz, mit welchem Trick sie den Architekten rauswerfen könnte, ohne dass der daraufhin die Firma verklagen würde.

Sie fluchte laut, deutlich und ganz sicher nicht jugendfrei vor sich hin. Keiner der Bauarbeiter, die geschäftig herumwerkelten, blickte auch nur auf. Sie waren lautes Fluchen von Schröder mehr als gewohnt und froh, wenn sie nicht das direkte Ziel der Verwünschungen waren.

Schröder stand auf der Baustelle für das neue fünfundzwanzigstöckige Bürogebäude, das ihre Firma gerade fertigstellte, und balancierte nebenher als sportlichen Ausgleich elegant mit einem Bein auf einem Stahlträger, der am Boden lag, während sie erneut vergeblich versuchte, den Architekten ans Handy zu bekommen.

Sie trug einen hervorragend sitzenden grauen Anzug, eine perfekt geschnittene weiße Bluse, trotz Baustelle weiße Sneaker (das ließ sie sich nicht nehmen, egal, durch was sie schreiten musste) und den obligatorischen Bauhelm auf dem Kopf. Sie hatte sich schon vor Jahren einen sehr praktischen Kurzhaarschnitt zugelegt, der sich mit einem Bauhelm wunderbar vertrug. Nach ein paar Jahren mit längeren Haaren und dauerzerquetschten Frisuren wegen diesem blöden Helm war Schröder schon seit Langem happy mit ihren kurzen Haaren, die ihr auch ausnehmend gut standen. Dass sie mittlerweile ziemlich grau an den Seiten war, gab der Frisur eigentlich erst den letzten Schliff. Einer der jüngeren Poliere warf einen verstohlenen Blick zu ihr rüber. Schröder bemerkte es durchaus, zog es aber vor, den dazugehörigen Mann komplett zu ignorieren. Nur weil sie ein-, zwei-, nun gut, vielleicht auch dreimal mit dem ziemlich gut aussehenden, gut gebauten und deutlich jüngeren Mann das Bett und auch die Dusche geteilt hatte, hieß das noch lange nicht, dass sie eine Beziehung hatten. Oder dass es irgendwelche emotionalen Ansprüche aufeinander gab. Spaß zu haben war der einzige Anspruch, den Schröder an Beziehungen stellte. Und diesen Spaß hatte man als Frau deutlich eher mit deutlich jüngeren Männern. Schröder hatte viel Spaß mit diesem Beziehungsmodell.

Sie hatte mit vierundzwanzig eine Tochter von einem One-Night-Stand bekommen und Sophie dann völlig allein großgezogen. Der Vater hatte nach der Zeugung weder an Schröder noch an Sophie jemals Interesse gezeigt. Schröder hatte das nicht weiter beeindruckt. Sie hatte gearbeitet wie ein Tier, um sich und ihre Tochter gut allein durchzubringen. Sophie hatte in ihrem Leben mehr Babysitter und Hortplätze besucht, als andere Kinder Kuscheltiere besaßen, und sie war von Schröder verdammt früh in einem Internat untergebracht worden. Abgeschoben, fand Sophie. Gut aufgehoben, fand Schröder. Die beiden hatten deshalb ein eher unterkühltes Verhältnis.

Schröder hatte nach alldem für den Rest ihres Lebens jedenfalls keinerlei Bedarf mehr an einer festen Beziehung mit einem Mann.

Sie spürte immer noch den begehrlichen Blick des jungen Poliers auf sich. Das war wunderbar – warum um alles in der Welt sollte sie so etwas gegen eine langweilige Beziehung austauschen, in der man sich schon am Morgen über die Zahnpastatube stritt?

Poppy öffnete ihren Briefkasten, der vor Prospekten und Rechnungen geradezu überquoll. Wenn sie ehrlich zu sich selbst war, hatte sie das Teil wahrscheinlich schon seit über einer Woche mit der gebührenden Verachtung einer Kreativen für Zahlen bestraft. Wie Mia Zahlen so lieben konnte, würde Poppy immer ein Rätsel bleiben.

Sie nahm alle Briefe und Umschläge in die Hand und machte sich langsam an den Aufstieg zurück in den dritten Stock. Wenn man etwas füllig war, war man einfach nicht mehr so leichtfüßig unterwegs, und Poppy kam der dritte Stock manchmal vor wie der Mount Everest. Sie hoffte und betete regelmäßig, dass die Hausverwaltung endlich irgendwann den schon lange versprochenen Aufzug einbauen würde.

Während sie langsam und gemächlich nach oben ging, sortierte sie schon mal die Post vor. Eine Rechnung vom Steuerberater, die war sicher nicht billig, eine Mahnung von den Stadtwerken. Mist, Poppy hätte den Dauerauftrag ändern müssen, das hatte sie wirklich vergessen. Und dann war da ein seltsamer Brief aus Italien. Das konnte nur etwas von Amelie sein. Neugierig öffnete Poppy, die schon fast im zweiten Stock angekommen war, den Brief. Sie überflog den Inhalt. Ihr Italienisch war nicht besonders gut, aber sie hatte immerhin schon mehrere VHS-Kurse »parlare italiano« besucht.

Der Inhalt des Briefs erschloss sich ihr erst vage und dann konkret. Poppy ging vor der ersten Stufe, die in den dritten Stock führte, in die Knie. Sie hielt den Brief in ihren zitternden Händen und brach hemmungslos in Tränen aus. Nein, das waren nicht nur Tränen, das war ein Sturzbach. Poppy krümmte sich zusammen, hier, mitten im Treppenhaus, den Brief immer noch in der Hand.

Sie lag auf dem Boden, die Buchstaben verschwammen, das Schreiben glitt langsam aus ihrer Hand. Poppy schluchzte herzzerreißend auf. Sie hatte das Gefühl, das Treppenhaus, nein, die ganze Welt schaukelte plötzlich wild wie auf hoher See. Ein Sturm war ausgebrochen. Ein Orkan, ein Taifun. Sie brauchte eine Arche.

Poppy griff nach dem Handy in der Tasche ihrer Jogginghose.

SOS.

»Na endlich, ich war schon dabei, mir zu überlegen, Ihnen nie wieder einen Auftrag zukommen zu lassen und den jetzigen fristlos zu kündigen«, knurrte Schröder ins Telefon, während sie jetzt mit dem anderen Fuß auf dem Stahlträger balancierte.

Als Antwort hörte Schröder nur ein herzzerreißendes Schluchzen. Für einen Augenblick dachte sie, sie hätte tatsächlich den Architekten dran und hätte sich mit ihrer Drohung etwas zu weit aus dem Fenster gelehnt. Dann wurde ihr klar, dass da Poppy am anderen Ende war. Eine völlig aufgelöste Poppy, die hemmungslos weinte.

»Was ist los? Beruhige dich bitte, und sag mir, was los ist!«

Als Antwort kam weiterhin nur Schluchzen. Einen Moment musste Schröder nachrechnen. Also, Poppy war jetzt wirklich in den Wechseljahren. Das konnte nun keine Fehlgeburt mehr sein. Aber sicher war es etwas Schlimmes. Poppy war zwar gern eine Dramaqueen, aber das hier war keins der üblichen leichten Dramen, die Poppy so liebte und in die sie sich gern reinsteigerte, das hier, das war echt und klang nicht gut. Gar nicht gut.

»Poppy, bitte, einatmen, ausatmen. Wie in deinem Kurs.

Versuche, dich zu beruhigen. Sag mir, was passiert ist. Wir kriegen das wieder hin, versprochen.«

»Amelie ...« Poppy schluchzte erneut auf, und für einen Moment beruhigte sie sich tatsächlich. Sie holte tief Luft. Einatmen. Ausatmen. Und jeweils bis drei zählen. »Amelie ist tot«, sagte Poppy tonlos. »Wohl seit über einer Woche. Ich habe ein Schreiben von ihrem italienischen Anwalt bekommen. Es war ein Aneurysma im Kopf. Sie ist beim Spazierengehen einfach umgekippt. Ich versteh das gar nicht, ich hab doch noch vor Kurzem mit ihr telefoniert!«

»Das ist nicht wahr.« Schröder fühlte sich plötzlich seltsam, wie in einer Seifenblase. Allerdings ohne das Schillern.

»Sie hat uns das Castello vererbt. Wir müssen sie beerdigen. Sie hat ja sonst niemanden«, sagte Poppy, die zu ihrem eigenen Erstaunen plötzlich völlig ruhig war. Sie bemerkte außerdem, wie unbequem und kalt es hier auf dem Boden des Treppenhauses war. Seltsam, an was man alles dachte, während die Welt um einen herum einfach unterging.

»Beerdigen?«, echote Schröder. Sie knickte mit ihrem Fuß um, stolperte und fiel fast vom Stahlträger. Sie fing sich gerade noch, ließ sich dann aber trotzdem langsam in ihrem schicken Hosenanzug auf den wirklich schmutzigen Boden der Baustelle sinken. Zu ihrer eigenen Verblüffung bemerkte sie, wie etwas Feuchtes, Warmes langsam ihre Wangen herunterlief, während Poppy weitere Details des Briefes aus Italien grob übersetzte.

Die Bauarbeiter blickten verwundert auf Schröder, der das gerade herzlich egal war. Der Polier wollte schon zu ihr gehen, nur ein scharfer Blick von Schröder hielt ihn davon ab.

Schröder saß auf dem Boden im vierzehnten Stock einer unfertigen Baustelle. Und Amelie war tot.

Das konnte nicht wahr sein.

Das durfte nicht wahr sein.

Das war ganz sicher nicht wahr.

Amelie war tot.

»Du hast ihn beinahe umgebracht!«, schrie Poppy gegen den Fahrtwind an.

»Aber leider nur fast. Und der Idiot wäre selbst schuld dran gewesen.« Schröder war in ihrem Element, sie schnitt einen Fahrradfahrer und zeigte ihm deutlich den Vogel. So was machte ihr Spaß, normalerweise. So viel, dass sie deswegen schon öfter Punkte in Flensburg gesammelt hatte. Jetzt aber stellte Schröder fest, dass sie einfach nur wirklich genervt war. Genervt von dem Berufsverkehr in der Früh, genervt von dem belanglosen Geplapper aus dem Radio und genervt von der ganzen Welt.

Schröder machte das Radio aus, drückte aufs Gas und fuhr in der Tempo-30-Zone mindestens sechzig. Scheiß auf den Führerschein. Scheiß auf die Welt. Scheiß auf alles.

Poppy saß auf der Rückbank von Schröders schickem Cabrio und hielt mit der einen Hand die Sonnenbrille und mit der anderen Hand ihr Kopftuch fest. Schröder ging jede Wette ein, dass Poppy während der ganzen Fahrt alle fünf Minuten würde pinkeln müssen, und wahrscheinlich würde es ihr permanent schlecht werden. Poppy war einfach ein Sensibelchen, und auch die fette Sonnenbrille, mit der sie irgendwie aussah wie eine modisch verwirrte Stubenfliege, konnte ihre Tränen nicht verbergen. Die kullerten ihr wohl seit drei Tagen einfach aus den Augen raus. Ein nicht zu stoppender Fluss der Traurigkeit.

Schröder schaltete einen Gang runter. Sie war auch traurig. Klar war sie traurig, aber das war ja wohl kein Grund zum Weinen! Zugegeben, sie hatte erstaunlicherweise selbst geweint, als sie die Nachricht von Amelies Tod erhalten hatte, aber sie hatte sich auch schnell wieder in den Griff bekommen. Tränen nützten nichts, sie waren vollkommen überflüssig und lösten sowieso nie ein Problem. Und bei Amelie gab es ja auch eigentlich kein Problem mehr zu lösen. Es gab nur noch Dinge abzuwickeln.

Sie würde mit Poppy und Mia nach Italien runterbrausen, das Castello so schnell wie möglich verkaufen, die Beerdigung organisieren, und sie würde so schnell wie möglich wieder zurück nach Hamburg fahren. Dass Amelie ausgerechnet jetzt gestorben war, war blöd. Aber wahrscheinlich hatte sie sich den Zeitpunkt ihres Todes nicht wirklich aussuchen können. Schröder bemerkte selbst, wie bescheuert dieser Gedanke von ihr war. Unangemessen in jedem Fall. Und absolut selbstsüchtig. Verdammt, aber sie war mitten in der Fertigstellung dieses verdammten Bürogebäudes, und der Architekt war ein Idiot. Dass sie sich ein paar Tage freinehmen konnte und ihre gesamten Projekte über die ganze Firma verteilt hatte, war sowieso schon ein Wunder. Aber egal. Sie konnte Poppy und Mia einfach nicht allein nach Italien fahren lassen. Die beiden waren von so was sicher völlig überfordert. Und irgendwie war sie es Amelie schuldig, sich um alles zu kümmern. Sie hatte die Freundschaft zu Amelie in den letzten Monaten etwas aus den Augen verloren, und das nagte jetzt an ihr.

Schröder bog in die kleine Seitenstraße ab, in der Mia mit ihrer Familie in einem Reiheneckhaus wohnte, und parkte das Cabrio mit Schwung in der Garageneinfahrt. Sie würden nur schnell Mia einladen und dann weiterfahren. Bis in die Toskana war es noch weit, und Schröder hoffte, vor Einbruch der Dunkelheit dort anzukommen. Seit sie über fünfzig war, konnte sie nachts nicht mehr so gut sehen. Das war beim Autofahren auf langen Strecken wirklich gemein.

Mia hatte sie schon erwartet. Sie stand in der offenen Haustür, umrahmt von den Zwillingen, vor sich einen riesigen Koffer. Schröder seufzte auf – wie sollten sie dieses Ding in den Kofferraum bekommen? Mia nahm bei Reisen immer den ganzen Hausstand mit. Das war schon immer so gewesen. Madame Übervorsichtig. Dafür hatte Mia damals bei dem gemeinsamen Urlaub vor über zehn Jahren in Kroatien, als so ziemlich alles schiefgegangen war, was nur schiefgehen konnte, und sie überraschend eine Nacht im Freien am Strand verbringen mussten, eine Plane, eine Taschenlampe, eine Angelschnur und einen Korkenzieher dabeigehabt, was ihnen letztendlich die erste Urlaubsnacht gerettet hatte. Manchmal machte sich Vorsicht bezahlt, aber eben nur manchmal, dachte Schröder mit einem erneuten Blick auf das Kofferungetüm.

Poppy stieg aus und begrüßte mit Überschwang die beiden Mädchen. »Seid ihr noch größer geworden? Und noch hübscher!« Poppy wurde gedrückt und geherzt. Sie war die absolute Lieblingstante der beiden. Kein Wunder, sie hatte die zwei quasi adoptiert, als Ersatz für ihre eigenen verlorenen Kinder, und Mia war oft sehr erleichtert gewesen, dass Poppy ihr mit den Zwillingen zur Hand ging.

Schröder ging zu Mia hin und drückte sie kurz.

»Guten Morgen, meine Liebe, alles bereit?«, fragte sie mit einem weiteren Blick auf den Koffer.

Mia nickte, und Schröder sah sie prüfend an. Mias Augen waren leicht gerötet. Wahrscheinlich hatte sie auch bis gerade eben geweint.

»Ja. Ich denke, ich habe alles.« Mia zögerte und blickte etwas unsicher zurück ins Haus.

»Ich denke auch, dass du alles hast. Lass uns losfahren, ich will vor der Dunkelheit dort unten ankommen.«

Mia nickte, nahm ihre Handtasche und drehte sich zu den Zwillingen um.

»Euer Vater ist heute Abend spätestens um acht zu Hause. Und auch sonst wird er abends hier sein. Das hat er mir versprochen. Essen für die nächsten Tage ist im Kühlschrank. Ich habe ein paar Plastikdosen beschriftet. Das meiste müsst ihr nur warm machen. Die Nummern vom Pizzadienst und vom Thai kleben am Kühlschrank, die Putzfrau kommt übermorgen. Und versprecht mir, keinen Unsinn zu machen, während ich nicht da bin. Damit meine ich: keine Party. Kein Alkohol. Kein Garnichts. Und auf gar keinen Fall übernachten hier irgendwelche Jungs – auch nicht unten im Hobbyraum. Dass das klar ist!«

Mia blickte ihre beiden Töchter so streng an, wie sie es eben vermochte. Sie bemerkte ein gefährliches Glitzern in den Augen von Stina, der Wilderen von den beiden, und vermutete, dass die beiden schon einiges an Partys geplant hatten, während sie in Italien war. Sturmfrei hatten die zwei nicht oft mit einer Mutter, die gern zu Hause gluckte.

»Alles klar, Mama, mach dir keine Sorgen, wir kriegen das hier hin. Wir sind ja keine Babys mehr«, sagte Stella und blickte ihre Mutter unschuldig mit den Wimpern klimpernd wie Bambi an. Ein Täuschungsmanöver, da war sich Mia sicher, aber was sollte sie machen? Sie konnte Schröder und Poppy nicht allein nach Italien fahren lassen. Das würde nie im Leben gut gehen. Die beiden würden sich wegen allem streiten, und außerdem war sie es Amelie irgendwie schuldig.

Mia nahm ihre beiden Mädchen fest in den Arm und drückte sie, während sie heimlich versuchte, noch etwas von dem Duft ihrer Töchter in ihre Nase zu bekommen, um diesen wunderbaren Geruch für die nächsten Tage mitzunehmen. Sie vermisste die beiden jetzt schon. Mia drückte sie noch fester.

»Willst du doch lieber hierbleiben? Amelie ist ja schon tot. Der macht es jetzt sicher nichts mehr aus, wenn du doch nicht mitkommst«, sagte Schröder und schaute Mia, die immer noch die Zwillinge umklammert hielt, herausfordernd an.

Mia warf ihr einen bösen Blick zu. Manchmal fand sie Schröders Direktheit erfrischend, aber das jetzt fand sie einfach nur geschmacklos.

»Amelie war auch meine Freundin. Natürlich fahre ich mit. Wie kannst du auch nur daran zweifeln?«, erwiderte Mia bestimmt, ließ die sichtlich erleichterten Zwillinge endlich los und zerrte ihren viel zu schweren Koffer in Richtung Cabrio.

Schröder nickte und quetschte Mias Koffer achtlos in den bereits vollgestopften Kofferraum.

Mia drehte sich noch mal zu den Zwillingen um, die mit roten Wangen an der Haustür auf die Abfahrt ihrer Mutter warteten. Die erkennbare Freude der beiden Mädchen stand im krassen Gegensatz zur Stimmung der drei Frauen.

Wann genau war das eigentlich passiert?, fragte Mia sich im Stillen. Gestern erst hätten die beiden keine vierundzwanzig Stunden ohne ihre Mutter überlebt (und ihre Mutter nicht ohne sie), und jetzt waren die zwei siebzehn und ganz offensichtlich sehr erpicht darauf, sie eine Zeit lang loszuwerden.

Mia seufzte innerlich auf. Sie wollte nicht, dass ihre Freundinnen bemerkten, wie schwer ihr der Abschied von ihrer Familie fiel. Max, ihr ältester Sohn, war bereits vor anderthalb Jahren ausgezogen, und Mia hatte sich von diesem Verlust bis heute nicht erholt, obwohl Max nur fünf Komma acht Kilometer weit weg von der Vorstadt in die Innenstadt von Hamburg gezogen war. Von Max hatte Mia sich schon gestern bei einem Familienabendessen, das sie anlässlich ihrer Reise einberufen hatte, verabschiedet. Max kam immer wieder in unregelmäßigen Abständen vorbei, Mia gab ihm dann Essen für die ganze WG mit. Sie hatte den leisen Verdacht, dass diese Besuche von Max mehr mit den Essensrationen zu tun hatten als mit der Sehnsucht, Zeit mit seiner Familie oder mit seiner Mutter zu verbringen. Aber sei es drum. Solange sie dafür ihren Sohn sehen konnte, würde sie eine ganze Kompanie beköstigen.

»Und ihr macht wirklich keinen Unsinn!«, rief Mia den Mädchen noch ein letztes Mal zu, während Schröder den Motor startete. »Euer Vater hat mir versprochen, auf euch aufzupassen.«

»Das wird er!«, rief Stina zurück und warf ihre Mutter noch eine Kusshand zu.

Das wird er nicht, dachte sich Mia im Geheimen. Paul war als Familienvater wunderbar, solange er nicht wirklich für etwas Verantwortung übernehmen musste. Er war großartig im Blödsinn-Machen, darin, mit den Kindern zum Fußball und zur Kletterwand zu gehen, Spielabende zu organisieren und alle zum Lachen zu bringen, und Mia bewunderte ihn dafür, auch wenn es sie manchmal ärgerte, dass sie in der Familie immer den Bad Cop spielen musste. Aber irgendjemand musste ja vernünftig sein. Das Leben war nun mal kein Ponyhof. Und Paul war schon immer ein Luftikus gewesen. Zumindest in seinem Privatleben. In seinem Job war Paul das genaue Gegenteil – ein seriöser Anwalt. Er behauptete immer, sein Beruf sei so ernst, da müsse er im Privatleben besonders viel Spaß haben. Vielleicht hatte sie sich deswegen damals in ihn verliebt. Sie war so jung gewesen, dass sie die Kehrseite dieser Medaille erst viel später wahrgenommen hatte. Erst als Max auf die Welt gekommen war, war Mia mit ganzer Wucht klar geworden, dass Spaß haben allein nicht ausreichen würde, um ein Kind großzuziehen.

Mia wischte die Gedanken beiseite wie Spinnweben, die auf dem Dachboden über verstaubten Kisten mit alten Erinnerungen klebten. Es war ja bisher immer alles gut gegangen. Mit ihren Kindern und mit ihrer Ehe. In jedem Fall besser, als es Amelie ergangen war.

Mia durchfuhr ein Stich bei dem Gedanken an Amelie. Irgendwie konnte sie immer noch nicht begreifen, dass Amelie tot war. Sie war einfach nicht mehr hier. Hoffentlich war sie irgendwo anders, aber wer wusste das schon? Mia war zwar immer noch katholisch, aber je älter sie wurde, desto mehr misstraute sie dem Ganzen. Was war, wenn danach gar nichts mehr kam? Darüber wollte sie lieber nicht weiter nachdenken.

Schröder wendete den Wagen mit Schwung und fuhr los. Mia und Poppy winkten den Zwillingen noch lange – auch als die beiden schon längst wieder kichernd im Haus verschwunden waren.

»Ich muss mal für kleine Königstigerinnen.«

Schröder war kurz davor, einfach ins Lenkrad zu beißen. Nur die hier verbotenen hundertachtzig Stundenkilometer, mit denen sie gerade einen italienischen Laster überholte, hielten sie davon ab, es zu machen. Das war jetzt das fünfte Mal seit Hamburg, dass Schröder wegen Poppy auf einem Rastplatz halten musste. Sie waren erst kurz hinter dem Brenner. So würden sie nie in der Toskana ankommen. Und dann immer dieses blöde »Königstigerinnen«! Mein Gott, konnte Poppy nicht einfach mal wie eine erwachsene Frau reden? Oder einfach mal eine erwachsene Frau sein?, dachte Schröder und tadelte sich gleich darauf für diesen gemeinen Gedanken ihrer Freundin gegenüber. Sie zwang sich zu innerer Ruhe und drückte das Gaspedal durch.

»Du musst noch etwas warten«, sagte sie zu Poppy. »In zweiunddreißig Kilometern kommt der nächste Rastplatz. Und vielleicht trinkst du nicht jedes Mal einen Espresso UND ein Wasser. Das treibt.«

»Ich brauche den Kaffee, um wach zu bleiben. Ich habe die letzten Nächte nicht viel geschlafen – warum, kannst du dir sicher denken. Und im Auto kann ich einfach nicht gut schlafen, da wird mir sonst schlecht. Und das Wasser brauche ich, um nachzufüllen, da ich die ganze Zeit weinen muss«, erklärte Poppy entschuldigend.

Schröder nahm den Fuß etwas vom Gas, weil sie bemerkte, dass Mia sich auf dem Beifahrersitz festkrallte und besorgt zur Tachonadel rüberschielte. Mein Gott, sie fuhr schnell, das ja, aber sie fuhr absolut sicher. Mia hatte eine kurze Strecke der Fahrt in Deutschland übernommen und war mit neunzig Stundenkilometern über die Autobahn gekrochen. Jede Schnecke hatte sie überholt, Laster, Autos mit Wohnwagen dran. Es war regelrecht peinlich gewesen. Schröder hatte das nicht sehr lange ausgehalten. Ihr wunderschönes knallrotes Cabrio war für Besseres geboren. Und Poppy ließ man besser überhaupt nicht ans Steuer, sie besaß seit Jahren kein eigenes Auto mehr und war schlimmer als ein Führerscheinanfänger. Schröder fuhr kurz auf die rechte Spur.

»Ich bin im Übrigen sehr gespannt, was der Verkauf dieses Hauses, dieses Castellos da unten, bringen wird«, meinte sie zu ihren Freundinnen. »Also nicht, dass ich das Geld brauchen würde, aber ich habe gehört, die Immobilienpreise in der Toskana sind gerade etwas eingebrochen.«

»Wieso redest du von Verkauf? Wie kommst du darauf? Du hast das Castello ja noch gar nicht richtig gesehen. Es ist wirklich wunderhübsch. So was verkauft man doch nicht«, sagte Poppy angriffslustig von hinten.

Schröder wandte sich auf der Suche nach einer Verbündeten an Mia. Was um alles in der Welt sollten sie mit einem Castello in Italien? Egal, wie hübsch das Ding auch sein mochte: die Nebenkosten, die Reparaturen, die Instandhaltung, der sicher kommende Wasserschaden oder der Sturm, der die Dachziegel davonwehte ... vor Schröders Bauingenieursaugen ratterten nur Probleme und rote Zahlen, wenn sie an das Haus da unten dachte.

»Was denkst du, Mia? Wir haben das Teil ja nun zu dritt geerbt und müssen uns da einig werden. Wir wollen doch nicht Jahre über ein altes Gemäuer diskutieren.«

»Mir ist alles egal. Verkaufen oder nicht. Aber anschauen sollte man es sich vorher doch in jedem Fall erst mal, und ich finde es geschmacklos, dass du über Geld sprichst, während Amelie noch nicht mal unter der Erde ist«, murmelte Mia.

»Amelie wird sowieso nie unter der Erde sein. Sie wollte eine Feuerbestattung, und wir können uns dann überlegen, was wir mit der Urne und alldem machen. Ich würde sie übrigens über die Toskana verteilen – das hätte ihr sicher gefallen. Und ob ich darüber rede oder nicht – ihr dürfte es gerade ziemlich egal sein, schätze ich.«

»Aber mir ist es nicht egal«, kam es streitlustig von Poppy hinten auf der Rückbank. »Amelie war meine Freundin. Und eure auch, wenn ich euch daran erinnern darf. Sie hat das Castello geliebt. Es war ihr wahr gewordener Traum. Den kann man nicht einfach so verkaufen. Das ist gefühlskalt. Total. Dem werde ich nie und nimmer zustimmen.« Sie rückte zur Bekräftigung ihre Sonnenbrille zurecht und blickte demonstrativ aus dem Fenster.

Schröder seufzte auf. Aber sie wusste, wann es besser war, einfach mal nichts mehr zu sagen.

»Gut. Lasst uns das die nächsten Tage besprechen. Vielleicht können wir es ja auch vermieten. Eins nach dem anderen. Jetzt müssen wir erst mal unten ankommen. Noch achtzehn Kilometer bis zum nächsten Espresso«, versuchte sie, die Stimmung etwas zu heben.

Aber Poppy starrte weiter aus dem Fenster. Schröder konnte im Rückspiegel erkennen, dass wieder Tränen unter der Sonnenbrille hervorperlten. Und Mia krallte sich einfach weiter blass und stumm am Beifahrersitz fest.

Wow. Die nächsten Tage würden ja heiter werden, und das nicht nur wegen der bevorstehenden Beerdigung von Amelie, dachte Schröder und gab wieder Gas.

»Dreiundfünfzig. Das war die dreiundfünfzigste Kurve. Mir ist speiübel. Wieso sind hier so viele Kurven?«, jammerte Poppy von der Rückbank aus. Sie war regelrecht grün im Gesicht, ihr ging es wirklich schlecht. Sie hatte ganz vergessen, wie sehr sie lange Autofahrten und wie sehr ihr Magen Kurven hasste. Ihr war seit über fünfzig Kilometern übel, und es wurde immer schlimmer.

»Wir sind in der Toskana, da sind die Straßen nun mal so, wie du weißt. Du bist ja nicht das erste Mal hier. Ich kann die Straße nicht gerade biegen, aber wenn ich es könnte, würde ich es selbstverständlich für dich tun«, sagte Schröder triefend vor Ironie.

»Ich glaub, ich muss mich gleich übergeben«, stöhnte Poppy.

»Aber auf keinen Fall auf meine Ledersitze, bitte nicht! Sag rechtzeitig Bescheid, dann fahre ich rechts ran. Und versuch bloß nicht, einfach so aus dem fahrenden Auto zu spucken, das wird nicht gut gehen.«

Mia reichte Poppy ein Wasser nach hinten und versuchte, sie zu trösten. »Wir sind sicher gleich da. Das GPS sagt, noch fünf Minuten.«

Poppy nahm einen Schluck Wasser und schöpfte leise Hoffnung auf ein baldiges Ende dieser Tortur. Sie blickte in die wunderschöne italienische Landschaft um sich herum. Die sanften Hügel der Toskana wellten sich bis zum Horizont wie ein Meer voller Licht und Farben. Die meisten Felder waren goldgelb und schon abgeerntet, dazwischen war immer wieder das helle Grün der Weinberge zu sehen und das dunkle, kräftige Grün der Zypressen, die ihre Finger wie Ausrufezeichen in den vollkommen blauen Himmel streckten. Seit sie die Autostrada verlassen hatten, hatte Schröder das Verdeck des Cabrios wieder runtergefahren, und es duftete nach Rosmarin, nach Thymian, nach Italien. Die Sonne stand schon ziemlich schräg und streichelte alles mit goldgelben Strahlen.

Es war wundervoll hier, es gab kaum ein schöneres Land. Bella Italia. Und keines, das mehr »dolce vita«, das süße Leben, versprach und dieses Versprechen auch halten konnte. Poppy liebte Italien über alles, und wenn es ihr nicht so übel und der ganze Anlass nicht so traurig gewesen wäre, dann hätte sie jetzt jubiliert, weil sie endlich, endlich wieder in ihrem Lieblingsland war.

»Das hier kommt mir auch irgendwie bekannt vor.« Poppy blickte nach vorne, in Fahrtrichtung, das war sowieso besser für ihre Übelkeit. »Amelie hat mir immer jede Menge Bilder von ihren Spaziergängen geschickt. Da, diese fünf großen Zypressen auf dem Hügel. Die erkenne ich wieder.«

»Hier gibt es jede Menge Hügel mit jeder Menge Zypressen obendrauf«, sagte Schröder, schnitt die nächste Kurve und stieß fast mit einem alten roten Traktor zusammen. Schröder hupte, und der Fahrer des Traktors fluchte wunderschön auf Italienisch zurück. In Mias Ohren klang es wie eine Opernarie. Ach, Italien, wie sehr hatte sie das vermisst! Wie lange war sie eigentlich nicht mehr hier gewesen? Es war ewig her, in jedem Fall viel zu lange. Die letzten Urlaube waren immer mit der Familie gewesen, und das bedeutete für Mia letztendlich mehr Stress als Urlaub. Paul wollte sowieso immer nur in die Berge, denn angeblich konnte er sich nur dort wirklich von seinem anstrengenden Job erholen. Und so mieteten sie meistens eine Hütte in den Bergen, und Mia kochte, putzte und versorgte alle – genau so, wie sie es in Hamburg immer tat.

»Ich sehe nichts, was auf einem Hügel liegt und wie ein Herrenhaus aussieht«, meinte Mia mit gerunzelter Stirn.

»Doch, hier irgendwo muss es sein.«

»Also, laut GPS sind wir tatsächlich quasi da«, sagte Schröder und fuhr schnittig durch die vierundfünfzigste Kurve.

Und plötzlich lag es vor ihnen, wie ein Wunder, wie eine Fata Morgana der Toskana.

Vor ihnen schlängelte sich eine jetzt nur noch leicht gewundene Straße sanft einen Hügel hoch, wie überall von Zypressen gesäumt, und oben stand ein in toskanischem *rosso* gehaltenes Herrenhaus mit einem kleinen Türmchen an der Seite, das jetzt, wo die Sonne schon sehr tief stand, in den herrlichsten Umbratönen leuchtete.

Sogar Schröder blieb die Spucke weg. Sie fuhr kurz rechts ran. Hier hatte Amelie gelebt? Verdammt noch mal, warum waren sie nicht früher alle zusammen hierhergefahren? Wie blöd waren sie gewesen? Schröder hatte zwar Fotos gesehen, aber immer nur flüchtig draufgeschaut. Irgendwie war sie zu beschäftigt mit ihren eigenen Realitäten gewesen, um sich mit Amelies Träumen zu befassen.

»Das ist es! Das ist das Haus von Amelie! Wir sind da!« Poppy jubelte jetzt tatsächlich.

»Unglaublich. Hier hat Amelie wirklich gewohnt?« Mia war verblüfft. So hatte sie sich das nicht vorgestellt. Das war viel schöner als auf den Fotos, die sie ab und zu von Amelie in der Freundinnen-Whatsapp-Gruppe bekommen hatten.

»Verdammt noch mal, warum waren wir nicht früher hier, als Amelie noch gelebt hat?«, entfuhr es Schröder.

»Ja, warum nicht?«, fragte Poppy. Für einen Moment herrschte zwischen den drei Frauen Schweigen, und jede hing ihren eigenen Gedanken und Erinnerungen an Amelie nach.

Ja, wieso eigentlich hatten sie Amelie nicht früher besucht? Zu diesem Thema hatte jede der drei Frauen eine ganz eigene Antwort.

»Lasst uns hochfahren«, sagte Schröder schließlich. Sie sehnte sich nach einem guten Schluck Wein, und sie sehnte sich danach, dieses Gefühl von Trauer und irgendwie auch von Versagen loszuwerden, das sich gerade drückend in ihrer Brust festsetzen wollte.

»Lass mich die letzten Meter fahren. Bitte«, sagte Mia zu Schröders Überraschung. Schröder blickte Mia verblüfft an und überreichte ihr dann wortlos die Autoschlüssel.

Die beiden wechselten die Plätze, und Mia fuhr den Wagen langsam, fast andächtig, den Hügel hoch bis direkt vor das Haus, das im goldenen Abendlicht auf sie wartete.

»Hier liegt kein Schlüssel.« Schröder hatte die Matte vor der Tür hochgehoben und schüttelte sie ausgiebig, so als könnte aus ihr tatsächlich doch noch ein Haustürschlüssel herausfallen. »Das ist ja blöd. Der Anwalt hat mir gesagt, er würde uns den Schlüssel unter die Matte legen, da ja nicht klar war, wann wir hier ankommen würden. Aber vielleicht habe ich ihn auch falsch verstanden oder er mich. Sein Englisch war nicht so besonders, aber immer noch besser als mein Italienisch.« Sie tastete sogar den Türstock ab und hob neben der Tür ein paar Steine hoch. Von einem Schlüssel war nichts zu sehen.

Mia seufzte auf und trat ungeduldig wie ein kleines Zirkuspony von einem Fuß auf den anderen. »Ich muss superdringend Pipi. Wenn wir nicht reinkönnen, pinkle ich jetzt einfach hinter den nächsten Rosmarinstrauch. Ich hoffe, du hast die Adresse des Anwalts und seine Telefonnummer?«

»Habe ich.« Schröder nickte. »Aber der ist sicher erst morgen wieder zu erreichen. Es ist fast acht Uhr. Verdammt, warum sind Italiener immer so charmant unzuverlässig?« Sie blickte ratlos auf die verschlossene Tür.

Poppy stand immer noch wie angewurzelt beim Cabrio und blickte auf das Haus. Irgendwie traute sie sich nicht näher heran. So oft hatte sie dieses Haus auf dem Handy in

Deutschland gesehen, und jetzt, wo sie hier war, erschien ihr das alles völlig surreal. Das Haus war wohlproportioniert und wahrscheinlich ein altes Gutshaus. Es war symmetrisch gebaut mit zwei Flügeln, und am rechten Flügel hatte irgendwann einer der Besitzer einen kleinen Turm angebaut. Daher kam wohl der Name Castello – »Schloss«. Es war natürlich kein wirkliches Schlösschen, aber es hatte durchaus etwas Märchenhaftes, wie es hier von wildem Wein umrankt auf dem Hügel stand. Hier konnten sicher Wünsche wahr werden. Irgendwie hoffte Poppy, dass Amelie gleich zur Tür herauskommen würde, um sie zu begrüßen. Wenn sie ganz fest die Augen schloss und sich in den Arm zwickte, würde sich das alles vielleicht als ein Albtraum herausstellen, und in Wirklichkeit wäre Amelie am Leben, und sie würden hier gleich zu viert Spaghetti Carbonara kochen und viel zu viel Wein trinken und sich alte und neue Geschichten erzählen.

Mia spannte ihren Beckenboden an. So etwas Blödes aber auch. Sie hasste es, im Freien zu pinkeln. Sie war doch kein Tier! Sie ging einen Schritt nach vorne, drückte gegen die Tür – und wie durch ein Wunder schwang die alte zweiflügelige Holztür tatsächlich einfach so auf.

Mia war völlig verblüfft von ihrem Zaubertrick.

»Na bitte, geht doch. Ich hätte jetzt echt keine Lust gehabt, hier noch stundenlang nach einem Hotel oder einem Agriturismo zu suchen«, sagte Schröder entzückt und ging an Mia vorbei ins Haus.

Die offene Tür weckte auch Poppy aus ihren Träumen. Amelie war tot, und nichts auf dieser Welt würde etwas daran ändern.

Poppy folgte Mia und Schröder ins Haus. Mia verschwand sofort auf der Suche nach der Toilette, die sie gleich rechts vom Eingang fand. Schröder ging langsam durch den Flur in Richtung Küche, während sie sich interessiert umblickte. Eine wunderschöne Landhausküche war das. Geradezu perfekt eingerichtet. Solide Bausubstanz. Sicher war das alles vor ein paar Jahren erst vollständig renoviert worden. In Schröders Kopf ratterten Zahlen. Also, wenn sie das mal grob schätzte, war das Ding hier mindestens zwei Millionen wert, wenn nicht sogar mehr. Amelie hatte offensichtlich fett geerbt, sehr fett.

Poppy betrat nach Schröder die Küche und öffnete gleich die Tür, die die Küche mit der Terrasse verband. Vor ihr lag die Toskana ausgebreitet wie ein Gemälde. Kein Wunder, dass Amelie hier gemalt hatte – hier könnte Poppy eine ganze Bibliothek illustrieren, hier musste man einfach kreativ sein. Sie atmete tief ein und ging ein paar Schritte ins Freie. Das dahinten sah aus wie ein kleiner Kräutergarten. Sie konnte sich gar nicht daran erinnern, dass Amelie etwas vom Gärtnern erzählt hatte; die Freundin hatte wirklich nie einen grünen Daumen gehabt. Aber Amelie hatte vor Italien auch nie eine künstlerische Ader gehabt, dachte Poppy und machte sich auf die Suche nach Thymian. Sie hatte eine Kühltasche mit Leckereien aus Hamburg mitgebracht, da sie damit gerechnet hatte, spät anzukommen. Unter anderem war da eine vorgekochte Pastasoße mit Salsiccia, an die wunderbar noch etwas frischer Thymian passen würde. Mia und Schröder wären sicherlich begeistert. Poppy war von allen vieren – oder jetzt nur noch von allen dreien, dachte sie traurig – immer die beste Köchin gewesen. Kein Wunder, dass sie ein paar Gramm zu viel mit sich herumtrug.

Schröder war mittlerweile in der Küche fündig geworden. Sie hielt eine Flasche Weißwein in der Hand und durchsuchte die Schubladen nach einem Korkenzieher.

Mia kam von der Toilette zurück und blickte sich um. Dieses Haus kam ihr vor wie ein Traum. Meine Güte, Amelie hatte hier ja gelebt wie Gott in Italien! Unfassbar. Sie spürte ein leichtes Stechen in der Brust. Mia kannte dieses Gefühl, auch wenn sie es nicht mochte. Es war eine Art Eifersucht auf Amelie. Ein Gefühl, für das sich Mia schämte und das sie schon sehr lange kannte und schon sehr lange unterdrückte. Jetzt, wo Amelie tot war, sogar ganz besonders. Aber irgendwie hatte Mia das Gefühl, dass Amelie immer alles zugeflogen war. Nie hatte Amelie sich wirklich anstrengen müssen. Schon in der Schule hatte sie mühelos immer gute Noten geschrieben, während Mia eine Zeit lang versetzungsgefährdet gewesen war und sogar einmal wiederholt hatte. Kein Wunder, das mit dem Sitzenbleiben war zur Zeit der Scheidung von Mias Eltern gewesen. Bei Mia zu Hause war damals ein Rosenkrieg der Extraklasse ausgebrochen, da war an Lernen nicht mehr zu denken gewesen.

Ihre Mutter schrie, ihr Vater schrie noch mehr. Ab und zu flogen auch Teller und Tassen. Mia verkroch sich bei solchen Gelegenheiten immer in ihr Zimmer, legte sich aufs Bett, schloss die Augen, hielt sich die Ohren zu und versuchte, sich – vergeblich – wegzuträumen. Egal, wohin, nur fort von hier. Ab und zu radelte sie auch fluchtartig auf den kleinen Reiterhof, auf dem sie sich Reitstunden durch Stallarbeit verdiente. Aber auch das half nicht wirklich – das Geschrei hallte noch lange in ihrem Kopf nach, selbst wenn die Eltern gerade mal getrennte Wege gingen und daher Ruhe einkehrte. Mia verstand nie, worum es bei den Streiten wirklich ging, und ihre Mutter hüllte sich bis zu ihrem Tod diesbezüglich in Schweigen. Als Mia gerade dreizehn geworden war, verließ ihr Vater die Familie in einer Nacht-und-Nebel-Aktion und ließ sich nie mehr blicken. Und nicht nur das: Mias Vater dachte auch im Traum nicht daran, seine Ex-Frau und seine Tochter irgendwie finanziell zu unterstützen. Mias Mutter hatte, wie es damals üblich gewesen war, mit der Geburt der Tochter aufgehört zu arbeiten und bekam jetzt nur noch schlecht bezahlte Putzstellen, was zu schmalen Lippen und einer ständigen Verbitterung führte. Von Mias Vater war nichts mehr zu holen.

Mias Leben war von einem Tag auf den anderen zerstört worden, ohne dass es vorher jemals wirklich heil gewesen war.

Amelie hingegen hatte in einer Bilderbuchfamilie gelebt, ihre Mutter war hübsch, strahlend, gut gelaunt, hatte einen Halbtagsjob in einer edlen Boutique, und ihr Vater verdiente als höherer Beamter viel und sicher Geld. Amelie hatte noch zwei Brüder, alle fuhren gemeinsam in den Urlaub oder kochten zusammen. Eine Zeit lang hatte Amelie sogar ein Pony, und wenn Mia zu Besuch war, konnte sie sehen, wie Amelies Mutter und Amelies Vater sich gern und oft herzten und küssten und gemeinsam kochten und lachten.

Amelies Elternhaus war das Gegenteil von Mias gewesen – Mia war es wie ein Ort voller Licht, Leben und Glück erschienen. Und Amelie war gar nicht klar gewesen, wie gut sie es hatte, und hatte sogar manchmal bei Mia über ihre ach so nervige Familie gemeckert. Etwas, das Mia sich angehört hatte, ohne es groß zu kommentieren, da sie die Freundschaft zu Amelie nicht aufs Spiel hatte setzen wollen.

Poppy kniete neben dem Kräuterbeet und bewunderte, was hier alles mühelos wuchs. Thymian, Zitronenthymian, Rosmarin und selbst Basilikum, das bei ihr auf dem Balkon immer einging, waren hier geradezu unkrautartig gewuchert. Das würde die nächsten Tage ein Festessen geben. Und dann waren hier noch einige Kräuter, die Poppy gar nicht kannte. Sie zupfte ein paar Blättchen ab und zerrieb sie zwischen ihren Fingern. Es duftete herrlich, das war wohl eine besondere Form des Oreganos oder etwas Ähnliches.

Poppy erhob sich etwas mühsam wieder und ächzte dabei. Ihr Rücken machte sich bemerkbar, und ihr rechtes Knie zickte immer öfter. Sie war einfach keine dreißig mehr. Als sie dann endlich in der Senkrechten war, blickte sie direkt in den Lauf einer auf sie gerichteten Schrotflinte.

Schröder war schon beim zweiten Glas Weißwein ange-
langt. Das war ein verdammt guter Tropfen, das musste man
Amelie lassen. Ihr Weingeschmack hatte sich in Italien offensichtlich deutlich verbessert. Schröder nahm einen großen Schluck – das hatte sie sich nach der langen Fahrt verdient. Auch Mia hatte sich ein Glas eingeschenkt.

»Ich wusste ja, dass Amelie geerbt hat – aber gleich so
viel?« Schröder schüttelte den Kopf. »Ich schätze, das hier ist
mindestens zwei Millionen wert.«

»Amelie war immer ein Glückskind«, erwiderte Mia. »Irgendwie ist ihr immer alles zugeflogen.«

Schröder spürte die Anspannung in Mias Stimme.

»Nun, das würde ich nicht so sehen. Und zwar nicht nur,
weil sie tot ist. Sie hatte es auch nicht immer leicht, vor allem nicht, nachdem ihr Mann so früh verstorben war«, gab
Schröder zu bedenken.

»Nun, dann ist sie jetzt zumindest wieder mit ihm vereint«, meinte Mia mit noch immer angespannter Stimme.

»Glaubst du wirklich an so was?«, fragte Schröder und
blickte Mia ernst an.

»Ich weiß es nicht. Ich weiß gar nichts mehr. Niemand
weiß, was nach dem Tod kommt.« Mia nahm noch einen tiefen Schluck Weißwein.

»Lass das mal nicht den Papst hören, wir sind in einem katholischen Land. Da ist das Leben nach dem Tod perfekt geregelt.«

»Amelie war evangelisch«, sagte Mia, und Schröder schenkte ihr noch mal ein.

»Andare«, sagte der Mann, der die Schrotflinte vor Poppys Nase hielt, und nickte in Richtung Haus.

Poppy hob langsam die Hände. Oh mein Gott! Sie wurden überfallen! Sie würden alle sterben! Hier in Italien! Und das, noch bevor sie Amelie beerdigt hatten. Aber wenigstens wären sie dann alle wieder vereint.

»Was machen Sie hier? Wollen Sie Geld? Ich habe keins. Das ist das Haus meiner Freundin, ich bin hier nur zu Besuch, und da drin ist mein Mann mit seinen Brüdern.« Poppy deutete mit dem Kinn in Richtung Haus. »Er ist bewaffnet. Er wird mich verteidigen und Sie erschießen.« Vor lauter Angst vergaß sie völlig, Italienisch zu sprechen.

Als Antwort brach der Italiener in schallendes Gelächter aus. Wie Poppy bemerkte, hatte er strahlend weiße Zähne, war auch sonst ziemlich attraktiv und seinen grauen Haaren nach zu urteilen ungefähr in ihrem Alter.

Poppy starrte ihn böse an, obwohl sie sonst in der Gegenwart von attraktiven Männern eher schüchtern wurde. Aber hier gab es nichts zu lachen. Gar nichts. Dachte der Typ etwa, sie hätte gar keinen Mann? Das war unverschämt! Sie könnte durchaus theoretisch einen Mann haben. Jawohl.

»Meine Gute, Sie sind verwirrt«, sagte der Italiener in ziemlich gutem Deutsch. »Sie haben sich verlaufen. Das hier ist mein Haus, und ich versichere Ihnen, da drin ist kein Mann, da ist auch keine Frau, da ist niemand. Ich wohne die meiste Zeit allein hier.«

»Sie wohnen hier?« Jetzt war Poppy komplett durch den Wind.

»Ja. Und das schon sehr lange. Das hier ist mein Elternhaus, und wenn ich nicht in Bozen arbeite, verbringe ich die meiste Zeit hier.«

Bozen. Aha. Daher das gute Deutsch, dachte Poppy und blickte in die amüsierten braunen Augen des Mannes.

»Aber meine Freundin wohnt hier«, insistierte sie. Für einen Moment fürchtete sie, einem Verrückten statt einem Verbrecher gegenüberzustehen. Sie war sich bloß nicht sicher, ob eines davon besser wäre als das andere.

»Das wüsste ich aber. Ich bin übrigens Adriano.«

»Aber nicht Celentano«, entfuhr es Poppy, und der Italiener bog sich vor Lachen. Er sah deutlich besser aus als Celentano, bemerkte Poppy zu ihrem Unbehagen.

»Meine Freundin hat mir Bilder geschickt von diesem Haus, von diesem Ausblick. Ganz viele. Hier, ich kann das beweisen, die sind alle auf meinem Handy.« Poppy durchsuchte ihre Hosentaschen, aber sie hatte das Telefon im Auto liegen lassen.

Der Italiener blickte jetzt seinerseits Poppy mit einem Gesichtsausdruck an, als wäre sie hier die Verrückte. In diesem Augenblick kamen Schröder und Mia mit der Flasche Weißwein und ein paar Gläsern aus dem Haus. Sie waren offensichtlich auf der Suche nach ihrer Freundin. Als Mia Poppy, den Mann und die Schrotflinte sah, ließ sie vor

Schreck die Weißweinflasche fallen. Die fiel auf die schönen Terrakottafliesen der Terrasse und zerbrach in tausend Stücke.

Das Lachen des Italieners verstummte.

»La pazza tedesca. So haben sie hier alle genannt.«

»Die verrückte Deutsche«, übersetzte Poppy für Schröder und Mia. Mittlerweile saßen alle vier auf der Terrasse, sie waren zu einem Rotwein übergegangen. Einem vorzüglichen Rotwein, wie Schröder angetan bemerkte. Adriano hatte Caprese – Mozzarella mit tiefroten Tomaten und Basilikum – für seine verdutzten Überraschungsgäste gezaubert, und den drei Frauen war mittlerweile klar, dass sie tatsächlich im falschen Haus gelandet waren. Poppy nahm sich noch etwas von dem leckeren Caprese mit dem frischen Basilikum aus dem Garten.

Mia fühlte sich schon fast betrunken. Vielleicht war das ganz gut, dachte sie, sie kam sich langsam vor wie im falschen Film.

»Amelie ist ... sie war meine Nachbarin. Ihr Haus liegt anderthalb Kilometer weiter, drüben auf dem nächsten Hügel. Seht ihr?« Adriano deutete in die Ferne, wo man vage ein Haus auf einem Hügel erkennen konnte. »Ihr fahrt die Straße runter und biegt dann gleich rechts in den nächsten Feldweg ein, der führt direkt vors Haus. Ihr könnt es nicht verpassen.«

»Es tut uns leid, dass wir hier einfach so eingebrochen sind, aber Amelie hat mir immer Fotos von diesem Haus gezeigt. Ich weiß auch nicht, wieso.« Poppy war total verwirrt. Wieso hatte Amelie ihr Bilder vom Haus ihres Nachbarn geschickt? Was sollte das?

»Macht euch keine Gedanken. Das ist jetzt egal. Es tut mir leid, dass sie so plötzlich gestorben ist. Wir haben öfter ein Glas Wein zusammen getrunken. Ich hatte das Gefühl, sie war sehr einsam hier. Einsam und allein.« Adriano nickte nachdenklich. »Außer mir hatte sie eigentlich nie Besuch.«

»Wir wollten sie ja immer besuchen, aber irgendwie hat es nie geklappt«, murmelte Poppy.

»Wir hätten einfach herfahren sollen. Einfach herfahren«, sagte Mia, die allmählich ein ziemlich ungutes Gefühl beschlich.

»Wir sollten los, bevor es dunkel wird«, entschied Schröder, pragmatisch wie immer.

»Das darf nicht wahr sein.«

Schröder stand fassungslos vor Amelies Haus. Neben ihr standen Mia und Poppy, und auch die beiden starrten geschockt auf das Gebäude vor ihnen.

Diesmal waren die drei Frauen sicher, vor dem richtigen Haus zu stehen. Der Beschreibung von Adriano nach hatte Schröder nichts Besonderes erwartet, aber das hier übertraf alles, was sie in der letzten halben Stunde leise befürchtet hatte.

Das Haus war mehr eine Bruchbude als ein Haus. Es als renovierungsbedürftig zu bezeichnen wäre zu nett gewesen. Schröder dachte da eher an eine Komplettsanierung. Vielleicht könnte man die Außenmauern stehen lassen. Das hier war sicher mal ein alter Bauernhof gewesen. Unten waren die Stallungen vorgesehen, oben hatten die Bauern gewohnt. Das war damals im Winter sehr praktisch gewesen, da die Tiere wie eine Heizung funktionierten und ihre Wärme nach oben in die Wohnräume stieg. Eine Casetta, ein kleines Häuschen, war es maximal – auf gar keinen Fall war das hier ein Castello. Aber ganz sicher war es eine Katastrophe.

Der Putz bröckelte überall. Es gab Risse im Mauerwerk, das Dach sah nicht sehr dicht aus, die Fenster waren uralt, und drinnen war von der Tierhaltung früher sicher Salpeter in den Wänden. Auch hier rankte wilder Wein die Fassade hoch, allerdings sah das hier nicht so malerisch aus wie bei Adrianos Anwesen. Hier sah es eher so aus, als würde der wilde Wein das ganze Gebäude gerade noch zusammenhalten.

Schröder überschlug kurz die Zahlen. Das hier zu sanieren und halbwegs herzurichten würde so um die dreihundert- bis vierhunderttausend kosten. Locker.

»Da sind bestimmt Spinnen drin und noch anderes krabbelndes Zeug«, sagte Poppy bedrückt. »Ich mag nichts, was mehr als vier Beine hat.«

»Ich übernachte hier nicht. Auf gar keinen Fall. Ich will ins nächste Hotel.« Mia griff nach ihrem Smartphone und versuchte, das nächste Hotel zu googeln. Ein mieser Handyempfang war das hier. Ganz mies. Das auch noch. Mia hielt das Handy hoch in die Luft – vergebens. Ein Balken und auch der ließ sich nur ab und zu blicken.

»Gehen wir rein«, sagte Schröder entschlossen, blieb aber trotzdem wie angewurzelt stehen. »So schlimm wird es schon nicht sein. Schließlich hat Amelie hier über ein Jahr gelebt.«

»Und uns über ein Jahr belogen«, erwiderte Poppy, hob die Fußmatte hoch, fand natürlich sofort den Schlüssel, öffnete die Tür und ging mutig voran ins Haus. Sie war gespannt, ob sie irgendetwas erkennen würde oder ob alle Fotos, die Amelie ihr je geschickt hatte, Fake gewesen waren.

Zögerlich folgten ihr die anderen beiden.

Drinnen sah es nicht viel besser aus als draußen. Die

Küche war klein, und alles war zusammengewürfelt. In der Ecke entdeckte Poppy den Tisch aus Mias alter Wohnung in Hamburg. Es gab einen Kühlschrank, einen Herd und sogar einen offenen Kamin, in dem noch Asche lag, und ein paar wackelige Stühle. In einem Regal über der Spüle lagerten ein paar Vorräte. Aber auch hier konnte man von der Küche aus direkt auf die Terrasse gehen.

Poppy riss die Flügeltür auf. Der Anblick hinaus in die Weite der Toskana war Gott sei Dank immer noch da und tröstete sie.

Die drei durchstreiften das ganze Haus. Unten gab es eine Toilette, drei kleine Zimmer, ein Wohnzimmer und die Küche. Oben waren noch drei Zimmer und ein Bad. Mia schlug drei Kreuze, als sie feststellte, dass sowohl die Toilette als auch die Dusche einwandfrei funktionierten. Poppy entdeckte in der kleinen Scheune nebenan Mias Atelier. Wenigstens diesbezüglich hatte sie nicht gelogen. Die Fotos vom Atelier waren tatsächlich hier entstanden. Das war auch bei Weitem der schönste Raum des ganzen Anwesens. Und hier hatte Amelie sogar offensichtlich mit einer Art Renovierung angefangen. Der Raum war sicher mehr als dreißig Quadratmeter groß, frisch gestrichen und hatte eine neue Fensterfront, die komplett zu öffnen war und tagsüber sicherlich wunderbar Licht und Luft hereinließ. Auf der Staffelei befand sich ein noch unfertiges Gemälde. An der linken Wand standen Regale voller Farben und Pinsel, und an der anderen Wand lehnten jede Menge weitere Bilder. Der Anblick des unfertigen Bildes gab Poppy einen Stich. Schnell ging sie zurück ins Haus.

Schließlich schleppten die drei ihr Gepäck aus dem Auto und verteilten es in den Zimmern. Poppy beschloss spontan, sich mit Mia ein Zimmer im oberen Stockwerk zu teilen. Sie wollte in der Nacht nicht allein einer Riesenspinne begegnen. Mia war alles egal – zumindest für heute. Sie war einfach nur müde. Morgen würde sie nach einem Hotel suchen. Das hier war wirklich eine Zumutung. Sie konnte sich Amelie hier überhaupt nicht vorstellen. Also die Amelie, die sie seit ihrer Kindheit kannte und die aus einem gut situierten Elternhaus stammte. Gott sei Dank hatte Mia ein paar Tücher und Duftkerzen eingepackt – so was hatte sie immer dabei. Man wusste ja nie. Das war sowieso Mias Überlebensmotto: Immer vorbereitet sein. Sie zündete die Kerzen an, verteilte die Tücher auf den Betten und legte eines über einen unfassbar hässlichen Nachttisch, der stilistisch so etwas wie »deutsche Eiche« auf Italienisch war. Mia blickte sich zufrieden um – so sah das hier gleich viel wohnlicher aus. Sie liebte Dekoration und Einrichten. Ihr Reihenhaus in Hamburg war in einem schlichten nordischen Stil gehalten. Gedeckte Farben, natürliche Materialien. Paul ließ ihr da vollkommen freie Hand und fühlte sich offensichtlich wohl mit dem, was Mia aussuchte. Zumindest meckerte er nie über die Rechnungen, die er bezahlen musste.

Schröder hatte sich für ein Zimmer unten entschieden. Sie wollte lieber allein schlafen. Spinnen machten ihr weniger aus als Poppys Schnarchen, behauptete sie und machte Poppys Geräusche nach. »Grrrrschchchchchchhh-grrrrrschhschhh.« Schröder klang wie ein Ferkel mit

Schnupfen, und Poppy bewarf sie daraufhin mit einer Tomate, die sie gerade aus der Kühltasche gepackt hatte.

»Machen wir einfach das Beste draus. Für heute Nacht geht das hier, und morgen sehen wir weiter. Wer will Pasta mit Soße della casa?«, fragte Poppy, und die beiden anderen nickten begeistert.

Wenig später saßen die drei draußen auf der Terrasse. Die war mit einem eigentlich sehr schönen und sehr alten Bauerntisch und ein paar wackeligen Rattanstühlen möbliert. Ein paar Kerzen brannten, und wie immer war Pasta mit Soße ein Essen, das allen Trost spendete. Und Trost hatten sie gerade wirklich nötig.

Schröder leckte sich sogar die Finger ab, obwohl sie schon zwei Teller leer gefuttert hatte. »Also, ich würde dich heiraten, einfach schon deshalb, weil du so gut kochst. Ich verstehe überhaupt nicht, wieso du schon so lange keinen Mann hast«, sagte sie zu Poppy und lehnte sich vorsichtig in dem Rattanstuhl zurück. Der knarzte empört, hielt aber stand.

Das könnte so oder so am Essen liegen, wollte Mia schon spitz bemerken, verkniff es sich jedoch gerade noch in letzter Sekunde. Es war ja auch gemein, aber es war eben auch die Wahrheit, dass Poppy eindeutig zu dick war. Mia würde sich nie so gehen lassen können, Paul meckerte schon, wenn sie nur mal zwei Kilo zugenommen hatte, und sie achtete deswegen penibel seit Jahren auf ihr Gewicht. Selbst nach der Geburt der Zwillinge hatte sie alles dafür getan, schnellstmöglich wenigstens halbwegs ihre alte Figur wiederzubekommen. Auch wenn das eine verdammte Quälerei gewesen war und Mia sich nicht daran erinnern konnte, wann sie das letzte Mal ein Stück Schokolade ohne schlechtes Gewissen gegessen hatte, und sie sich dreimal in der Woche zum Pilates-Training zwang.

»Liebe geht wohl doch nicht unbedingt durch den Magen«, seufzte Poppy. »Und ehrlich, langsam ist mir das mit den Männern auch vollkommen egal. Ich brauche keinen Mann, um glücklich zu sein. Ich finde mein Leben auch so sehr gut. Wir leben im einundzwanzigsten Jahrhundert und nicht im Mittelalter. Heutzutage brauchen Frauen keinen Mann mehr für ihr Glück – ganz im Gegenteil. Und Theo reicht mir vollkommen mit seinem männlichen Gemaunze und den Staralüren – dabei ist er kastriert. Aber als er noch ein Kater war, hat er überall hingepinkelt. Und überhaupt, wenn ich so darüber nachdenke ... Die Männer in meinem Leben waren sowieso nicht so der Brüller. Könnt ihr euch noch an Michael erinnern, meinen letzten?«

»Der mit den roten Haaren und dem Motorradfimmel?«, fragte Mia. Sie erinnerte sich vage daran, dass sie und Paul mit Poppy und Michael mal einen furchtbar gezwungenen Pärchenabend verbracht hatten. Einmal und nie wieder – das war danach die stillschweigende Übereinkunft der beiden Freundinnen gewesen. Aber das war auch schon mehr als fünf Jahre her, und seitdem hatte Poppy keine Beziehung mehr gehabt.

»Genau der. Jedes Wochenende habe ich auf dem Rücksitz seines Motorrads verbracht. Mein Arsch tat weh, mein Rücken auch, und über meine Frisur nach stundenlangem Helmtragen will ich gar nicht reden. Nachts habe ich manchmal immer noch Albträume vom San-Bernadino-Pass. In einer Steilkurve sind wir fast den Abhang senkrecht runtergeschossen, und auf der Rückfahrt habe ich mich kurz vor Hamburg von ihm getrennt und bin den Rest mit dem Zug gefahren.«

»Das war wahrscheinlich gut so. Michael war jetzt nicht gerade der Brüller. Aber nicht alle Männer sind so«, versuchte Schröder, Poppy Mut zuzusprechen. Insgeheim fragte sie sich das, was sie sich schon damals gefragt hatte: Was um alles in der Welt hatte Poppy an diesem Idioten gefunden? Aber das konnte man ja eine akut verliebte Freundin nie fragen, egal, wie doof, blöd und unerträglich man selbst den Mann fand, den sie gerade anhimmelte. Das konnte man gegenüber seiner Freundin immer erst hinterher laut feststellen – sehr zu Schröders Leidwesen.

»Du kannst da eigentlich gar nicht mitreden. Du hast im Grunde keine Männer, du hast Lover«, gab Mia zu bedenken.

»Und du hast einen Ehemann«, erwiderte Schröder und blickte Mia kampfeslustig an.

Poppy bemerkte die angespannte Stimmung zwischen den beiden. »Noch etwas Wein?«, fragte sie schnell und goss allen etwas von dem billigen Rotwein nach, den sie in der Küche gefunden hatten. Sie erhob ihr Glas. »Auf Amelie.«

»Auf Amelie.« Die drei prosteten sich zu. Mia nippte nur, und Poppy ließ ihr Glas unangerührt traurig wieder sinken.

»Glaubt ihr, dass sie was gespürt hat? Also in dem Moment, als sie gestorben ist. Als man sie auf dem Feldweg gefunden hat, war sie schon tot. Ist beim Spazierengehen wohl einfach umgekippt, zumindest stand das in dem Schreiben so drin«, sagte Poppy.

»Nein. Hat sie sicher nicht. So ein Aneurysma im Gehirn ist eigentlich meistens eine tolle Sache. Bum! Du fällst um und bist tot und merkst es noch nicht mal«, erwiderte Schröder. »Also, wenn ich es mir aussuchen könnte, wäre das meine bevorzugte Todesart. Ein letzter Blick in die Toskana und dann zack und weg. Nicht jeder hat so ein Glück.« Schröder trank ihr Glas mit einem langen Schluck aus und stellte das Glas etwas unsanft wieder auf den Tisch.

»Nun, zumindest ist das besser, als zu wissen, dass man bald sterben wird. Ich glaube, das könnte ich überhaupt nicht ertragen. Das muss ganz furchtbar sein. Wenn man Krebs hat und so und das ganz langsam geht und man das aber jede Sekunde weiß«, meinte Mia.

»Nun, das kann man sich wohl nicht aussuchen. Der Tod kommt zu jedem, wie und wann er will. Außer man bringt sich einfach um. Dann hat man eine ganz wunderbare Auswahl von Gift bis hin zum Strick. Sich vor den Zug werfen finde ich unhöflich, das hält die anderen Reisenden auf. Aber ehrlich gesagt finde ich, Selbstmord aus Angst vor dem Tod ist irgendwie Feigheit vor dem Feind.« Schröder griff zur Weinflasche und füllte ihr Glas erneut bis oben hin.

Mia blickte Schröder erstaunt an, Poppy seufzte auf, und für einen Moment blickten alle nachdenklich in die Dunkelheit der Toskana, als könnte man dort sein eigenes Schicksal sehen.

Es war fast Vollmond, der Himmel war sternenklar, keine Wolken waren zu sehen, und hier oben, einsam auf dem Hügel, weg von allzu viel Zivilisation und zu vielen Lichtern, wölbte sich der Nachthimmel glitzernd über der müden Welt. Mia konnte über sich den Großen Wagen erkennen – im Grunde genommen war es das einzige Sternbild, das sie wirklich immer und überall erkannte. Aber das war ja auch egal. Den Sternen war alles egal, was hier unten passierte. Die Menschen projizierten immer nur ihre eigenen Probleme und Ideen auf die Sterne und die Götter. Aber wahrscheinlich war da nichts. Gar nichts. Mia schauderte bei diesem Gedanken an das Nichts, dabei war ja nichts einfach nichts, und deswegen konnte es auch nicht so schlimm sein, versuchte sie, sich selbst zu beruhigen.

»Warum hat Amelie das gemacht? Mich einfach die ganze Zeit belogen?«, fragte Poppy in die Runde und riss Mia damit glücklicherweise aus ihren düsteren Gedanken.

»Sie hat uns alle belogen, nicht nur dich«, sagte Schröder.

»Das alles hier – ich wusste von nichts. Ich habe gedacht, ihr geht es hier unten wunderbar und sie ist so glücklich wie noch nie. Dabei war sie wohl furchtbar einsam und hatte kaum Geld. Also, wenn ich mich hier so umsehe … und Bilder hat sie wohl auch fast nicht verkauft … die ganze Scheune ist voll mit denen«, sagte Poppy mit schwankender Stimme. Sie zweifelte an ihrem Verstand, an ihren Gefühlen, an sich selbst – wie hatte sie all das bei einer Freundin nicht bemerken können? Wieso war sie so blind gewesen? Wieso hatte sie die Täuschung nicht gesehen?

»Ja, ganz offensichtlich hatte sie kaum Geld. Ich schätze mal, sie hat sich irgendwie dafür geschämt, deshalb hat sie nichts erzählt. Sie hat doch früher immer viel Geld gehabt. Sehr viel Geld. Mehr als wir alle«, sagte Mia.

»Sie hat es auch immer gern ausgegeben. Aber Poppy hat recht, sie hat uns nicht vertraut, das finde ich das Schlimmste«, murmelte Schröder. »Ich hätte ihr finanziell jederzeit geholfen, sie hätte nur fragen müssen.«

»Sie wollte nicht fragen. Warum auch immer. Ich hätte ihr auch was gegeben, auch wenn ich selbst nicht viel habe«, erwiderte Poppy. »Dass sie das Gefühl hatte, mich so anlügen zu müssen ...«

»Wenn wir ehrlich sind, haben wir uns doch alle in den letzten Jahren ziemlich aus den Augen verloren«, sagte Mia plötzlich. »Jede von uns hat nun mal ihr eigenes Leben. Ich habe einen Mann und drei Kinder und ein Haus und einen Garten, und ich kann mich nicht immer um alle und alles kümmern.«

Poppy starrte Mia an.

»Es verlangt ja auch niemand von dir, dass du ständig etwas für andere tust oder dich ständig um uns kümmerst. Aber wir haben uns mal ewige Freundschaft geschworen. Bevor irgendeine von uns Mann oder Kinder hatte. Erinnert ihr euch noch? Nach dieser blöden Party von Myriam, nach der wir alle reihum die ganze Nacht kotzend über der Toilettenschüssel hingen und danach den Kater unseres Lebens hatten – zumindest haben wir das damals gedacht. Wir hatten zwar einen grauenhaften Kater, sind aber zusammen spontan am frühen Morgen an die Nordsee gefahren, um uns auszulüften, in Schröders altem Käfer, den sie damals gefahren hat. Und bei dem Spaziergang, während mein

Kopf immer noch brummte, ist mir damals klar geworden, dass ich nie wieder ohne euch sein will. Und ihr habt das auch so gesehen, zumindest damals. Freundschaft heißt, dass man füreinander da ist … egal, ob es gerade gut oder schlecht läuft, egal, ob man viel um die Ohren hat oder nicht. Zumindest für mich heißt es das.«

»Das heißt es doch auch für mich, aber ich … ich hab nun mal viel um die Ohren«, versuchte Mia zurückzurudern.

»Und du sagst verdammt oft unsere Treffen ab«, meinte Schröder plötzlich und stand auf. »Aber egal. Wir werden das nicht alles heute Abend klären können. Ich bin hundemüde nach der Fahrerei. Ich muss ins Bett. Morgen Vormittag haben wir den Termin mit dem Anwalt.« Sie gähnte, schnappte sich die fast leere Weinflasche und ging auf ihr Zimmer.

Mia und Poppy saßen noch eine Weile schweigend da – und jede hing ihren eigenen Gedanken nach.

Poppy schnarchte leise vor sich hin. Mia war gefühlt seit Stunden wach, obwohl auch sie hundemüde war.

Sie hatte die Zwillinge am Abend nur ganz kurz über Whatsapp erreichen können, dann war die Verbindung wieder abgebrochen. Paul war anscheinend tatsächlich pünktlich nach Hause gekommen, was Mia aber nur bedingt beruhigte. Seit dem kurzen Kontakt versuchte Mia immer wieder, die »Wo ist?«-App zu aktivieren, um zu überprüfen, wo Stella und Stina sich gerade rumtrieben. Ja, Mia war eine Stalkerin, und sie würde das jederzeit offen zugeben – zumindest vor anderen Müttern. Schließlich war die Welt da draußen gefährlich, und sie war Mutter, und damit war es ihre Aufgabe, ihre Kinder zu beschützen. Sie hatte die App nach einer Familienkonferenz auf den Handys ihrer Kinder installiert. Das war ihre Bedingung gewesen, als die Zwillinge angefangen hatten, abends auszugehen und sich wer weiß wo rumzutreiben. Mia machte sich sonst einfach zu viele Sorgen. Auch Max hatte diese App auf seinem Handy gehabt, als er damit angefangen hatte, nächtelang auszufliegen, aber zu Mias Verdruss hatte er die App schon lange vor seinem Auszug einfach entfernt. Kinder wussten eben nicht, welche Sorgen Eltern sich um sie machten. Das war vielleicht auch ganz gut so, gestand sich Mia in guten Momenten durchaus selbstkritisch ein.

In ihrem Kopf kreisten die Gedanken. Wobei »kreisen« nicht das richtige Wort war. Ihre Gedanken jagten sinnlos hin und her und her und hin. Ihr ganzer Körper fühlte sich an, als würde sie einen Marathon laufen, obwohl sie versuchte, ruhig im Bett zu liegen. Sie blickte rüber zu Poppy. Die schlief tief und fest und schnarchte leise. Wie konnte man nur so gut schlafen?

Mia griff in ihre Handtasche, die direkt neben dem Bett lag, und holte ihre Tabletten heraus. Sie nahm seit drei Jahren ein leichtes Antidepressivum und ab und an auch ein Beruhigungsmittel. Sie brauchte einfach etwas, das diesen Druck von ihrer Brust nahm, der ihr manchmal den Atem abschnürte. Sie hatte keine Ahnung, wieso sie diesen Druck manchmal hatte, und oft kam es ihr so vor, als ob der Druck ein Eigenleben hätte. Er kam und ging, wie er wollte, und Mia fühlte sich ihm machtlos ausgeliefert. Kein schönes Gefühl für jemanden, der gern die Kontrolle hatte. Mia hasste dieses Engegefühl. Ganz am Anfang hatte sie gedacht, es wäre etwas Körperliches und sie würde einen Herzinfarkt bekommen, aber die Ärzte hatten sie durchgecheckt, und Mias Herz funktionierte angeblich einwandfrei. Also war es nicht ihr Herz, sondern ihr Kopf, der Probleme machte, und Mia wusste nicht, was schlimmer war. Ihr Hausarzt hatte ihr, ohne mit der Wimper zu zucken, ein paar Tabletten verschrieben und ihr den Rat gegeben, etwas kürzerzutreten. Das war natürlich nicht sehr hilfreich. Also die Tabletten schon, aber der Rat war sinnlos. Mia war in einem selbst gewählten Hamsterrad, da konnte man nicht so einfach aussteigen. Was dachte der Arzt sich denn? Der hatte sicher zu Hause auch eine Frau, die sich um alles kümmerte und nebenbei noch arbeitete und Kinder großzog. Aber das Essen kochte sich nicht von allein, die Wäsche wanderte nicht von allein in die Waschmaschine und wieder zurück in den Schrank, und fürs Tränentrocknen und alles andere Emotionale war Mia auch zuständig. Sie und Paul hatten leider eine ziemlich klassische Rollenaufteilung, irgendwie waren sie da als Paar irgendwann reingerutscht, auch wenn Mia sich das früher, als sie noch Single gewesen war, ganz anders vorgestellt hatte. Aber dann hatte Paul so viel gearbeitet und so viel Geld damit verdient, und Mia hatte nach Max' Geburt weniger gearbeitet und weniger Geld verdient. Mia war ja wohl selbst schuld, dass das jetzt alles so war, und außerdem war Paul schnell von allem überfordert, was nicht seinen Job betraf.

Mia hatte niemandem von den Tabletten erzählt, nicht Paul, nicht ihren Freundinnen. Sie hätte gern mit Schröder darüber gesprochen, hatte aber Angst, dass Schröder mit Mias sehr diffusen Gefühlen von Angst und Unsicherheit nicht allzu viel anfangen konnte. Mias Leben war ja eigentlich wunderbar, großartig und perfekt. Schröder war so pragmatisch und hatte wahrscheinlich vor nichts wirklich Angst. Und Poppy hätte sicher kein Verständnis dafür, dass Mia sich mit Chemie zukippte. Aber Chemie war das, was wirklich half. Mia hatte es fünf Stunden mit einer Therapeutin und Gesprächen versucht, aber das war einfach nicht ihr Ding. Was sollte es bringen, ihren Kopf noch mehr aufzuwühlen, als er sowieso schon aufgewühlt war? Sie war da einfach nicht mehr hingegangen und nahm stattdessen die Tabletten. Die wirkten wenigstens zuverlässig und sicher. So auch jetzt. Irgendwann schlief Mia tatsächlich ein.

Schröder war in ihrem Zimmer im Erdgeschoss schon kurz eingeschlafen, als ihr Handy »Pling« machte. Hier, in dem Zimmer neben dem Wohnzimmer, gab es tatsächlich einen relativ guten Empfang. Von hier aus hatte ja auch Amelie immer ihre Facetime-Sitzungen mit Poppy gehabt, wie Poppy festgestellt hatte.

Schröder richtete sich widerwillig auf und blickte auf das Handy. Sie war todmüde, aber vielleicht lief irgendetwas in der Firma schief. Wäre kein Wunder.

»Ich vermisse dich. Jetzt schon«, stand da – mit einem Herzchen garniert. Definitiv keine Firmennachricht. Definitiv unnötig mitten in der Nacht.

Schröder seufzte. Was sollte sie darauf antworten?

»Ich dich auch«, schrieb sie schließlich – ohne Herzchen, auch wenn sie in Versuchung war, eins drunterzusetzen. Aber das war einfach nicht ihr Stil, und etwas Besseres fiel ihr nicht ein.

»Gute Nacht«, kam es zurück – wieder mit Herz.

Und jetzt schickte Schröder ein einzelnes Herz als Antwort zurück, stellte das Handy auf lautlos und schlief endlich tief und fest ein.

»Der Markt ist nicht mehr so, wie er noch vor einem Jahr war. Seit der Inflation sitzt das Geld nicht mehr so locker, und Frau Noll hat das Anwesen damals leider zu einem Höchstpreis gekauft, genau genommen zu einem meiner Meinung nach sehr überteuerten Preis. Das Gebäude war schon ewig auf dem Markt, niemand wollte es haben, bis Frau Noll sich das Teil irgendwie in den Kopf gesetzt hatte. Und es ist eine Hypothek darauf von ungefähr 150.000 Euro. Sie müssen sich also gut überlegen, ob Sie das Erbe annehmen oder nicht. Das Haus wird nicht einfach zu verkaufen sein«, erklärte der Anwalt in einer Sprachgeschwindigkeit, die jedem italienischen Radiomoderator Konkurrenz gemacht hätte.

Poppy hatte Schwierigkeiten, den Sinn zu erfassen und für die beiden anderen alles halbwegs ins Deutsche zu übersetzen. Der Anzug, den der Anwalt trug, war sicher von Armani, und Schröder hoffte, dass das daran lag, dass der Anwalt einfach gut war, und nicht daran, dass er zur örtlichen Mafia gehörte.

Die drei waren heute früh nach einem kurzen Frühstück über eine Dreiviertelstunde in die nächste größere Ortschaft nach Buonconvento gefahren, um Amelies letzte Dinge zu regeln. Jetzt saßen sie bei einem Anwalt, der irgendwie zu gut aussah und irgendwie zu gut gekleidet war. Aber vielleicht waren sie auch zu sehr an deutsche Männer gewöhnt, dachte Mia und versuchte, sich Paul in so einem Anzug vorzustellen – völlig vergebens übrigens. Paul trug zwar beruflich bedingt Anzüge, auch teure, aber Italiener trugen Anzüge irgendwie anders, mit Grandezza. Der Preis spielte dabei nicht wirklich eine Rolle.

»Lo prendo! Lo prendo! Wir nehmen es natürlich an. Das Haus ist wunderbar!«, rief Poppy in einem ziemlich grauenvollen Italienisch, noch bevor Schröder etwas sagen konnte.

Schröder seufzte innerlich auf. Nun gut, sie würden es annehmen und das Teil, so schnell es ging, verkaufen, egal, was der Anwalt sagte. Schließlich war sie hier ja wohl die Immobilienspezialistin. Und sie würde Poppy schon dazu überreden, die Bruchbude (sorry, Amelie, aber das ist nun mal die Wahrheit) schnellstmöglich loszuwerden.

»Benissimo«, sagte der Anwalt, blickte alle drei zufrieden an und raschelte mit seinen Papieren. »Dann können wir ja weitermachen.« Der Anwalt ratterte erneut ohne Punkt und Komma los. »Frau Noll wollte eine Feuerbestattung, wie hier steht, und die Bedingung für das Erbe ist, dass Sie alle drei eine Beerdigung organisieren und alle drei gemeinsam daran teilnehmen. Die Gestaltung der Beerdigung bleibt selbstverständlich Ihnen überlassen, aber Frau Noll hat auch verfügt, dass ihre Asche auf ihrem Grundstück verstreut wird – keine Angst, das ist in Italien auf privaten Grundstücken erlaubt. Capito?« Der Anwalt blickte in die Runde, und alle nickten brav. Poppy hatte das alles ganz wunderbar übersetzt.

»Benissimo«, sagte er erneut. Dabei war eigentlich nichts bene, dachte Poppy, aber der Anwalt fuhr ungerührt fort: »Dann wäre ja alles geklärt, Sie müssen nur noch ein paar Papiere unterschreiben. Bei meiner Assistentin draußen liegen die Unterlagen. Sie können die Urne in ungefähr vierzehn Tagen im Krematorium hier in Buonconvento abholen.«

Poppy übersetzte irgendwas »mit vierzehn Tagen und Amelie dann abholen«, ohne groß darüber nachzudenken.

»In vierzehn Tagen??«, riefen Mia und Schröder gleichzeitig und gleich entsetzt aus.

»Das geht nicht. Ich muss zurück in die Firma. Sag ihm das. Das muss schneller gehen«, sagte Schröder zu Poppy und wedelte ungeduldig mit den Händen in Richtung Anwalt.

Poppy suchte nach Worten. Italienisch halbwegs zu verstehen war eine Sache, Italienisch halbwegs zu sprechen eine ganz andere. Diese ganzen blöden Endungen im Italienischen, o, e, i, a, und wie man die korrekt verwendete, verwirrten Poppy immer und führten dazu, dass sie etwas länger für einen Satz brauchte.

»Pronto! Subito! Direttamente! Nix warten!«, sagte Schröder ungeduldig direkt zu dem Anwalt.

»Nix subito«, erwiderte der Anwalt, schüttelte den Kopf und erklärte Poppy lang und breit, dass im Moment nur ein einziges Krematorium für die ganze Region in Betrieb sei, wegen irgendwelcher Probleme, die es in Italien eben irgendwie immer gab, und es einfach so lange dauern würde, wie es eben dauern würde, Amelies Überreste abzuholen.

Das könne man nicht beschleunigen. Das hier sei Italien. Das sei hier eben so.

Schröder überlegte einen Moment, dem schicken Anwalt etwas Bakschisch für einen zweiten Armani-Anzug rüberzuschieben, um alles eben doch etwas zu beschleunigen, entschied sich in letzter Sekunde jedoch dagegen. Vielleicht würde der das ganz und gar missverstehen, und wahrscheinlich ging es wirklich nicht schneller. Außerdem könnte sie sicherlich, wenn sie irgendwo auf dem Grundstück ein stabiles Internet fand, auch ein paar Tage von Italien aus arbeiten. Diese Idee fand Schröder plötzlich gar nicht mal so schlecht.

»Vierzehn Tage! Unfassbar! Typisch Italien! Nix klappt hier! Aber ich bleibe nicht hier. Auf keinen Fall. Ich muss zurück zu meinen Kindern«, sprudelte es aus Mia heraus, als sie endlich aus der Anwaltskanzlei heraus waren und sich auf dem Weg zur nächsten Piazza in dem hübschen kleinen mittelalterlichen Ort befanden. Sie setzte entschlossen ihre schicke Sonnenbrille auf. »Die vermissen mich sicher furchtbar, und ich habe sie ja auch noch nie länger als drei Tage allein gelassen. Ich kann auf gar keinen Fall die vierzehn Tage hierbleiben, bis wir die Urne haben.«

»Dass wir alle drei und damit auch du an der Beerdigung teilnehmen, ist die Bedingung für das Erbe des Hauses, das hast du doch gehört«, sagte Schröder genervt. Mia hielt sich als Mutter immer für so unersetzlich, dabei waren die Zwillinge mittlerweile sicher mehr als froh, wenn sie mal ihre Ruhe hatten.

»Diese Bruchbude kann mir echt gestohlen bleiben. Dann erben wir das Ding eben nicht. Sollen die doch damit machen, was sie wollen.« Mia steuerte mit energischen Schritten eine kleine Bar am Rand der Piazza an und ließ sich erschöpft in einen Stuhl unter einem großen Sonnenschirm fallen.

Poppy setzte sich neben sie und blickte Mia streng an.

»Ich habe auch zu tun, aber ich werde alles von hier aus tun. Wir sind Amelie eine Beerdigung schuldig. Eine richtig gute Beerdigung. Und du musst dabei sein, das wollte sie so. Nicht wegen dem Haus, nicht wegen dem Erbe, sondern einfach nur, weil du ihre Freundin warst. Und auch wenn es dir noch niemand gesagt hat – Max ist ein erwachsener junger Mann, und deine beiden anderen Kinder sind Teenager und sicher glücklich, mal ein paar Tage ohne ihre Mutter zu verbringen.«

Mia machte den Mund auf und wollte energisch protestieren, sie könnte ja nach Hamburg fahren und rechtzeitig zur Beerdigung wieder zurück sein, doch da kam der Kellner und fragte, was sie wollten. Diese paar Sekunden der Ablenkung reichten, um in Mia ein seltsames neues Gefühl leise, ganz leise zu Wort kommen zu lassen. Ein paar Tage ohne ihre Familie? Ohne ihre Kinder? Ohne Paul? Ohne Kochen, Putzen, Aufräumen für andere? Ohne Verpflichtungen? Ohne Chauffeur zu spielen? Ohne alles? Und genügend Urlaub hatte sie auch noch. Mmmmmmmh.

Sie bestellte sich erst mal einen Cappuccino.

Eine Stunde später saßen die drei nicht immer noch, sondern schon wieder in dem kleinen Café, und diesmal gab es statt Espresso oder Cappuccino einen Aperol. Schröder hatte damit angefangen, es war ja schon nach Mittag, und zu ein paar Tramezzini passte so ein Aperol nicht nur farblich ganz hervorragend. Das fand auch Poppy, und selbst Mia sagte nicht Nein.

Schröder war in der Zwischenzeit bei den beiden Maklern des Ortes gewesen. Absolut erfolglos. Beide hatten sich fast totgelacht, als Schröder mit einem Foto des Hauses angekommen war und etwas von »vendere velocemente« – schnell verkaufen – gesagt hatte. Beide hatten das Haus anscheinend vor Amelies Kauf über viele Jahre im Portfolio gehabt und keine Lust darauf, es erneut als Karteileiche zu bekommen. Schröder erntete nur Kopfschütteln. Noch eine »pazza tedesca«.

Mia hingegen hatte zwei Hotels im Ort angeschaut. »Die einen wollten ernsthaft zweihundertfünfzig Euro in der Nacht, und die anderen waren auch kaum billiger. Ich will das Hotel doch nicht kaufen! Wenn ich da zehn Tage bleibe, bin ich zweieinhalbtausend Euro los, und zum Frühstück gibt's nur einen Espresso und so ein komisches Cornetto.«

Die Einzige, die mit der letzten Stunde vollständig zufrieden war, war Poppy. Sie hatte mit ihrer Nachbarin telefoniert, die Theo gern noch länger versorgen würde. Der war also die nächste Zeit in besten Händen, und sie war durch die kleinen Läden von Buonconvento geschlendert und hatte jede Menge Leckereien eingekauft: Pecorino-Käse, Mozzarella, Prosciutto, Focaccia, Pasta, frische knallrote Tomaten, Melonen, die nach Sommer dufteten, Oliven mit wunderbaren Kräutern eingelegt ... Drei volle Einkaufstüten türmten sich neben einer sehr zufriedenen Poppy. Die nächsten Tage waren in jedem Fall gerettet. Sie nahm entspannt noch einen Schluck von dem ausgesprochen leckeren Aperol. Ach, Italien! Warum konnte sie nicht immer hier leben. Kein Wunder, dass Amelie hiergeblieben war, auch wenn das Haus jetzt nicht gerade ein Castello war.

»Wir verkaufen das Haus einfach selbst, das kann ja nicht so schwer sein. Wir fotografieren es gut und stellen es ins Internet. Mach ich gleich nachher. Heutzutage geht alles über das Internet, egal, was diese Provinzmakler sagen. Ich bin sicher, wenn ich das professionell irgendwo reinstelle, geht es weg wie sonst was. Nichts lieben die Deutschen mehr als die Toskana«, sagte Schröder und nahm dankend ein zweites Glas Aperol von dem Kellner entgegen. Der junge Mann sah im Übrigen ziemlich gut aus, stellte Mia fest und war gleichzeitig verwundert, dass Schröder, die sonst bei Männern, die das Mindesthaltbarkeitsdatum noch nicht überschritten hatten, immer in Flirtlaune war, das diesmal anscheinend überhaupt nicht bemerkte.

»Mallorca. Mallorca lieben die Deutschen noch mehr«, sagte Mia, nahm auch einen Schluck und bemerkte, wie der

Aperol sanft durch ihren Körper kreiselte. Normalerweise trank sie tagsüber keinen Alkohol. Normalerweise trank sie überhaupt keinen Alkohol. Wahrscheinlich hatte deshalb so ein kleines Glas so eine durchaus angenehme Wirkung auf sie. Man sollte eigentlich viel öfter mittags trinken, dachte sie und blickte sich in dem kleinen Café um. Nach dem zu urteilen, was sie hier so sah – auf den meisten Tischen stand irgendwas mit Alkohol –, waren die Italiener und ein paar Touristen durchaus derselben Meinung.

»Mallorca ist noch teurer«, erwiderte Schröder, die beim Thema ›Immobilien‹ immer das letzte Wort haben musste.

»Also, ich finde, das ist eine wundervolle Idee. Wir verkaufen das Haus einfach selbst. Bevor die ersten Interessenten kommen, werde ich Kekse backen. Cantucci oder Amaretti oder so was. Dann duftet das ganze Haus so richtig gut und heimelig und italienisch, so wird es viel schneller verkauft. Das sieht man immer in den amerikanischen Filmen. Ich bin sicher, das funktioniert auch in Italien.«

»Ich bin sicher, du schaust etwas zu viel Fernsehen«, meinte Mia mit gerunzelter Stirn.

»Dein Wort in Gottes Ohr und deine Kekse in meinem Mund. Es kann in jedem Fall nicht schaden.« Schröder nickte.

»Vielleicht sollten wir das Haus einfach etwas aufhübschen«, sagte Mia nachdenklich. »Ich meine, etwas entrümpeln, etwas streichen, etwas dekorieren. Man kann da eigentlich mit wenig Aufwand ziemlich viel machen. Ich habe da was bei Instagram gesehen, das könnte man wahrscheinlich einfach umsetzen ... so alles in Naturmaterialien, einfacher Landhauslook, wenn ihr wisst, was ich meine. Ist gerade total in.« Sie war selbst verblüfft über ihren Vorschlag.

Schröder starrte Mia einige Sekunden lang an. Mia wurde es mulmig zumute, vielleicht hatte sie etwas Törichtes gesagt? Schröder konnte bei so was ab und zu wirklich gemein werden.

»Genial. Du bist echt genial. Und du hast einen guten Geschmack«, sagte Schröder stattdessen zu Mias Überraschung. »Also, auf geht's, Mädels. Wir haben knapp zwei Wochen Zeit, um etwas zu bewegen. Danach machen wir für Amelie eine großartige und unvergessliche Beerdigung, und dann fahren wir alle wieder heim. Ob das Teil verkauft ist oder nicht. Wir können es ja dann immer noch einem Makler übergeben – auch in Deutschland.«

Schröder sprang auf, setzte sich jedoch gleich wieder hin und grinste die beiden anderen Frauen verschmitzt an.

»Wir machen das alles, aber es hat noch Zeit. Wir sind hier in Italien. Da muss man einfach immer etwas Dolce far niente einplanen.« Mit diesen Worten bestellte Schröder mit einer lässigen Geste noch eine Runde Aperol für alle bei dem leckeren Kellner, und weder Mia noch Poppy hatten Einwände dagegen.

Keine gute Idee. Es war gar keine gute Idee gewesen, schon um die Mittagszeit zwei Aperol zu trinken, dachte Mia und drehte sich mühsam ächzend auf den Bauch. Sie lag auf einer alten Liege in der Sonne und saugte einfach nur den Sommer auf. Das mit dem Dolce far niente klappte heute Nachmittag wirklich gut. Zumindest für sie. Schröder allerdings schien der Alkohol am Nachmittag überhaupt nichts auszumachen. Mia hatte den leisen Verdacht, dass bei ihrer Freundin über die Jahre schon ein gewisser Gewöhnungseffekt eingesetzt hatte.

Schröder hatte sich einen improvisierten Arbeitsplatz in einer Ecke des Gartens eingerichtet. Ein alter, wackeliger Tisch aus dem Schuppen und ein nicht minder wackeliger Stuhl. Das Ganze war gekrönt von einem Sonnenschirm mit einem Loch in der Mitte. Aber wenigstens gab es hier in der Ecke Empfang, und der Sonnenschirm war gelb mit hübschen Fransen und spendete trotz des Lochs etwas Schatten.

Mia blickte dösend auf ihr Handy, es war schon später Nachmittag. Die Zwillinge hatten sich noch nicht gemeldet. Von Max erwartete sie gar keine Antwort, der war sowieso immer so mit seinem Studium beschäftigt, aber Paul könnte sich echt mal melden. Sie hatte allen heute Vormittag noch von Buonconvento aus ein paar Whatsapp-Nachrichten geschickt und sich jetzt, da sie wieder zurück waren, alle halbe Stunde von der Liege erhoben, um zum besseren Handyempfang bei Schröders Schreibtisch zu marschieren.

Poppy hatte sich einen Arbeitsplatz in Amelies Atelier eingerichtet und bereitete jetzt in der Küche irgendetwas Leckeres zum Abendessen zu. Mia war immer kurz davor einzunicken, aber Schröders Handy piepte immer wieder. Schröder erhielt minütlich Whatsapp-Nachrichten, im Gegensatz zu ihr. Und Mia hatte nicht den Eindruck, dass diese Nachrichten alle unbedingt beruflicher Natur waren. Sie wollte sich gerade wieder träge erheben, um erneut ihren Handyempfang zu checken, als plötzlich Adriano im Garten stand, zwei Weinflaschen in der Hand.

»Ciao, die Damen, ich wollte nur mal nach meinen Nachbarinnen sehen. Wie war der Termin beim Anwalt?«

Mia zog sich schnell etwas über, sie hatte sich nur mit BH und Slip bekleidet in die Sonne gelegt, denn mit Männerbesuch hatte sie hier in der Einsamkeit nun wirklich nicht gerechnet.

Poppy rief von drinnen und bat um kurze Mithilfe beim Abendessen.

»Wieso hast du ihn zum Essen eingeladen?« Mia war von Adrianos Anwesenheit irgendwie genervt, sie wusste selbst nicht genau, wieso. Adriano hatte es sich in einem Rattanstuhl im Garten bequem gemacht, trank einen Rotwein und blickte in den Sonnenuntergang, während Mia, Poppy und Schröder in der Küche waren, um das Abendessen fertigzustellen. Poppy hatte Saltimbocca mit Polenta vorbereitet. Schröder bereitete den Weißwein vor (darin war sie echt exzellent, sie bekam jeden Korken aus jeder Flasche), und Mia machte noch schnell ein Zucchini-Carpaccio mit frischen Zucchini, die in einer Ecke des Grundstücks geradezu wucherten. Wenn sie ihr Gewicht halten wollte, würde es heute Abend für sie kein Saltimbocca geben. Das Gemüse-Carpaccio musste reichen.

»Wieso nicht?«, fragte Poppy und rührte die Polenta. »Der ist doch nett. Und er scheint etwas allein da oben in seinem großen schönen Haus zu sein.«

Schröder blickte Poppy neugierig an. »Wäre der nicht was für dich?«

Poppy seufzte. »Vielleicht, aber ich glaube, ich wäre nicht unbedingt was für ihn. Außerdem – ich hab euch doch gesagt –, ich will zurzeit echt keinen Mann. Die machen zu viel Schmutz und bereiten einem nur Probleme.«

Schröder und Mia mussten lachen. Wo Poppy recht hatte, hatte sie recht.

»Aber er wäre doch vielleicht was für dich«, sagte Schröder zu Mia und entkorkte mit herausforderndem Blick die Weinflasche.

»Ich bin verheiratet, wie du weißt. Aber wie wäre es mit dir und ihm? Ach nein, lass mich raten: Er ist viel zu alt für dich, oder?« Mia sah Schröder provozierend an.

»Du hast es erfasst. Ich stehe nun mal auf deutlich jüngere Männer, und ich stehe dazu. Wenn ich ein Mann wäre, würde das im Übrigen auch niemanden interessieren. Selbst heutzutage ist es immer noch normal, dass ältere Männer deutlich jüngere Frauen haben, und niemand würde sich genötigt fühlen, das immer wieder zu kommentieren«, entgegnete Schröder und schaute Mia mit einer Kriegserklärung im Blick an.

Bevor die beiden Streithennen so richtig loslegen konnten, ging Poppy dazwischen.

»Vielleicht solltest du mal deine Vorlieben überprüfen, jetzt, wo du Großmutter wirst«, sagte sie leicht süffisant zu Schröder. Selbst Poppy, sonst die Nächstenliebe in Person, konnte ab und zu eine Spitze raushauen. Und sie genoss es sogar. Leider war sie normalerweise viel zu sehr auf Harmonie programmiert. Das war ein Charakterzug, den Poppy an sich selbst oft gar nicht gern mochte. Er führte dazu, dass sie zu oft Ja und zu selten Nein sagte. Zu Männern, zu ihren Freundinnen, zu allem Möglichen. Aber das jetzt zu Schröder zu sagen, das hatte sich gerade richtig gut angefühlt, musste sie sich selbst eingestehen. Schließlich nahm Schröder selbst ja nie ein Blatt vor den Mund.

»Du wirst Großmutter? Sophie ist schwanger? Seit wann? Und wieso weiß ich nichts davon?« Mia war total erstaunt und hobelte noch etwas Parmesan über die Zucchini.

Schröder funkelte Poppy genervt an. »Du weißt es nicht, weil ich es auch noch nicht lange weiß. Wahrscheinlich habe ich es sogar nach Poppy erfahren. Denn Poppy weiß ja einfach immer alles. Weil Poppy keine Kinder hat und deshalb unsere Kinder als Beutekinder angenommen hat. Viel Spaß, wenig Arbeit. Wahrscheinlich weiß Poppy auch mehr über deine Kinder als du selbst. Weil Poppy immer ihre Nase in Sachen reinsteckt, die sie nichts angehen«, sagte Schröder. Irgendwo in ihr verspürte sie einen kleinen Stich. Verdammt noch mal, sie hätte sich denken können, dass ihre Tochter Poppy viel früher von ihrer Schwangerschaft erzählt hatte als ihrer eigenen Mutter. Poppy war nämlich nicht nur die Lieblingstante von Mias Zwillingen, sondern auch von ihrer Tochter. Und Poppy hatte sich natürlich auch ganz sicher erwartungsgemäß ganz furchtbar gefreut. Ganz anders als Schröder, die Rabenmutter. Die Rabengroßmutter in fünf Monaten.

In Schröder gab es eine kleine, feine Stimme, die ihr selbst immer wieder heimlich einflüsterte, dass sie als Mutter eine totale Versagerin war. Schlimmer als ihre eigene Mutter, die Alkoholikerin gewesen war und damit zumindest in Schröders Augen irgendwie eine beschissene Ausrede für ihr mütterliches Versagen hatte. Vielleicht lebte Sophie deshalb schon seit Jahren mit ihrem Freund in Berlin und traf ihre Mutter eher selten.

Schröder war zwar die toughste Frau, die sie selbst kannte, aber Mutter zu sein hatte ihr zu ihrer eigenen Überraschung höllische Angst gemacht. Sie hatte sich durch Sophie das erste Mal in ihrem Leben inkompetent gefühlt. Ein Kind war nichts, das man steuern oder kontrollieren oder abstellen konnte. Und als Sophie im Alter von zehn eine üble Mandelentzündung gehabt hatte, die sich fast zu einer Diphtherie ausgewachsen hatte – was wiederum zu einem Notarzteinsatz geführt hatte –, hatte Schröder beschlossen, in Zukunft die Verantwortung für ihre Tochter nicht mehr allein auf ihre breiten Schultern zu nehmen. Sie hatte Todesangst um Sophie gehabt, und das nicht zum ersten Mal. Da hatte es auch noch einen üblen Sturz vom Pony und mit drei eine Infektion mit dem Verdacht auf Meningitis gegeben. Schröder war in ihrer Angst jedes Mal völlig verloren und wie gelähmt gewesen. Aber gerade für sie, die immer der Fels in der Brandung war, war das etwas, das sie weder sich selbst noch jemand anderem – auch nicht ihren besten Freundinnen – gestehen konnte. Und das war auch der wirkliche Grund, warum sie Sophie so früh auf ein Internat geschickt hatte.

Jetzt war Sophie selbst schwanger, im vierten Monat. Schröder war davon nicht begeistert, oder, um die Wahrheit zu sagen, sie war entsetzt. Sophie war allerdings nicht unvorsichtig gewesen, das Baby war ein Wunschkind. Schröder war nach dieser telefonischen Auskunft seitens ihrer Tochter fast von ihrem Bürostuhl gekippt.

Probte Sophie mit dieser Schwangerschaft gar einen verspäteten Aufstand gegen sie? Nun gut. Von ihr aus gern. Schröder hatte Sophie bei diesem kurzen Telefonat unmissverständlich klargemacht, dass sie keine Großmutter war, keine sein wollte und dass sie nicht beabsichtigte, sich um ihr Enkelkind in irgendeiner Form zu kümmern. Nix dudu und dada und nix duzi duzi. Und keine kostenlosen Babysitterdienste. Auf gar keinen Fall. Schröder stand schließlich selbst noch mitten im Berufsleben.

Nach Schröders Anti-Großmutter-Ausbruch hatte für zwei Sekunden tödliche Stille in der Leitung geherrscht. Dann hatte Sophie gesagt: »Du warst eine furchtbare Mutter. Ich habe nicht damit gerechnet, dass du eine gute Großmutter sein würdest. Du musst gar nichts tun. Ich hatte nicht vor, dir das Kind auch nur eine Minute zu überlassen.« Dann hatte sie einfach aufgelegt.

Seitdem herrschte Funkstille zwischen Mutter und Tochter. Schröder war tief gekränkt. Mehr, als sie zugeben wollte. Sich selbst für eine schlechte Mutter zu halten war das eine. Aber es von seinem – wenn auch erwachsenen – Kind gesagt zu bekommen war etwas ganz anderes.

»Es ist doch großartig, Großmutter zu werden. Ich würde mich total freuen«, sagte Mia und holte Schröder damit aus ihren Gedanken. »Natürlich nicht jetzt. Also, ich will natürlich nicht, dass die Zwillinge jetzt schon mit siebzehn schwanger werden oder Max mit dreiundzwanzig irgendeine seiner Kommilitoninnen schwängert. Aber in ein paar Jahren – ach, liebend gern.«

Mia stellte es sich großartig vor, wieder ein Baby im Arm

zu halten. Die rochen so unfassbar gut und waren einfach zum Knuddeln. Und dann auch noch ein Baby, für das sie nicht voll und ganz verantwortlich war. Aber wahrscheinlich würde sie sich auch für ein Enkelkind voll und ganz verantwortlich fühlen. Sie war einfach so gestrickt, sie übernahm für alles und jeden immer die Verantwortung. Egal, ob die anderen das wollten oder nicht. Kein Wunder, dass ihre Schultern meistens unfassbar verspannt waren.

»Du vielleicht, aber ich finde es viel zu früh. Für mich und für Sophie in jedem Fall«, sagte Schröder und blickte aus dem Fenster hinaus zu Adriano. Ja. Adriano war ein attraktiver Mann, wie viele Italiener, aber er war ihr wirklich zu alt. Schröder hätte gar nicht gewusst, was sie mit so einem Mann anfangen sollte. Die jüngeren waren einfach sehr unkompliziert. Sie wollten meist nur das eine und das meist ziemlich oft. Alles easy. Alles leicht. Wieso sich etwas Kompliziertes antun, wenn es nicht unbedingt sein musste? Stress hatte Schröder genug im Job, den brauchte sie nicht auch noch im Privatleben. »Sophie ist erst siebenundzwanzig«, fügte sie hinzu.

»Und damit drei Jahre älter, als du bei der Geburt von Sophie warst«, wandte Poppy ein. »Sophie ist großartig. Sie wird das Kind schon schaukeln. Das hast du doch auch geschafft. Und früh ein Kind zu bekommen ist besser, als gar kein Kind zu bekommen. Du solltest wirklich einfach nur glücklich sein, sie ist ja nicht sechzehn.« Sie blickte Schröder missbilligend an, und Schröder wusste, irgendwo hatte Poppy ja recht, aber irgendwie auch nicht.

»Sophie ist alt genug. Und du eigentlich auch. Wieso

kannst du dein Alter nicht einfach so annehmen?«, fragte Mia, die vorhin Schröders Blick auf Adriano bemerkt hatte. »Der Mann hat echt etwas«, hörte sie sich zu ihrem eigenen Erstaunen sagen.

Adriano war ihr im Grunde genommen sympathisch, stellte sie im Stillen fest. Und das, obwohl er gut aussah. Das war genau das, was sie so an ihm irritierte. Mia war normalerweise misstrauisch bei gut aussehenden Männern. Ihrer Erfahrung nach waren sie genau wie allzu gut aussehende Frauen eitel und viel zu sehr mit sich selbst beschäftigt, als dass man mit ihnen wirklich eine Beziehung führen konnte.

»Weil ich der Meinung bin, man ist nur so alt, wie man sich fühlt. Und ich fühle mich jung. Verdammt jung. In jedem Fall viel zu jung, um Großmutter zu werden.«

»Wer wird Großmutter?«, fragte Adriano, der von den dreien völlig unbemerkt plötzlich in die Küche gekommen war, und blickte verwundert in die Runde.

»Niemand«, sagte Mia schnell, die gerade noch rechtzeitig Schröders warnenden Blick eingefangen hatte.

»Wir finden es nur so schade, dass Amelie jetzt nie Großmutter werden kann«, ergänzte Poppy völlig ungeniert.

Dabei hatte Amelie noch nicht mal Kinder gehabt, da wäre das mit dem Großmutter-Werden sowieso nicht so einfach geworden, dachte Schröder, verkniff sich aber eine entsprechende Bemerkung.

Adriano gab sich damit zufrieden, nickte, und alle trugen gemeinsam das Essen nach draußen.

Es wurde dann doch noch ein schöner Abend. Adriano war nicht nur ziemlich attraktiv, er war auch wirklich lustig. Und er war begeistert von der Idee einer großen Beerdigung für Amelie. Er würde das ganze Dorf dazu einladen, auch wenn nicht alle Amelie gut gekannt hatten.

»Ihr müsst wissen: Italiener lieben Beerdigungen, sofern sie was Gutes zu essen und zu trinken bekommen und mit dem Verstorbenen emotional nicht allzu sehr verbunden waren. Dann ist so eine Beerdigung einfach ein weiterer Grund zu feiern. Und das lieben wir.«

Außerdem würde Adriano den drei Freundinnen beim Verkauf des Castellos helfen – er kannte ein paar Leute, die vielleicht trotz des schlechten Zustands interessiert wären.

Mia bemerkte mit einer gewissen Irritation, dass Schröder mit Adriano zu flirten schien. Trotz ihrer Aussagen von vorhin. Oder kam ihr das nur so vor? Es fühlte sich seltsam an. Alles hier fühlte sich irgendwie seltsam an. Ihre Freundin war tot, aber hier saßen sie, sie waren am Leben, sie lachten, sie tranken. Und später, nachdem sie zu viert mehr als drei Flaschen geleert hatten, fing Adriano allen Ernstes an, einen Schlager von Adriano Celentano zu schmettern.

»Una festa sui prati«, schallte es etwas schräg durch die Nacht. Aber er hatte wirklich Spaß am Singen, das musste man ihm lassen, und die drei Freundinnen fielen mit noch schrägeren Stimmen in den Refrain mit ein.

»Wie viel von diesem verdammten Wein hatte ich gestern?«
Schröder hatte einen leichten Kater, war schlecht gelaunt
und schüttete bereits den dritten Espresso in sich hinein.
Mia und Poppy zuckten nur mit den Schultern und rührten
in ihren Cappuccini.

»Keine von uns hat mitgezählt. Du bist erwachsen«,
knurrte Mia, die ebenfalls leicht angeschlagen war.

Schröder seufzte tief, stellte die Tasse ab und ging nach
draußen, um das Haus fürs Internet zu fotografieren.

Poppy blickte Mia an. »Ich habe irgendwie ein schlechtes
Gewissen wegen gestern Abend.«

»So viel hast du doch gar nicht getrunken.«

»Nein, ich habe nicht so viel getrunken, aber ich habe
ziemlich viel gelacht. Das erste Mal, seit Amelie tot ist. Und
das auch noch hier, in ihrem Haus. Das fühlt sich irgendwie
komisch an.« Poppy blickte Mia fragend an.

»Ich weiß, was du meinst. Aber ich denke, Amelie hat
auch gern gelacht, und ich glaube nicht, dass sie uns das ver-
übeln würde. Man kann auch traurig sein und gleichzeitig
lachen. Und irgendwie hat man hier ja auch das Gefühl, dass
sie noch bei uns ist.«

»Da hast du wahrscheinlich recht«, sagte Poppy zweifelnd. Sie war nicht so ganz davon überzeugt.

Wenig später ging Mia mit prüfendem Blick durch das ganze Haus und überlegte, wo und wie man mit einfachen Mitteln das alles hier verbessern konnte.

Die Ideen schwirrten nur so durch ihren Kopf. Im Grunde genommen war das Haus großartig, ihm fehlten nur etwas Liebe, ziemlich viel Geld und noch mehr Kreativität.

Es gab ein paar alte Möbel, die sie behalten würden. Ein paar andere Dinge würden sie dringend loswerden müssen. So zum Beispiel ein uraltes Sofa im Wohnzimmer, das regelrecht vor sich hin gammelte und wirklich nicht mehr zu retten war. Aber die alte Anrichte würde mit einer schönen Vase und frischen Blumen darauf erst richtig zur Geltung kommen. Schon lange hatte ihr kein Projekt mehr solche Freude gemacht. In Mias Kopf tanzten die Ideen. Sie könnte aus diesem Haus ein echtes Schmuckstück machen. Sicher nicht jetzt und nicht in der kurzen Zeit, aber wer immer das Anwesen kaufte, würde hoffentlich das in dem Gebäude sehen, was sie plötzlich darin erkannte. Natürlich müsste man im Bad und in der Küche richtig Geld in die Hand nehmen, um alles zu modernisieren, und auch die elektrischen Leitungen waren offensichtlich erneuerungsbedürftig. Aber das Mauerwerk war gut, die alten Balken könnte man weiß streichen, und schon hätte das alles eine völlig andere Ausstrahlung.

Mia ging raus in den Garten. Hier war allerdings auch jede Menge zu tun. Amelie war nun wirklich nicht für ihren grünen Daumen bekannt gewesen. Das hier war kein Garten, das war ein Urwald. Alles wucherte wild vor sich hin.

Aber das, was Amelie bereits mit der Scheune gemacht hatte, ging genau in die richtige Richtung: Licht und Luft in alles reinlassen. Mia ging langsam rüber zur Scheune, wo Poppy wahrscheinlich an ihren Illustrationen saß. Man könnte die Scheune noch etwas umbauen und dann auch als Gästehaus nutzen. Ein kleiner Badanbau, und es wäre wirklich ein wunderschönes zusätzliches Refugium.

In Mias Kopf explodierten weitere Ideen. Vielleicht sollte man über einen Pool nachdenken? Das war jetzt im Moment natürlich völlig übertrieben, aber Mia konnte sich einen Pool hier ganz wunderbar vorstellen. Renoviert und mit Pool wäre das Haus ein Schmuckstück.

Poppy war nach dem Frühstück rüber in Amelies Atelier gegangen. Irgendwie hatte sie wegen dem lustigen Abend gestern immer noch ein leicht schlechtes Gewissen Amelie gegenüber. Wenn sie hier im Atelier war, würde sie sich ihr wahrscheinlich etwas näher fühlen.

Sie hatte etwas an ihren neuen Illustrationen gearbeitet. Hier ging ihr alles leicht von der Hand, stellte sie fest. Kein Wunder, die Sonne schien, das Atelier war lichtdurchflutet, da lachte der kleine Drache für das Kinderbuch von ganz allein. Und auch die Feen schwebten leicht und luftig über einer Landschaft, die der Toskana nicht unähnlich sah und die, wie Poppy zugeben musste, ganz hervorragend zu der Geschichte des Buches passte.

Poppy beschloss, sich eine kleine Pause zu gönnen. Sie betrachtete die vielen Bilder, die an der Wand lehnten. Auch Amelie hatte sich darin versucht, die Landschaft, den Himmel, die Dörfer und die Atmosphäre der Toskana einzufangen. Das war ihr allerdings nur begrenzt gelungen, wie Poppy mit neuerlich schlechtem Gewissen bemerkte, als sie ein paar der Bilder genauer betrachtete. *Mach dir nichts draus, Amelie, es ist noch kein Meister vom Himmel gefallen, und du hattest ja erst mit dem Malen angefangen.* Poppy hielt innerlich Zwiesprache mit Amelie, das machte sie schon seit der Nachricht von ihrem Tod, und sie war sich ziemlich sicher, dass Amelie sie hören konnte. »Es gibt mehr zwischen Himmel und Erde, als eure Schulweisheit sich träumen lässt« – das war schon seit der zehnten Klasse Poppys Motto gewesen.

Sie betrachtete das Bild auf der Staffelei genauer. Da fehlte gar nicht so viel.

Poppy nahm einen der Pinsel und drückte ein paar Kleckse Farbe aus den Tuben, die da lagen. Dann machte sie sich ans Werk.

»Was machst du da?« Poppy schrak zusammen, als hätte man sie auf frischer Tat ertappt, und für einen Moment dachte sie, es wäre Amelie, die sie empört aus dem Jenseits anraunzte, wieso sie einfach so an ihren Bildern herumpfuschte. Aber es war nur Mia, die hereingekommen war. Poppy war so versunken in das Bild gewesen, dass sie Mias Eintreten gar nicht bemerkt hatte.

»Ich weiß nicht, was genau ich mache. Aber das Bild ist nicht fertig, und ich wollte nur ... ich wollte Amelie nahe sein, und das Bild hat mir einfach gesagt, was es noch braucht.«

»Du weißt schon, dass das jetzt etwas verrückt klingt, oder?«, fragte Mia und blickte sich missbilligend im Atelier um. Hierfür hatte Amelie offensichtlich Geld in die Hand genommen, während sie das Haus hatte vergammeln lassen. Die Bilder waren kitschig. Viel zu bunt. Viel zu sehr Malen nach Zahlen für Mias Geschmack. Auch wenn Mia zugeben musste, dass sie von Kunst im Grunde genommen keine Ahnung hatte. Aber eine Meinung durfte sie ja trotzdem haben, oder etwa nicht?

»Kein Wunder, dass Amelie kein Geld hatte. Niemand mit Verstand würde für so was bezahlen.« Mia hielt eines der Werke hoch. Es war wirklich nicht gut, aber es war auch nicht wirklich schlechter als die Bilder, die hier in der Toskana sonst auf den Wochenmärkten angeboten wurden, dachte Poppy.

»Ich finde, du bist ungerecht. Amelie war gerade am Anfang. Sie hat nicht wie ich drei Semester Kunst studiert. Also nicht, dass ich bereue, dass ich dann doch lieber Grafik zu Ende studiert habe – ich bin nicht so der Typ für ›armer Künstler‹. Aber Amelie hätte einfach nur etwas Übung und Anleitung gebrauchen können. Trotzdem ist da schon etwas in den Bildern. Etwas Eigenes, und genau darum geht es beim Malen. Um den eigenen Blick auf die Welt, auf die Dinge. Nicht jeder Mensch auf dieser Welt liebt die Welt der Zahlen über alles.«

»Ich bin nun mal Buchhalterin. Und das sehr gern. Zahlen sind verlässlich, berechenbar, sicher.«

»Und langweilig«, ergänzte Poppy.

Mia fühlte sich angegriffen. Sie hatte durchaus auch eine andere Seite, eine kreative, unberechenbare Seite, die ihr allerdings eher Angst machte und die sie daher meistens sehr gut unter Verschluss hielt. Aber sie wollte keine Aus-

einandersetzung und zuckte daher nur mit den Schultern.
»Nun, wenn du meinst. Etwas eigen war Amelie ja sowieso
gern. Ich würde die Bilder jedenfalls entsorgen oder ver-
schenken.«

»Auf gar keinen Fall. Ich will die behalten.«

»Alle?« Mia blickte sich in dem Atelier um. Das waren
mindestens fünfzig Stück – in den verschiedensten Stadien
der Fertigstellung und in allen möglichen Formaten.

»Einige. Und ein paar werde ich fertigstellen.«

»Wenn du meinst.« Mia ging wieder nach draußen, und
Poppy blickte ihr nach.

Mia ging raus zu dem kleinen Anbau, der etwas wind-
schief direkt neben dem Haus angelegt war. Sie öffnete die
knarzende Tür. Drinnen war es dunkel, staubig, voller
Spinnweben und voller Gerümpel. Wahrscheinlich war das
alles noch von dem Vorbesitzer. In einer Ecke waren Holz-
scheite für den Kamin gestapelt. Mia blickte sich um. Staub-
teilchen flirrten durch die Luft. Wenn man das entrümpelte,
könnte man es zu einer Art Wintergarten umbauen und zum
Haus einen Durchbruch machen. Ihr Blick fiel auf einen alten Stuhl – verdammt, der sah aus wie ein Original-Thonet-
Stuhl. Wenn das wirklich einer wäre, dann wäre das eine
Entdeckung, ein richtiger Schatz. Mia räumte sich den Weg
zu dem Stuhl frei – und sah gerade noch rechtzeitig die
Schlange, die es sich auf der Sitzfläche des Stuhls bequem
gemacht hatte.

So schnell, wie Mia aus dem kleinen Anbau rausrannte,
war sie seit ihrem fünfzehnten Lebensjahr nicht mehr ge-

rannt, als sie die hundert Meter bei den Bundesjugendspielen als Siegerin gelaufen war.

Seit wann gab es Schlangen in der Toskana?

An diesem Abend fielen alle drei nach dem Abendessen direkt ins Bett. Mia und die beiden anderen würden keinen Fuß mehr in Richtung Schuppen setzen.

Schröder hatte recherchiert. Es gab durchaus giftige Schlangen in der Toskana, zum Beispiel die Aspisviper, deren Gift aber meistens nicht tödlich war. Wie tröstlich. Meistens nicht. Da wäre es dann mal wirklich gut, zu den meisten zu gehören.

Schröder hatte gegoogelt und versucht, Mia zu beruhigen. Vorher hatte sie noch versucht, aus Mia rauszubekommen, wie denn die Schlange wirklich ausgesehen hatte. Aber Mia war viel zu geschockt gewesen, und in ihrer Beschreibung war die Schlange, die sie gesehen hatte, eine Mischung aus Boa constrictor und Klapperschlange. Damit konnte Schröder nicht viel anfangen. Sie meinte nur, Mia solle sich beruhigen. Und Poppy überreichte Mia eine Rassel, die sie im Haus gefunden hatte, und schlug vor, sie solle damit Lärm machen. Schlangen hassten Lärm und würden dann von selbst verschwinden. Denn Schlangen hatten viel mehr Angst vor Menschen als Menschen vor Schlangen. Aber auch diese Idee fand Mia nicht wirklich hilfreich.

Mia hatte nicht gewusst, dass es Schlangen in der Toskana gab. Dabei war sie ja wirklich schon oft in der Toskana und in Italien gewesen. Sie hasste Schlangen. Besser gesagt: Sie hatte eine regelrechte Schlangenphobie. Und dass hier neben dem Haus in dem Schuppen eine Schlange wohnte, war wirklich nicht gut. Wieso musste es im Paradies eine Schlange geben?

Poppy schnarchte schon, noch bevor Mia überhaupt »Gute Nacht« sagen konnte.

Aber auch wenn Mia total müde war, der Schlaf wollte mal wieder nicht kommen. Dieses Gefühl kannte sie inzwischen nur zu gut. Sie war todmüde, aber es fühlte sich an, als wäre sie sogar zu müde zum Schlafen.

Mia stand auf und ging runter in den Garten. Schröder hatte ihr versichert, dass Schlangen nachts nicht unterwegs waren. Viel zu kalt. Trotzdem rasselte Mia leise mit der alten Kinderrassel, die ihr Poppy zum Schlangenbeschwören in die Hand gedrückt hatte. Direkt bei dem Fenster von Schröder war tatsächlich ein unglaublich guter Empfang. Deshalb hatte Schröder auch genau hier ihren Arbeitsplatz aufgebaut.

Mia setzte sich auf den wackeligen Stuhl und versuchte, Stina zu erreichen. Die ging mal wieder nicht ans Telefon. Nach mehreren Versuchen erreichte sie schließlich Stella. Dem Lärm im Hintergrund nach zu urteilen, waren die beiden nicht zu Hause. Es war nach Mitternacht. Mitternacht war Deadline. Bis Mitternacht hatten die beiden spätestens zu Hause zu sein, schließlich waren sie noch nicht volljährig. Da verstand Mia keinen Spaß.

»Ich versteh dich so schlecht. Wir sind auf einem Geburtstag. Wir übernachten hier. Papa hat uns das erlaubt«, schrie Stella ins Telefon. »Die Verbindung wird gerade ganz schlecht. Uns allen geht es gut, mach dir keine Sorgen. Wir sind schon groß. Sorry, Mama, ich muss auflegen. Wir haben dich ganz doll lieb. Ganz viel Spaß noch in Italien.«

Klick. Stella hatte aufgelegt, noch bevor Mia was ins Telefon flüstern konnte. Sie blickte irritiert auf das Handy. Unverschämtheit! Was fiel ihrer Tochter ein! Einfach so aufzulegen! Die beiden Mädchen waren auf einer unerlaubten – also zumindest von ihr unerlaubten – Party. Und dann noch der Spruch: Viel Spaß! Bei der Beerdigung einer Freundin! Was hatten die beiden im Kopf? *Spaß und Jugend haben die beiden im Kopf,* sagte eine ziemlich unbekannte Stimme in Mia. Sie selbst war auch irgendwann mal so gewesen, auch wenn sie sich nicht mehr wirklich daran erinnern konnte.

Mia, Schröder, Poppy und Amelie – sie alle waren mal jung gewesen, und sie alle hatten mal Spaß gehabt. Jede Menge Spaß und Vergnügen. So einen unbeschwerten Spaß, den man hatte, wenn man keine Verpflichtungen und keine Verantwortung hatte, wenn das Leben noch vor einem lag und man noch an Wunder glaubte. Mia schob die Gedanken weg.

Sie hatte das Gefühl, dass Hamburg ihr irgendwie entglitt. Wie kam Paul dazu, den Zwillingen etwas zu erlauben, das sie gemeinsam verboten hatten? Ihr war klar, wie Paul dazu kam. Es war ihm wahrscheinlich egal. Er war anderweitig beschäftigt.

Mia fühlte, wie eine ungute Hitze in ihr aufstieg, und das hatte nichts mit den Wechseljahren zu tun. Sie blickte auf ihr Handy. Sie hatte heimlich auch auf Pauls Handy die »Wo ist?«-App installiert. Paul hatte nicht viel Ahnung von Handys, sie interessierten ihn nicht wirklich, und er benutzte seines tatsächlich in erster Linie, um zu telefonieren. Für alles andere hatte er eine Sekretärin oder Mia. Er würde nie bemerken, dass Mia quasi Zugriff auf seinen Standort hatte. Und selbst wenn er es bemerken würde – wahrscheinlich wäre es ihm völlig egal.

Mia sah Pauls Standort in Hamburg. Er war nicht zu Hause. Er war nicht auf der Arbeit.

Mia schaltete das Handy aus.

Vielleicht hatten die Zwillinge recht. Vielleicht waren sie quasi schon erwachsen. Vielleicht waren sie sogar viel erwachsener als ihre Mutter.

Endlich ging sie ins Bett.

Am nächsten Morgen stand ein junger Mann vor der Tür, der nur Italienisch sprach und von Poppy, die gerade in der Küche ein Frühstück vorbereitete, einen Stock verlangte. Er hatte eine große Box dabei, die, wie sich kurz darauf herausstellte, nicht zum Picknicken gedacht war. Poppy brauchte einen Moment, um zu verstehen, um was es ging. Adriano hatte ihn geschickt. Schröder hatte Adriano über die Schlange im Schuppen informiert, und der junge Mann war hier, um das Tier einzufangen – was ihm vor allem zu Mias Erleichterung auch tatsächlich erstaunlich schnell gelang.

Wenig später konnten die drei eine sehr gefährlich aussehende, aber völlig harmlose gelbgrüne Zornnatter in der Box begutachten. Mia hielt gehörigen Abstand, aber Schröder begutachtete das Tier sehr genau, sogar intensiver, als sie den jungen Italiener begutachtete, der eigentlich genau in ihr Beuteschema passte. Aber bevor Mia darüber nachdenken konnte, ob Schröder jetzt doch plötzlich mehr auf Adriano als auf zu jung stand, klingelte ihr Telefon.

Paul war dran. Endlich. Mia ging raus, um mit ihm zu telefonieren.

»Ich finde, du übertreibst.«

»Und ich finde, du solltest den Zwillingen nicht einfach alles erlauben.«

»Mia, bitte, meine Liebe, mach dich mal etwas locker. Ich habe hier alles im Griff, glaub mir.«

»Mmmhhh.« Mia wusste nicht, was sie darauf sagen sollte. Ja, sie war ein Kontrollfreak, und sie ging ihrer Familie damit öfter mal auf die Nerven. Das wusste sie selbst. Aber Paul nahm die Dinge dafür oft zu locker.

»Komm, ich seh deine Sorgenfalten schon förmlich vor mir. Kümmere du dich da unten um deine Freundinnen und um die Beerdigung. Hier läuft alles bestens.«

»Versprochen?«

»Versprochen. Ich muss jetzt auflegen, ich habe gleich ein Meeting. Kuss.«

Paul legte auf, noch bevor Mia einen Kuss zurückgeben konnte.

Den Rest des Tages stürzte Mia sich kopfüber in die Verschönerung des Hauses. Das war die perfekte Ablenkung, sie machte sich wirklich immer viel zu viele Sorgen, Paul hatte schon recht. Sie räumte, dekorierte und warf ein paar Sachen in ein kleines Feuer, das sie am Grillplatz im Garten entfacht hatte. Nur in die Scheune traute sie sich noch nicht. Vielleicht lebten Schlangen als Paare zusammen? Oder als Familien? Oder in Rudeln? Mia hatte keine Ahnung, aber eines wusste sie ganz sicher: Sie wollte nicht noch mal einer von ihnen begegnen.

Poppy hatte es sich in der Küche gemütlich gemacht und backte die ersten italienischen Cantucci ihres Lebens. So, wie es hier jetzt duftete, würden sie das Haus sofort verkaufen können, aber wahrscheinlich nur, wenn sie die Bäckerin gleich mit dazu verkauften, dachte Mia und überlegte, ob es Sinn machte, die scheußliche Tapete von der Wand des Wohnzimmers zu reißen, oder ob das zu viel Arbeit machen würde. Nun, es würde natürlich zu viel Arbeit machen, aber vielleicht würde es auch viel Spaß machen rauszufinden, was darunter verborgen lag.

Schröder saß draußen an ihrem improvisierten Schreibtisch am Laptop und bekam nebenher auf ihrem Handy immer wieder Whatsapp-Nachrichten, die ihrem Gesichtsausdruck nach zu urteilen weiterhin nicht unbedingt beruflich waren. Daher also das geringe Interesse an dem Italiener heute Morgen. Schröder war wohl gerade, was »amore« betraf, anderweitig beschäftigt.

Mia atmete tief durch. Es roch nach Zypressen, Rosmarin und allen möglichen Kräutern. Die Sonne wärmte ihre Haut. Ihre Augen konnten weit bis zum Horizont blicken, und was sie sah, war wunderbar. Eine Landschaft wie aus einem Traum. Und hier würde sie noch ein paar Tage länger als geplant bleiben. Sie nahm einen weiteren tiefen Atemzug.

Das Leben war wunderbar, zumindest in diesem einen Moment.

Wie furchtbar, dass Amelie nicht mehr am Leben war.

»Nicht schon wieder Wein. Ich werde noch zur Alkoholikerin.« Poppy kicherte Adriano an wie ein kleines Mädchen und nahm dabei dankend zwei Flaschen Rosé in Empfang.

Mia verdrehte innerlich die Augen. Egal, was Poppy sagte von wegen »Ich will keinen Mann mehr, ich brauch keinen Mann mehr« – Mia glaubte ihr kein Wort. In ihren Augen war das reiner Selbstschutz. Wenn man etwas, das man nicht haben konnte, auch nicht mehr haben *wollte*, tat es einfach nicht mehr so weh, es wirklich nicht zu haben. Das wusste Mia aus eigener Erfahrung gut genug.

Auch Schröder blickte Adriano etwas irritiert an, der mal wieder einfach so hereingeschneit war. Anscheinend machten die Italiener das so, dachte Schröder. Einfach vorbeikommen und auf gar keinen Fall vorher anrufen, um zu fragen, ob's auch passt. Kein Wunder, dass Italien für vieles berühmt war, aber nicht gerade für eine intensive Arbeitsmoral, dachte Schröder.

Adriano lachte einfach alles weg. »Der Wein ist für später, er ist viel zu warm, er muss in den Kühlschrank. Aber ich finde, ihr habt für heute genug gewerkelt. Ich wollte euch etwas zeigen. Etwas, das Amelie auch sehr geliebt hat. Lust auf einen kleinen Spaziergang? Ihr braucht festes Schuhwerk und ein Handtuch. Und Badesachen, die braucht ihr in jedem Fall.«

Adriano blickte auffordernd in die Runde der drei Frauen. Poppy lief schon los, um Handtücher zu holen.

Die vier stiegen und stolperten schon eine ganze Weile über Stock und Stein und quer durch die Pampa. Poppy lief bereits seit einiger Zeit der Schweiß in Strömen runter, und auch Mia war es mehr als heiß. Beide bereuten längst, dass sie sich so begeistert auf diesen Ausflug gestürzt hatten.

Plötzlich blieb Schröder stehen, Mia wäre fast in sie hineingelaufen. Schröder reckte die Nase in die Luft und schnupperte misstrauisch.

»Hier stinkt es«, meinte sie, und jetzt bemerkten auch Poppy und Mia den Geruch. Der war wirklich nicht besonders angenehm, irgendwie roch es nach faulen Eiern.

Adriano lachte nur. »Wir sind gleich da«, versprach er. Und dann bogen die drei um eine Ecke und sahen es. Vor ihnen lagen völlig versteckt in einer kleinen eingeschnittenen Schlucht drei heiße Quellen – wie eine Miniversion der Quellen von Saturnia oder Bagno Vignoni. Hier waren es drei kleine Becken untereinander, gespeist von einer heißen Quelle, die oben aus dem Felsen kam. Das Wasser in den Becken war von wunderbarem milchigem Türkis. Der leichte Schwefelgeruch in der Luft kam daher, dass die Quelle, wie viele andere in der Toskana, einen vulkanischen Ursprung hatte.

»Unglaublich!« Poppy war beim Anblick des türkisfarbenen Wassers inmitten von üppigem Grün einfach stehen geblieben. »Kann man da baden?«

»Ma certo.« Adriano lachte. »Aber es ist sehr warm, so um die vierzig Grad. Das dritte Becken ist am kühlsten. Im Herbst und Winter macht es mehr Spaß herzukommen, aber auch jetzt im Sommer fühlt man sich nach einem Bad hier drin herrlich entspannt. Wenn auch nicht wirklich erfrischt. Nur die Dorfbewohner kommen hierher und manchmal jemand aus Buonconvento. Touristen nie – das hier ist wirklich ein Geheimversteck. Und das soll es auch bleiben.«

Die Frauen nickten. Der Platz war viel zu schön, um ihn den Touristen zum Fraß vorzuwerfen. Sogar Schröder war beeindruckt. Sie war vor Jahren einmal in den Quellen von Saturnia gewesen, mit einem Lover. Sie konnte sich noch gut daran erinnern. An die Quellen. Weniger an den Lover. Es war im Herbst gewesen und die Stimmung damals sehr morbide.

Adriano zog sich wie selbstverständlich aus – unter der Jeans trug er schon Badeshorts.

Poppy stieg, ohne zu zögern, zu ihm in das untere Becken. Sie hatte ihren Badeanzug schon angehabt und ließ einfach ihr T-Shirt darüber an. Eigentlich traute sie sich kaum noch in öffentliche Schwimmbäder. Zu sehr nagte ihre füllige Figur an ihrem Selbstwertgefühl. Aber hier, mitten in der Pampa und nur mit ihren Freundinnen und einem Mann, der sich sowieso nie für sie interessieren würde, war ihr alles egal. Das Wasser war aber auch einfach zu verlockend. Mit einem wohligen »Ahhhhh« setzte Poppy sich in das warme Wasser und strahlte wie ein Honigkuchenpferd.

Mia folgte den beiden nach kurzem Zögern in das unterste Becken. Das Wasser war wirklich herrlich, auch wenn sie es etwas kühler bevorzugt hätte. Sie war froh, bis zum Hals ins Becken abtauchen zu können. Obwohl sie durch hartes Training und einer Art Dauerdiät kein Gramm zu viel mit sich herumtrug, hatte sie doch nach drei Kindern nicht mehr die Figur, die sie mal gehabt hatte. Und sich hier mit Adriano in Badekleidung in eine Art Whirlpool zu legen fühlte sich irgendwie zu intim und unangenehm an. Aber das Wasser war wirklich großartig, sicher voller Mineralien und gut für die Haut.

Schröder stand immer noch draußen und machte keinerlei Anstalten, sich ins Wasser zu begeben.

»Was ist los? Komm rein! Es ist gar nicht so heiß, es ist wunderbar!«, rief Mia Schröder zu, und Adriano und Poppy winkten.

Aber Schröder schüttelte den Kopf. »Nein, nein, macht ihr nur, mir ist das viel zu warm. Ich habe keine Lust zu baden, mir ist sowieso schon zu heiß. Die Sonnenmilch habe ich auch vergessen, und ich muss zurück. Da sind sicher schon wieder jede Menge E-Mails eingelaufen ... Ich wünsche euch noch viel Spaß. Wir sehen uns später!« Mit diesen Worten war Schröder auch schon verschwunden.

Mia blickte ihr irritiert nach. Früher war Schröder gern ins Schwimmbad gegangen und hatte keine Gelegenheit ausgelassen, sich in die Wellen zu stürzen. Aber das hier war wirklich ziemlich warm, dachte sie. Die Haut an ihren Fingerkuppen schrumpelte schon. Etwas, das Mia wie die Pest hasste. Also war es auch für sie an der Zeit, hier schnell wieder herauszuklettern.

Die Italienerin schüttelte nur den Kopf, und ihre Ohrringe, die sehr echt und sehr schick aussahen, klimperten dabei wie ein elegantes Windspiel. Ob die Ohrringe wirklich echt waren, konnte Poppy nicht beurteilen. Die Frau war ungefähr in ihrem und Schröders Alter und sah wirklich umwerfend aus.

Poppy bewunderte immer wieder die Italienerinnen, die es schafften, egal wo – ob am Strand, im Supermarkt, auf einer Piazza oder wie jetzt hier auf einer Hausbesichtigung –, so auszusehen, als würden sie gleich für ein Modemagazin fotografiert. In Italien tat Poppy sich wirklich schwer damit, eine schlecht gekleidete Frau zu entdecken. Das war etwas, das sie noch mehr verunsicherte. Bei ihrer Größe etwas Schönes zu finden, war fast unmöglich, und daher hatte Poppy einfach seit drei Jahren kein neues Kleidungsstück mehr gekauft. Das war zwar umweltfreundlich, aber nicht wirklich zielführend. Poppy seufzte und bot der Signora noch ein paar Cantucci an, welche diese sich freudig in den Mund schob. Wie um alles in der Welt konnte diese Frau Cantucci in dieser Menge essen und dabei so dünn sein? Poppy hatte den Verdacht, dass das mit der italienischen Luft zu tun hatte. Vielleicht müsste sie auch nur lange genug in Italien leben, und die Pfunde würden von allein schmelzen. Schließlich sollte die mediterrane Küche ja eine der gesündesten der Welt sein.

Schröder führte die Signora weiter durch das Haus und über das Grundstück in der Hoffnung, in einer halben Stunde so etwas wie einen mündlichen Kaufvertrag zu bekommen. Aber die Signora schüttelte nur ab und zu den Kopf. Dabei hatte Mia, die hinter den beiden herlief, wirklich Wunder vollbracht. Das Haus wirkte viel heller, freundlicher, einladender und nicht mehr so kaputt und vollgerümpelt wie noch vor ein paar Tagen. Aber bei dem Dach, den elektrischen Leitungen, im Badezimmer oder in der Küche hatte selbst Mia nicht viel bewirken können. Da mussten die Profis ran, und das würde viel Geld kosten. Das sah die Signora offensichtlich auch, denn sie schüttelte wieder den Kopf und bot einen Preis, bei dem Schröder für einen Moment Schnappatmung bekam und ihrerseits den Kopf schüttelte.

Die Signora rauschte wenig später in ihrem glitzernden Sportwagen lässig winkend davon.

»Vaffanculo!«, fluchte Schröder hinter ihr her, und Poppy blickte ihre Freundin erstaunt an. Schröder drehte sich empört zu Poppy und Mia um. »Diese blöde Ziege! Sie wollte das Haus quasi geschenkt. Sie wollte, dass wir es ihr hinterherwerfen. Aber das kommt nicht infrage. Nicht mit mir. Ich will zwar kein Haus in Italien haben, verdammt noch mal, ich will mich nicht darum kümmern müssen. Ihr beide habt ja echt keine Ahnung, was so eine Ferienimmobilie für ein Aufwand ist! Ständig ist etwas anderes kaputt, ständig hat man Ärger mit den Handwerkern. Wenn einem so ein Teil gehört, macht man keine Ferien. Man putzt und repariert die ganze Zeit, die man hier ist, und finanziell ist das echt ein Fass ohne Boden. Ich weiß, wovon ich rede. Wie ihr wisst, hatten meine Eltern vor ewigen Zeiten mal ein Haus an der Costa Brava, und ich sage euch, es war ein Dauerstreitthema in der Familie! Aber ich werde Amelies Traum auch nicht einfach so der erstbesten Tussi vor die Füße werfen. Amelie war unsere Freundin. Dieses Haus war ihr Traum. Und schon deswegen ist es etwas wert. Es ist ihr Andenken und ihr Vermächtnis, und es ist nicht schlecht, nur weil es etwas in die Jahre gekommen ist und der Renovierung bedarf.«

Schröder hatte für ihre Verhältnisse gerade einen unglaublichen Gefühlsausbruch, und Poppy glaubte sogar, ein Tränchen in Schröders Augen zu erkennen.

Auch Mia schien erstaunt über diese Ansprache, sie hatte die Augenbrauen hochgezogen und vergessen, sie wieder abzusenken.

»Ganz, wie du meinst, Schröder, du bist die Expertin. Oder was denkst du, Mia?«, fragte Poppy. Sie fühlte sich seltsamerweise erleichtert, dass das Haus jetzt doch nicht gleich verkauft wurde.

»Ich denke das, was ihr denkt«, antwortete Mia, meinte aber etwas ganz anderes. Sie wollte das Haus so schnell wie möglich loswerden und dann zurück nach Hamburg. Die Zwillinge waren weiter auf Tauchstation. Paul schrieb einmal am Tag beruhigende Whatsapp-Nachrichten, die sie noch mehr beunruhigten, und überhaupt hatte sie gerade genug von Italien. Und auch sie würde dieses Haus ohne jede Menge Geld, Zeit und Handwerker nicht in ein Castello verwandeln können. Mia ging ins Haus. Sie brauchte einen Espresso. Oder – noch besser – etwas viel Stärkeres.

Wenig später saß Mia mit ihrem Espresso und einem Buch über die verborgenen Gärten der Toskana, das sie im Haus gefunden hatte, in der Sonne und versuchte, sich zu entspannen, als ihr Handy endlich klingelte. Stinas Name leuchtete auf dem Display auf. Mia sprang geradezu an das Handy.

»Hallo, mein Schatz«, meldete sie sich betont lässig.

»Nicht sauer sein, Mama. Versprich mir, dass du nicht sauer bist, es ist auch gar nichts passiert. Also nicht wirklich. Uns geht es gut, ich wollte dich nur anrufen, bevor die Polizei es vielleicht tut.«

Polizei? In Mia schrillten sämtliche Alarmglocken. Was um alles in der Welt hatten die Zwillinge mit der Polizei zu schaffen?

»Polizei???!!!!« Mia schrie so laut ins Handy, dass Schröder und Poppy aufschreckten.

Wie sich herausstellte, hatte Stella, die schon ein paar Führerscheinstunden hinter sich hatte, gestern Abend heimlich Mias alten Fiat 500 »ausgeliehen«, weil die beiden Mädels auf eine Party gewollt hatten. Paul war länger im Büro geblieben, und so hatten die beiden gedacht, das wäre die einfachste und günstigste Art, zur Party hin- und zurückzukommen. Leider war Stella in einen kleinen Unfall verwickelt worden, an dem sie noch nicht mal die Schuld trug. Jemand war ihr an einer roten Ampel hinten aufgefahren. Aber durch dieses blöde Auffahren war die ganze Sache aufgeflogen, und die Polizei war eingeschaltet worden. Und jetzt war sogar Paul richtig sauer auf die beiden. Stina rief nur an, damit ihre Mutter sich nicht aufregte. Das Auto hatte eine kleine Delle, und Stella würde wahrscheinlich die nächsten drei Jahre keinen Führerschein machen dürfen. Aber auch das war kein Problem, Stina konnte dann ja fahren. Also, Mia sollte sich bitte, bitte auf keinen Fall aufregen. Sie hatten alles im Griff, und der Fiat war sogar schon in der Werkstatt.

Mia war völlig fertig, als sie auflegte. Das war ja jetzt wohl der eindeutige Beweis dafür, dass es ohne sie nicht ging und dass sie recht damit hatte, wenn sie auf ihre Kinder aufpasste. Und offenbar hatte sie auch damit recht, dass Paul als Vater irgendwie nicht zu gebrauchen war. Vielleicht war er auch in anderer Hinsicht nicht wirklich zu gebrauchen, aber das war jetzt nicht das Thema.

Schröder und Poppy hatten neugierig alles mitgehört, Mia hatte sogar das Handy auf Lautsprecher stellen müssen.

Mia blickte Schröder und Poppy mit funkelnden Augen an. Poppy konnte förmlich sehen, wie Rauch aus Mias Ohren kam, so wütend war die, aber das war wahrscheinlich eine Einbildung.

»Ich könnte Paul umbringen. Und die Zwillinge auch. Kaum bin ich nicht da, läuft alles aus dem Ruder.«

»Es ist doch nichts passiert. Zumindest nichts Schlimmes«, sagte Schröder tiefenentspannt.

»Das nennst du nichts?«

»Das nenne ich nichts. Du weißt, dass Sophie mal eine Nacht im Gefängnis saß, weil sie in eine Boutique eingebrochen ist, um ganz bestimmte Jeans zu klauen. Da war sie siebzehn. Das ist in dem Alter normal. Du tust gerade so, als hättest du nicht schon einen Sohn von dreiundzwanzig Jahren.«

»Max hat so was nicht gebracht.«

Schröder blickte Mia nur an.

»War da nicht was mit Drogen und so ...?«, begann Poppy vorsichtig.

Mia stöhnte. Das machte es nicht besser. Max war in seiner Pubertät wirklich nicht einfach gewesen. Aber er war ein Junge gewesen. Irgendwie machte sie sich um die Mädchen mehr Sorgen. Das war einfach so. Warum konnten die Kinder nicht einfach mit einem Schlag erwachsen sein? Also direkt von supersüß auf vernünftig schalten, ohne diesen unglaublich anstrengenden Weg über die Pubertät?

»Ich sollte zurückfahren«, murmelte Mia.

»Auf gar keinen Fall«, kam es unisono aus dem Mund von Schröder und Poppy.

»Du kannst das Leben nicht kontrollieren. Du kannst die Zwillinge nicht kontrollieren. Und du solltest es nicht mal versuchen. Lass sie ihre eigenen Fehler machen, nur so werden sie erwachsen«, sagte Schröder.

»Ich finde, Schröder hat recht. Das Leben lässt sich wirklich nicht kontrollieren, auch nicht als Mutter. Schau, was Amelie passiert ist.«

Schröder funkelte Poppy an. »Das war jetzt nicht gerade hilfreich.«

»Genau das ist ja das Schlimme. Nichts lässt sich kontrollieren.« Mia war fassungslos, dass Poppy jetzt auch noch Amelie erwähnt hatte.

»Ich kann ja verstehen, dass du deine Kinder beschützen willst, aber ich finde, du musst positiv denken und das Schöne sehen, dann wird das schon. Die Zwillinge sind großartig, sie machen ihr Ding und ...«

»Was bitte, verdammt noch mal, soll positiv sein an Amelies Tod? Kannst du mir das mal sagen?« Mia hätte schreien können, sie hatte das Gefühl, dass ihre beiden Freundinnen sie kein bisschen verstehen wollten oder konnten.

Und auf diese Frage von Mia hatten jetzt weder Schröder in ihrem Pragmatismus noch Poppy mit ihrer positiven Weltsicht eine Antwort.

»Das hab ich mir gedacht.« Mit diesen Worten ging Mia nach drinnen. Sie brauchte noch einen Espresso.

Mia wurde mitten in der Nacht von ihrem eigenen Herzschlag wach und fühlte ein sehr ungutes Gefühl in sich aufsteigen. Sie atmete viel zu schnell und viel zu heftig. In ihr keimte der Verdacht auf, das könnte eventuell der Beginn einer Panikattacke sein. Das war etwas, vor dem sie wirklich Angst hatte.

Mia hatte sozusagen Angst vor der Angst. Sie hatte als Jugendliche ein paar Panikattacken erlebt, und sie wollte das nicht noch einmal mitmachen. Eine Panikattacke war das Gefühl, lebendig zu sterben, es war Todesangst ohne ersichtlichen Grund – und genau das war es, was es eigentlich noch schlimmer machte. Es war, als würde man von einem Ungeheuer angefallen, das niemand außer einem selbst sehen konnte. Und niemand konnte einem helfen, da das Ungeheuer eben nur für einen selbst sichtbar war, in einem selbst lauerte und immer und überall plötzlich sein schreckliches Haupt erheben konnte.

Was am ehesten gegen dieses Gefühl half, war, zwei von den grünlichen Beruhigungstabletten zu nehmen, die sie immer dabeihatte, und gleichzeitig in irgendeiner Form in Aktion zu treten, solange man noch konnte, das wusste Mia aus Erfahrung.

Sie stand leise auf und fing an zu packen. Unten im Tal

hatte sie eine Busstation gesehen. Der Bus fuhr sicher nach Buonconvento. In Buonconvento könnte sie den Zug nehmen, und spätestens heute Abend wäre sie sicher in Hamburg, endlich wieder bei ihrer Familie. Mia versuchte, sich mit dem bewussten Zählen ihres Atems zu beruhigen. Eins, zwei, drei, vier – einatmen. Eins, zwei, drei, vier – ausatmen.

Es war jetzt schon etwas besser.

Sie lieh sich einfach die Reisetasche von Poppy aus, die im Schrank ganz unten stand, und stopfte ihre eigenen Sachen wahllos hinein. Sie hatte weder den Nerv noch die Zeit, jetzt quasi mitten in der Nacht richtig zu packen, und ihren großen Koffer konnte sie sowieso nicht allein durch die Gegend schleppen. Den würden Poppy und Schröder dann sicher mit nach Hamburg bringen.

Hier ging es um eine Flucht mit leichtem Gepäck. Mia stopfte ein letztes T-Shirt in die Tasche und drehte sich noch mal um. Vielleicht sollte sie ihre Bettdecke ausstopfen, um so zu tun, als wäre sie noch da? Schröder und Poppy würden sonst sicher versuchen, ihr zu folgen. Aber das kam Mia dann doch zu albern vor. Sie war schließlich kein Teenager mehr, und das hier war kein *Hanni-und-Nanni*-Buch, sondern das richtige Leben. Leise zog sie die Tür hinter sich zu.

Sie würde den beiden einfach nach einer gewissen Zeit eine Whatsapp-Nachricht schreiben. Wahrscheinlich würde Poppy in der Früh sowieso erst mal nur denken, dass Mia kurz spazieren war.

Mia schlich sich aus dem Haus und nahm in letzter Minute noch die Anti-Schlangen-Rassel mit. Die Morgendämmerung war schon angebrochen. Der Weg runter bis zur Bushaltestelle war lang, und man konnte ja nie wissen, wer oder was einem unterwegs so begegnete.

Wenig später brannte die Sonne auf Mias Kopf, und Schweißperlen liefen ihre Stirn runter. Dabei war es erst sieben Uhr morgens. Aber sie stand unten an der Bushaltestelle an der Hauptstraße in der prallen Sonne und war die letzten zwei Kilometer, mit der Reisetasche und ihrer normalen Tasche beladen, bis hierher gelaufen.

Sie war jetzt schon völlig fertig. Blöderweise hatte sie den Sonnenhut auf der Terrasse des Hauses beim Liegestuhl liegen lassen. Vielleicht sollte sie versuchen zu trampen? Der Bus würde erst in anderthalb Stunden kommen. Hier in der Toskana hatten sie es offensichtlich nicht so mit dem Zehnminutentakt. Mia bückte sich und durchsuchte die Reisetasche nach irgendetwas, mit dem sie ihren Kopf bedecken konnte, ohne allzu dämlich auszusehen. Vielleicht sollte sie sich einfach ein weißes T-Shirt um den Kopf binden?

»Kann ich dich mitnehmen?« Ein Auto hielt direkt neben Mia, und als Mia sich überrascht umdrehte, sah sie Adriano am Steuer. Das auch noch. Der auch noch. Gott sei Dank hatte sie das T-Shirt noch in der Hand und nicht auf dem Kopf. Das wäre ihr dann doch zu peinlich gewesen.

»Ähhm ... nein, danke ... ich schaff das schon, der Bus kommt gleich«, behauptete Mia und stopfte das T-Shirt möglichst beiläufig wieder in die Tasche.

»Der Bus kommt in anderthalb Stunden«, sagte Adriano.

»Kann sein.«

»Ich bin sowieso auf dem Weg nach Buonconvento. Ich muss da in den Computerladen. Also ...«

Mia blickte ihn zögerlich an. Wie blöd, jetzt ausgerechnet Adriano zu begegnen. Aber gleichzeitig war das im Grunde genommen unglaublich praktisch. Er würde den anderen beiden vermutlich umgehend erzählen, dass er sie mit nach Buonconvento genommen hatte, aber das wäre egal, denn dann säße sie sicher schon im Zug.

»Steig schon ein.« Adriano öffnete die Beifahrertür. Mia spürte den verlockend kühlen Atem der Klimaanlage – und stieg ein.

»Ich nehme mal an, du willst in Buonconvento zum Zug?« Adriano warf einen kritischen Blick auf die Reisetasche, die Mia umklammert hielt. Sie nickte. Mehr wollte sie dazu gerade nicht sagen.

Adriano pflegte einen verdammt italienischen Fahrstil. Regeln gab es offenbar keine, und Kurven waren dazu da, sie wunderbar zu schneiden. Er fuhr natürlich einen italienischen Sportwagen, keine Ahnung, was für eine Marke, Mia kannte sich mit Autos nicht aus, aber egal, für Mias Geschmack fuhr er in jedem Fall deutlich zu schnell.

»Die andern beiden wissen nicht, dass du abreist?« Adriano warf einen kurzen, fragenden Blick zu ihr rüber.

Mia schüttelte den Kopf.

Adriano nickte. »Es hätte mich auch gewundert, wenn sie nicht versucht hätten, dir das auszureden. Was ist passiert?«

»Meine Kinder sind passiert.«

»Mit Kindern passiert immer etwas.«

»Du hast Kinder?«

Zu Mias Überraschung nickte Adriano erneut. »Schon erwachsen. Aus meiner ersten Ehe. Violetta ist sechsundzwanzig, und Enrico ist siebenundzwanzig. Beide leben in Rom.«

Mia seufzte. »Ich habe einen Sohn, dreiundzwanzig, der studiert Medizin in Hamburg. Aber meine Zwillinge sind erst siebzehn, und eine davon hat gerade ohne Führerschein einen Unfall gebaut.«

»Totalschaden?«

»Nur eine kleine Delle«, musste Mia zugeben und kam sich plötzlich albern vor, hier wegen einer kleinen Delle mit einer Reisetasche in einer Art Nacht-und-Nebel-Aktion einfach abzuhauen.

Adriano lachte. »Willst du zu deinen Kindern, oder willst du nur weg von hier?«, fragte er dann ernst. »Weg von der Beerdigung? Weg von dem Tod, von den Erinnerungen? Das musst du wissen. Denn deine Freundin wird nur einmal beerdigt, und deine beiden noch lebenden Freundinnen werden ziemlich sauer auf dich sein. Und du hinterher vielleicht auch auf dich selbst, wenn du alldem jetzt einfach ausweichst.« Er blickte Mia kurz prüfend an, dann musste er sich wieder auf die Straße konzentrieren.

Mia überlegte einen Moment. Natürlich wollte sie zu ihren Kindern, das war ja klar. Sie wollte immer zu ihnen, schließlich liebte sie die drei über alles. Okay, das mit dem Auto war blöd, aber noch mal halbwegs gut ausgegangen.

Das eigentliche Gefühl, das Mia hatte, war, dass sie nichts mehr mit Amelie und ihrem Tod zu tun haben wollte. Es war alles zu viel für sie. Sie hasste den Tod und alles, was damit zu tun hatte. Er machte ihr auf eine wirklich gruselige und unglaubliche Art Angst. Die Vorstellung, dass irgendwann alles einfach vorbei war, war absolut unerträglich. Nichts mehr, gar nichts mehr. Keiner wusste, was danach kam. Mia hatte sogar erhebliche Zweifel daran, dass nach dem Tod überhaupt noch irgendetwas kam. Sie war zwar katholisch erzogen worden, ging aber wie so viele eigentlich nur noch an Weihnachten in die Kirche. So war Religion nicht wirklich ein Trost für sie.

»Ich hasse den Tod. Und alles, was damit zusammenhängt«, brach es voller Wut aus ihr heraus, und sie bemerkte die Wut erst, als sie den Satz schon ausgesprochen hatte.

Adriano lachte. »Ich glaube, das hat der Tod schon öfter gehört.«

Mia hatte das Gefühl, Adriano lachte den Tod einfach aus. Das war beneidenswert.

»Hier ist es.« Adriano fuhr mit Schwung rechts ran, Mia hatte überhaupt nicht mitbekommen, dass sie schon in Buonconvento angekommen waren.

Sie blickte sich um. Das war nicht der Bahnhof. Das war die Piazza von Buonconvento, die mit dem kleinen Café, in dem sie schon mit Schröder und Poppy gesessen hatte.

»Die machen hier ganz hervorragende Cornettos. Ich bin in einer halben Stunde wieder da und trinke einen Espresso mit, danach können wir zurückfahren.«

Mia blickte Adriano verblüfft an. Was erlaubte der sich?

Es war ja wohl ihre Entscheidung, ob sie hierbleiben wollte oder nicht. Der hatte doch überhaupt keine Ahnung von ihrem Leben!

»Ich will kein Cornetto. Ich will nach Hamburg.«

»Bist du dir da wirklich sicher? Du erscheinst mir eigentlich nicht wie jemand, der vor schwierigen Dingen davonläuft.«

»Ich laufe nicht davon, sondern zu etwas hin. Zu meiner Familie, um genau zu sein.«

»Deine Freundinnen brauchen dich im Moment, glaube ich, mehr als deine Familie. Und ich glaube, davonzulaufen ist nie eine gute Idee. Die Probleme rennen einem immer hinterher, und irgendwie sind die blöden Dinger immer schneller. Übrigens erschien es mir auch immer so, als ob deine Freundin Amelie hier vor irgendetwas davonlaufen würde.«

»Ja. Vor dem grauen Wetter in Hamburg. Vor dem rennen alle dauernd davon«, sagte Mia und war selbst verblüfft über ihren Humor; sie war eigentlich überhaupt nicht der lustige Typ.

Adriano musste lachen, und Mia stimmte plötzlich einfach so in das Lachen mit ein.

Sie saßen beide im Auto und lachten und lachten, so als ob Mia wirklich einen grandiosen Witz gemacht hätte und nicht nur ein winzig kleines Witzchen. Schließlich hörten beide fast gleichzeitig wieder auf zu lachen.

Mia blickte Adriano an. Dieses Lachen eben hatte einen Knoten in ihr gelöst. Er hatte recht. Poppy und Schröder brauchten sie im Moment sicher mehr als ihre Familie, und es war ja auch nicht so, dass in Hamburg nur eitel Sonnenschein auf sie wartete. Bei der Verknüpfung von »eitel Sonnenschein« und »Hamburg« fing Mia fast wieder an zu kichern. Sie sollte wohl doch besser noch eine Weile dem schlechten Wetter davonlaufen. Zumindest so lange, bis Amelie beerdigt war.

Mia nickte Adriano zu und stieg aus. Die Reisetasche ließ sie einfach gleich im Auto.

Als Adriano mit seinem Auto eine Stunde später leise bei Amelies Haus vorfuhr, schliefen Schröder und Poppy offensichtlich noch.

Mia öffnete die Autotür und blickte Adriano an.

»Ich werde nichts sagen«, beantwortete er ihre unausgesprochene Frage.

»Danke.« Mia schnappte sich ihre Reisetasche vom Rücksitz, stieg aus und schlich so leise ins Haus, wie sie gegangen war. Sie war nie weg gewesen. Warum auch? Alles kein Problem.

Adriano fuhr leise davon.

Das Gedränge war unfassbar. Poppy bereute schon die ganze Zeit, dass sie überhaupt mitgekommen war. Sie hasste solche Menschenmengen, und sie hatte Angst, die anderen beiden in dem Gedränge zu verlieren. Statt hier rumzuirren, könnte sie jetzt irgendwo in einem kleinen, wunderschönen toskanischen Dörfchen Leckereien einkaufen, an ihren Illustrationen arbeiten oder an Amelies Bildern weitermalen oder in der Sonne liegen. Stattdessen drückte sie sich hier durch die Menge.

Schröder hatte herausgefunden, dass an diesem Wochenende auf der »Piazza del Campo«, dem wunderschönen muschelförmigen mittelalterlichen Platz mitten im Zentrum von Siena, das weltberühmte Pferderennen »Palio di Siena« stattfand, und darauf bestanden, dass die drei einen Ausflug dorthin machten. Den Palio gab es nur zweimal im Jahr, Anfang Juli und im August. Schröder machte sich zwar nichts aus Pferden, wollte sich dieses Spektakel aber nicht entgehen lassen, wenn sie schon mal genau zu diesem Zeitpunkt hier in der Gegend war.

Auf die Idee, während des Palios in Siena sein zu wollen, schien im Übrigen natürlich ganz Italien gekommen zu sein, und auch alle Touristen im Umkreis von fünfhundert Kilometern hatten sich wohl nach Siena aufgemacht, um das Rennen zu sehen.

Auch Mia fand das Gedränge nervig. Sie hatten erst mal keinen Parkplatz bekommen, deshalb auf einem fast zwei Kilometer außerhalb der Stadtmauern gelegenen Feld geparkt und dann in Richtung Campo laufen müssen. Das allein hatte schon gereicht, um Mia schlechte Laune zu bereiten. Zur Krönung war es quasi unmöglich gewesen, in irgendeinem Café einen Platz zu ergattern. Schröder hatte Mia und Poppy schließlich für eine halbe Stunde kurz am Tresen einer Bar platziert, um allein herauszufinden, an welcher Ecke des Campos sie die besten Chancen hatten, überhaupt etwas von dem Rennen zu sehen. Unverrichteter Dinge kam Schröder wieder zurück. Es war gerade kaum ein Durchkommen bis zum Platz möglich. Dafür hatte sie allen dreien in einem Supermarkt schnell eine Flasche Wasser besorgt. Sie schlug vor, sich gleich zu dritt bis zum Campo vorzudrängen, um wenigstens etwas von dem Pferderennen zu sehen, sonst würden sie sich nie wiederfinden.

Aber im Moment steckten die drei einfach in der Menge fest. Es ging kaum etwas vorwärts und auch nichts mehr rückwärts. Es war schon unter normalen Umständen nicht so einfach, sich in der mittelalterlichen Stadt zurechtzufinden, aber jetzt erschien es nahezu unmöglich. Mia war genervt. Ihr war furchtbar heiß. Seit ein paar Monaten hatte sie diese echt beschissenen Hitzewallungen – etwas, das sie normalerweise einfach zu ignorieren versuchte. Aber jetzt in der echten Hitze zu stehen war nicht hilfreich. Sie wusste gerade nicht mehr, ob es die Sonne oder die Hormone waren, die ihr das Gefühl gaben, gleich zu schmelzen. Mia goss sich einfach etwas Mineralwasser über das T-Shirt. Sie war zu alt und zu müde, um sich darüber Gedanken zu machen, ob sie dabei irgendwelche blöden Männerblicke kassieren würde.

Sie schaute sich um. Überall unfassbares Gedränge und viel zu viele Leute. Bei dieser Menge von Leuten würden sie nie bis zum Campo durchkommen. Ihr selbst war das ja eigentlich ziemlich egal, Pferderennen waren nun wirklich nicht ihr Ding. Mia hielt sich noch mal die Wasserflasche über ihren Kopf und ließ das kühle Nass an sich herunterlaufen.

Plötzlich hatte sie eine seltsame Empfindung. Sie drehte den Kopf noch mal nach rechts. Sie hatte das Gefühl, gerade irgendwo in der Menge ein bekanntes Gesicht gesehen zu haben. Ein sehr bekanntes Gesicht: ihren Sohn Max. Hier in Italien, genau in Siena. Aber das konnte nicht sein. Max steckte mitten im Semester in Hamburg. Wahrscheinlich hatte sie wegen dieser verfluchten Hitze Halluzinationen. Wahrscheinlich sah irgendein deutscher Tourist ihm ähnlich. Viele junge Männer hatten heutzutage den gleichen Haarschnitt und diesen Etwas-mehr-als-Dreitagebart, den Max sich seit einem halben Jahr stehen ließ und der ihn etwas älter machte.

»Ich muss mich mal setzen!«, schrie Mia den anderen beiden zu. Es war nicht nur unglaublich voll hier, sondern auch unglaublich laut. Mia nickte zu einer kleinen Seitenstraße und ging einfach vor, ohne auf die anderen beiden zu warten. Sie setzte sich auf einen Mauervorsprung und fächelte sich etwas Luft zu. Es war wirklich heiß, und es waren definitiv zu viele Menschen hier. Eigentlich hätten sie sich vorher denken können, dass der Besuch des Palios eine schlechte Idee war.

»Wir sind einfach zu spät losgefahren. Wir hätten viel früher herkommen sollen«, sagte Schröder. Auch sie wirkte etwas gestresst und mitgenommen von dem ganzen Halligalli hier.

»Wir hätten gar nicht herkommen sollen. Das war eine Schnapsidee«, erwiderte Mia gereizt und nahm damit Poppy die Worte aus dem Mund.

»Du hättest ja auch im Haus bleiben können. Wie immer. Ich jedenfalls hätte dich nicht daran gehindert. Du bleibst sowieso immer nur bei dem Gewohnten, du warst noch nie der Typ, der gern mal etwas Aufregendes ausprobiert.«

»Das stimmt nicht. Ich bin durchaus offen für Neues. Aber hier ist es nun mal zu voll und zu heiß«, widersprach Mia.

»Sagt wer?« Schröder blickte Mia provozierend an.

»Also, hier ist es schon sehr voll und sehr heiß«, warf Poppy ein.

»Es geht nicht um die Hitze«, zischte Schröder Poppy an wie eine Giftschlange, die gleich zubeißen würde.

»Mia probiert schon ab und zu was Neues aus. Weißt du noch, als sie vor fünf Jahren versucht hat, mit uns zusammen Segeln zu lernen?«, warf Poppy tapfer ein, in dem kläglichen Versuch, Mia zu verteidigen.

Das stachelte Schröder allerdings noch mehr auf. Der

gemeinsam gebuchte Segelkurs auf der Alster hatte damals damit geendet, dass Mia nach dem ersten Kentern der kleinen Jolle die Segel quasi gestrichen hatte und Schröder, Poppy und Amelie den Kurs dann allein beendet hatten.

»Nie bist du bereit, mal etwas aus deiner Komfortzone zu gehen oder dich mal durchzubeißen. Immer gehst du den Weg des geringsten Widerstands. Und am allerliebsten würdest du dich doch auch hier vor allem drücken, vor der Beerdigung und vor all dem anderen Scheiß.«

»Das stimmt nicht ... ich ... also, ich bin durchaus ...« Mia wusste gar nicht, wie ihr geschah und wie sie sich verteidigen sollte. Was um alles in der Welt war in Schröder gefahren? War ihrer sonst so kühlen Freundin die Hitze zu Kopf gestiegen?

»Das machst du in deiner Ehe so und auch sonst in deinem Leben. Und glaub ja nicht, dass ich deinen Fluchtversuch neulich nicht mitbekommen habe«, sagte Schröder in bedrohlichem Tonfall.

»Ich glaube, wir sollten mal weiter zum Campo gehen«, versuchte Poppy die blöde Situation zu deeskalieren.

»Was hat jetzt bitte meine Ehe mit dem Palio zu tun?« Mia war aufgestanden und blickte Schröder nun ebenfalls durchaus kampfeslustig an.

»Natürlich nichts. Außer dass es in deiner Ehe ungefähr so viele Leute gibt wie hier in Siena. Auf jeden Fall jede Menge mehr, als da eigentlich reinpassen«, sagte Schröder sichtlich gereizt.

Poppy hielt erschrocken die Luft an. Das hier würde sicher gleich eskalieren. Und von welchem Fluchtversuch hatte Schröder da überhaupt geredet?

»Ich habe meine Augen nicht geschlossen. Ganz im Gegenteil. Paul und ich haben eine Vereinbarung. Wir führen eine offene Ehe. Wir sind ein modernes Paar. Und das wisst ihr.«

»Ah, so nennst du das also«, sagte Schröder.

»Also, heutzutage ist das doch alles überhaupt kein Problem mehr. Ich meine, heute kann doch jeder mit jedem – oder jeder. Auch wenn die Zwillinge, glaube ich, mittlerweile durchaus etwas ahnen und mich schon blöd gefragt haben und ...«, versuchte Poppy zu beschwichtigen, wurde aber rüde von Mia unterbrochen.

»Ich nenne das, wie ich will, und ich denke, dass das gerade dich nichts, und zwar gar nichts, angeht. Du vögelst doch schon, seit du laufen kannst, in der Gegend rum«, raunzte Mia Schröder weiter an.

Poppy schnappte vor Entsetzen nach Luft.

»Eben. Aber ich bin nicht mit dir verheiratet. Ich bin überhaupt nicht verheiratet«, entgegnete Schröder süffisant. »Du solltest Äpfel nicht mit Birnen vergleichen.«

Mia funkelte Schröder noch einen Moment böse an, doch ihr fiel gerade keine gute Retourkutsche ein, also wandte sie sich von Schröder ab und Poppy zu.

»Und du denkst wirklich, die Zwillinge ahnen da etwas?« Mias Tonfall war plötzlich unsicher, ihre Stimme hatte ein leichtes Zittern. Ihre Wut war wie weggeblasen.

Poppy sank das Herz, sie machte ein betretenes Gesicht, das Bände sprach.

Mia traten Tränen in die Augen. »Ach, verdammt. Lasst mich doch in Ruhe, ihr alle beide, verflucht noch mal.«

Sie drehte sich um und verschwand trotz des Gedränges mit erstaunlicher Geschwindigkeit in der Menschenmenge.

Poppy und Schröder versuchten seit mehr als einer halben Stunde, irgendwo in diesem furchtbaren Gewühl Mia zu finden. Das Rennen hatte längst angefangen, was man am Johlen der Menge unschwer erkennen konnte.

So etwas Kindisches, einfach nicht mehr ans Handy zu gehen! Schröder fluchte laut. Das half zumindest etwas gegen ihr Schuldgefühl. Sie war bei dem Streit mit Mia vorhin wohl etwas zu weit gegangen. Sie ging oft zu weit und merkte es dann erst hinterher, wenn umkehren unmöglich war. Irgendetwas in ihr weigerte sich zu stoppen, bis es richtig krachte. Konflikte machten ihr im Gegensatz zu Poppy Spaß, sie liebte die Reibung. Danach allerdings tat es ihr oft leid, dass sie sich nicht hatte bremsen können.

Poppy hielt ihr Handy ans Ohr und versuchte zum hundertdreiundzwanzigsten Mal, Mia zu erreichen.

»Was, wenn wir sie nicht mehr finden? Wie kommt sie dann zurück?«

»Irgendwann wird sie sich beruhigt haben, dann ruft sie uns schon an«, sagte Schröder, wie immer pragmatisch.

»Und wenn nicht? Was, wenn ihr Akku leer ist oder sie das Handy verloren hat oder es jemand in diesem Gewühl gestohlen hat ...«

Schröder zuckte mit den Achseln. »Wir sind hier in Italien und nicht in Timbuktu. Und Mia ist erwachsen. Ihr wird schon was einfallen.«

»Also, ich finde, das mit den zu vielen Leuten in Mias Ehe, das war irgendwie zu viel«, meinte Poppy vorsichtig.

»Es war die Wahrheit.« Schröder drängte sich an einer schwergewichtigen österreichischen Großfamilie vorbei und zog Poppy einfach an der Hand hinter sich her. »Und dass du das von den Zwillingen gesagt hast, war übrigens auch nicht besser.«

Poppy hielt Schröders Hand umklammert. Sie wollte nicht auch noch verloren gehen, und Schröder hatte ja recht. Auch sie hätte besser ihre Klappe halten sollen. Aber die Zwillinge hatten ihre Lieblingstante tatsächlich schon zwei-, dreimal mit Fragen bezüglich der Ehe ihrer Eltern gelöchert. Poppy hatte größte Mühe gehabt, sich da irgendwie herauszureden. Leider ahnten Kinder von den Problemen ihrer Eltern meist viel mehr, als ihre Eltern dachten. Und gerade die Heimlichtuerei erweckte noch mehr Neugier. Außerdem waren die beiden ja ein Teil der Familie, und wenn in der Familie etwas nicht so ganz stimmte, waren sie ja auch davon betroffen. Ach, Poppy tat das alles für die beiden leid, aber es gab nun mal keine perfekte Familie, auch wenn Mia immer so tat, als wäre ihre vollkommen. Poppy ging langsam hinter Schröder weiter, immer noch auf der Suche nach Mia. Sie seufzte.

Lügen war echt nicht ihr Ding. Zumindest, wenn es die Lügen anderer betraf.

Die schwere, mit Eisen beschlagene Holztür fiel langsam hinter Schröder und Poppy ins Schloss, und in diesem Augenblick sah Poppy auch schon Mia ganz vorne und ganz allein in einer Kirchenbank sitzen.

Nach dem Lärm, dem Gedränge und der Hitze draußen kam Poppy dieser Ort der Stille, der Kühle und der Ruhe wirklich wie ein sicheres Refugium vor. Kein Wunder, dass Mia sich hierher geflüchtet hatte. Niemand sonst war hier. Das prachtvolle Kirchenschiff war menschenleer. Nur ein paar Kerzen brannten an der Seite, und ein paar in Stein gehauene Heilige blickten entrückt herab auf die Sorgen dieser Welt.

Der Palio war wohl für die meisten Menschen interessanter als diese schöne Kirche mit den wundervollen Fresken an den Wänden, die Poppy sofort aus den Augenwinkeln bemerkte. Sie stieß Schröder den Ellbogen in die Seite. »Da vorne, da sitzt sie«, flüsterte sie.

Poppy hatte sich schließlich daran erinnert, dass Mia zwar nicht wirklich gläubig im klassischen Sinne war, dass sie aber immer sehr gern in den verschiedensten Kirchen Kerzen anzündete. Mit guten Wünschen für alle und jeden. Man konnte ja nie wissen – das war eben schon immer Mias Motto gewesen. Poppy konnte das sehr gut verstehen, sie hatte sowieso einen leichten Hang zum nicht ganz so Rationalen und fand alles gut, was helfen konnte und nicht schadete. Deshalb waren sie in der letzten Stunde in drei Kirchen gewesen, und diese hier erwies sich jetzt als Volltreffer.

Auf Zehenspitzen gingen Poppy und Schröder vor zu Mia und setzten sich einfach stumm rechts und links neben sie. Schröder bekreuzigte sich vorher, im Gegensatz zu Mia war ein kleiner Teil von ihr erstaunlicherweise noch immer ziemlich katholisch, auch wenn sie schon vor Jahren aus dem Verein ausgetreten war. Manchmal, in schwachen Momenten, hatte sie blöderweise sogar Angst vor der ewigen Verdammnis wegen ihres ziemlich lockeren und nicht sehr heiligen Lebenswandels.

Mia tat so, als wären ihre beiden Freundinnen überhaupt nicht da, und blickte einfach weiter stumm nach vorne zum reich geschmückten Altar. Sie hatte während der letzten halben Stunde die verschiedensten innerlichen Zwiegespräche geführt, ohne dass dabei was rausgekommen wäre. Ja, ihre Ehe mit Paul war nicht einfach, das wusste sie ja selbst ganz genau. Ja, Paul hatte diverse andere Frauen, und das schon seit Langem. Und ja, Paul und sie hatten offen darüber gesprochen beziehungsweise Paul war nichts anderes übrig geblieben, als offen darüber zu sprechen, nachdem Mia ihn vor Jahren fast in flagranti mit einer Kollegin erwischt hatte. Und so war Mia nichts anderes übrig geblieben, als sich mit Paul und seinen Eskapaden zu arrangieren, nachdem Paul ihr trotzdem ewige Liebe geschworen hatte. Mia war die einzig wirkliche Frau für ihn, die Liebe seines Lebens. Alle anderen waren flüchtig, unwichtig, sie dienten eher der Stabilisierung ihrer Ehe, hatte Paul Mia glaubhaft versichert. Er würde immer zu ihr zurückkehren, die anderen waren bloß Ablenkung. Spaß, den er nun mal ab und zu brauchte, um Mia danach umso mehr zu schätzen. Und zu lieben. Paul war sehr geschickt im Argumentieren, das musste man ihm lassen. Nicht umsonst war er Anwalt. Er fand genau die richtigen Worte, um Mia immer wieder, wenn es gerade nötig war, seiner ewigen Liebe zu versichern und sich gleichzeitig von ihr die Erlaubnis für gelegentliche flüchtige Abenteuer zu holen. Mia ahnte, dass diese Übereinkunft irgendwie auf ihre Kosten ging, aber immer, wenn sie mit Paul darüber gesprochen hatte, hatte sich das alles absolut richtig und natürlich angefühlt. Dieses Gefühl hielt zwar nicht ewig, und es war trügerisch, aber Paul würde immer bei ihr, bei seiner einzig wahren Liebe, bleiben, und das war alles, was für Mia zählte. Und war so ein offenes und ehrliches Arrangement nicht besser als die vielen Lügen, die Mia bei anderen Ehen so mitbekam? Laut einer Statistik, die Mia mal gelesen hatte, ging fast ein Drittel der Männer fremd, und meistens hatten die Frauen keine Ahnung davon. Also Betrug in jeder dritten Beziehung. War eine offene Ehe da nicht die modernere, die erwachsenere Lösung? Die Kirche würde so was nicht gut finden, aber sie lebten ja nicht mehr im Mittelalter.

»Tut mir leid«, sagte Schröder schließlich nach einer gefühlten Ewigkeit des Schweigens und riss Mia damit aus ihren kreisenden Gedanken.

»Mir auch«, flüsterte Poppy leise, die ihrerseits auch nur an Ostern und Weihnachten streng evangelisch war, sich aber heimlich von dem wundervollen Prunk der katholischen Kirche mehr angezogen fühlte.

»Mmmh«, machte Mia und starrte einfach weiter geradeaus auf den Altar.

Die drei versanken wieder in Schweigen.

Von draußen drang gedämpft der Lärm der Welt herein. Aber dieser Ort, diese Kirche hier, schien außerhalb von Zeit und Raum zu schweben. Im bunten Licht, das durch die Kirchenfenster kam, tanzten Staubpartikel, von denen einige wohl, wie die blassen Fresken an der Wand, auch schon ein paar Hundert Jahre alt waren.

»Niemand ist perfekt, und eine lange Ehe ist es schon gar nicht«, brach Mia schließlich zu Poppys Erleichterung das Schweigen. »Aber Paul wird mich nie verlassen – egal, welche Frauen er nebenher hat«, fuhr sie bestimmt fort. So bestimmt, dass sie es auch selbst glauben konnte, glauben wollte.

»Das wird er sicher nicht«, stimmte Poppy ihr tröstend zu.

»Das ist nun mal unsere Vereinbarung, das hat er mir hoch und heilig versprochen, und das ist das Wichtigste für mich, das ist der Deal.«

Ein Deal, bei dem Paul den ganzen Gewinn einstreicht, dachte Schröder und biss sich auf die Lippen. Auf keinen Fall würde sie dieses Thema weiter vertiefen, auch wenn sie seit Jahren der Meinung war, dass Paul Mia ausnutzte: als Frau, als Putzfrau, als Mutter, als jemanden, der einfach immer da war und zu dem er wieder zurückkonnte, wenn er von seinen Streunereien mal wieder genug hatte.

»Das müsst ihr doch verstehen!?« Mia blickte beinahe flehentlich von rechts nach links zu Poppy und zu Schröder.

»Ach, Mia, ich will doch nur ... Ich will, dass es dir gut geht und, ach, egal, ich will auf jeden Fall nicht, dass wir uns so blöd wegen deinem Mann streiten. Am Ende bist doch schließlich du diejenige, die damit klarkommen muss.«

»Mir geht es gut, und ich komme damit klar. Kein Problem«, sagte Mia mit fester Stimme.

»Das wissen wir«, meinte Poppy und drückte Mia einfach mal fest an sich. Über Mias Kopf hinweg blickte sie Schröder verschwörerisch an. Schröder nickte. Sie würde nichts mehr sagen, aber sie wusste, dass auch Poppy sich wegen dieser ach so modernen Ehe Sorgen um Mia machte.

Mia schniefte ein letztes Mal, dann erhob sie sich. Gefasst blickte sie Schröder und Poppy an. »Wir sollten eine Kerze anzünden – für Amelie.«

Schröder nickte. »Das sollten wir.«

Die drei entzündeten schließlich jede Menge Kerzen – jede einzelne mit vielen Gedanken und Wünschen begleitet, die sich nicht immer nur um Amelie rankten. Man wusste ja schließlich nie, und Kerzen in Kirchen konnten wirklich nie schaden.

Und dann sahen die drei tatsächlich noch den allerletzten Rest vom Palio. Das eigentliche Rennen war zwar schon vorbei, aber der Sieger wurde noch geehrt. Müde, aber vergnügt landeten die drei Frauen später noch in einem kleinen Ristorante ganz am Rande der Stadt und aßen wundervolle Spaghetti alla Puttanesca, bevor sie sich auf den Rückweg machten.

Der nächste Tag brachte zwei neue Interessenten für das Castello, die aber kopfschüttelnd genauso schnell verschwanden, wie sie gekommen waren. Und das trotz der Bemühungen von Mia, die weiterhin versuchte, das Castello zu verschönern, ohne ein Vermögen dafür auszugeben. Allerdings kaufte einer der Interessenten erstaunlicherweise eines der von Poppy überarbeiteten Bilder von Amelie.

Schröder war fast den ganzen Tag unterwegs. Sie hatte am Morgen ein Problem mit ihrem Laptop festgestellt, irgendetwas mit dem E-Mail-Empfang, der schon wieder nicht funktionierte. Schröder hatte eine halbe Stunde lang laut geflucht, dann war sie noch mal nach Siena gefahren, um einen Techniker zu konsultieren.

Mia war über den Verkauf des Bildes sehr erstaunt, und Poppy lief den Rest des Tages mit stolzgeschwellter Brust durch die Gegend, ganz so, als hätte sie das Bild allein gemalt und nicht nur überarbeitet. Vielleicht sollte auch sie in Hamburg alles aufgeben und hier in der Toskana eine Karriere als freie Künstlerin starten? Eine Versuchung war es zumindest – aber Poppy wusste selbst: Ihr Sicherheitsbedürfnis war viel zu hoch, um so etwas zu wagen, und eine Erbschaft hatte sie auch nirgendwo in Aussicht. Also doch lieber weiter eine ganz gut beschäftigte Grafikerin in Hamburg sein, als hier eventuell dann doch am Hungertuch zu nagen. Auch in Italien konnte man nicht nur von Luft leben, und Amore gab es in Poppys Leben ja nicht.

Abends, als Schröder endlich wieder mit einem funktionierenden Computer zurückkam, kochten die drei zusammen. Es gab Crespelle mit Mozzarella und dazu einen großen Rucolasalat.

Als Poppy draußen war, um den Tisch zu decken, schenkte Schröder Mia und sich selbst ein Glas wunderbar kühlen Weißwein ein. Sie reichte Mia ein Glas und vergewisserte sich mit einem Blick aus dem Fenster, dass Poppy auf der Terrasse beschäftigt war. Sie hatte das Gefühl, Poppy könnte ihre Idee, die sie jetzt gleich an Mia testen würde, vielleicht nicht ganz so gut finden.

Schröder prostete Mia zu. »Ganz erstaunlich, dass Poppy heute so ein Bild verkauft hat. Und dann noch für mehr als fünfhundert Euro. Vielleicht hätte Amelie hier doch mit etwas mehr Zeit und etwas mehr Übung erfolgreich sein können.«

»Vielleicht. Aber ich fand schon damals, als Amelie hierhergezogen ist, dass das Ganze irgendwie eine ziemliche Schnapsidee und zum Scheitern verurteilt war. Ich habe sowieso nie verstanden, wie Amelie jahrelang in der Personalabteilung eines Versicherungsunternehmens arbeiten und dann plötzlich über Nacht die Künstlerin in sich entdecken konnte. Mir erschien sie nie wie der Typ für ein Boheme-Leben – ganz im Gegenteil.«

»Vielleicht wollte sie einfach mal ein Abenteuer erleben. Etwas, bei dem sie sich lebendig fühlen konnte. Ewig in einer Versicherung Akten zu wälzen ist zwar sicher und bringt Rentenpunkte, ist aber wahrscheinlich nicht gerade für viele Menschen ein Traumberuf.«

»Nun, abenteuerlich ist es hier tatsächlich.« Mia blickte sich um und stellte fest, dass sie das sogar ernst und überhaupt nicht ironisch meinte. Die letzten Tage hier in Italien kamen ihr vor wie ein einziges Abenteuer. In jedem Fall fühlte es sich nicht einfach nur nach Urlaub an, sondern irgendwie anders, irgendwie aufregend.

»Apropos Abenteuer.« Schröder blickte Mia tief in die Augen, und Mia beschlich ein flaues Gefühl im Magen. Was hatte Schröder jetzt schon wieder vor?

»Ich will dir wirklich nicht zu nahe treten, Mia, schon gar nicht nach unserem blöden Streit gestern. Aber ich habe nachgedacht, und ich denke, wenn du schon eine offene Ehe führst, solltest du die offene Tür auch für dich in Anspruch nehmen. Findest du nicht auch?«

»Was meinst du damit?« Mia stand tatsächlich auf dem Schlauch.

»Nun, ich meine, du solltest vielleicht auch mal ein paar Schritte zur Seite tanzen. Du kannst ja dann jederzeit wieder zurückhüpfen.« Schröder zwinkerte ihr zu. »Ich meine das nur gut. Also, das ist keine Kritik. Weder an dir noch an deiner Ehe oder an Paul. Es ist nur eine Idee, und du kannst ja auch einfach sagen, dass es eine ganz furchtbar blöde Idee ist.«

»Ich soll was mit einem anderen Mann anfangen?« Bei Mia war endlich der Groschen gefallen.

»Ja. Genau.«

»Ich ...«

»Wie ich dich kenne, bist du noch nie durch die weit offen stehende Tür deiner Ehe gegangen oder gar getanzt. Außerdem hättest du uns das höchstwahrscheinlich sofort erzählt.«

»Nun, ich ... ich weiß nicht, mich interessiert das irgendwie nicht. Ich habe eigentlich ja auch gar keine Zeit für so was, und Paul reicht mir als Mann voll und ganz. Eigentlich mehr als voll und ganz und ...«

»Und es wird höchste Zeit, die Tür mal zu öffnen und etwas frischen Wind reinzulassen«, sagte Schröder.

Mia blickte sehr skeptisch.

»Zumindest einen Spaltbreit«, fuhr Schröder fort. »Und Italien ist dafür ein sehr geeignetes Land. Hier wird geflirtet, was das Zeug hält, hier fühlt man sich wirklich als Frau, egal, wie alt man ist. Wir fahren nach dem Essen runter nach Buonconvento und werfen mal ganz unverbindlich die Angel aus. Was hältst du davon?« Sie blickte Mia prüfend an. Vielleicht würde die ja mal anbeißen und sich tatsächlich etwas locker machen. Schröder war schon länger der Meinung, dass Mia sich in den letzten Jahren in eine falsche Richtung entwickelt hatte. Früher, als sie sich gerade kennengelernt hatten, hatte Mia vor Lebenslust gesprüht, auch wenn sie schon immer ein hohes Sicherheitsbedürfnis gehabt hatte. Aber die Ehe mit Paul und die Verantwortung für die Kinder hatten die Abenteuerlust in Mia geschrumpft, und Mia kam Schröder manchmal vor wie ein ungegessener Apfel, der langsam in der Schüssel vertrocknete.

»Also, ich weiß nicht ...«, entgegnete Mia unsicher,

spürte aber erstaunlicherweise eine leichte Verlockung nach Abenteuer und Verwegenheit in sich aufsteigen. Warum eigentlich nicht? Warum sollte immer nur Paul derjenige sein, der sich anderweitig vergnügte? Warum hatte sie selbst nie wirklich darüber nachgedacht? Und warum um alles in der Welt hatte sie plötzlich solche Gedanken? Vielleicht war das auch nur der Weißwein, der sich zu schnell in ihrem Blut verteilte.

»Aber ich weiß«, sagte Schröder energisch und trank ihr Weinglas mit einem Schluck aus.

Poppy lehnte einen gemeinsamen Ausflug in eine Bar nach Buonconvento dankend ab. Sie würde es sich hier mit einem Buch gemütlich machen. Sollten doch die beiden anderen sich in Buonconvento nach Männern umsehen.

Schröder hatte, da Mia nicht ganz abgeneigt zu sein schien, Poppy sofort von ihrem Plan erzählt, und Poppy hielt das für eine absolute Schnapsidee. Aber wenn sogar Mia sich darauf einließ, wollte Poppy nun wirklich nicht diejenige sein, die sie davon abhielt.

»Fahrt ihr nur. Wie ich schon sagte, an Männern bin ich gerade nicht interessiert. Es könnte sogar sein, dass mein Bedarf an dieser Spezies für den Rest meines Lebens mehr als gedeckt ist«, meinte Poppy leichthin.

»Das wollen wir mal nicht hoffen«, entgegnete Schröder und rief ungeduldig nach Mia, die oben seit einer halben Stunde vor dem Spiegel stand und keine Ahnung hatte, was um alles in der Welt sie für einen Flirtversuch anziehen sollte. Um sie herum war der gesamte Inhalt ihres nicht gerade kleinen Koffers verstreut. Sie war seit Jahren irgendwie nur Mutter, und ihre Kleidung hatte in der Hauptsache die Aufgabe, praktisch und bequem zu sein. Und das war ja wohl das Gegenteil von Flirten.

Mia blickte kritisch in den Spiegel. Auch wenn sie

schlank und relativ durchtrainiert war – sie hatte drei Kinder geboren, und ihr Körper war nicht mehr der jüngste. Ihr Bauch war trotz Pilates deutlich größer als früher, kein Wunder nach den Schwangerschaften. Außerdem hatte sie verblasste Dehnungsstreifen von den Zwillingen, und ihr Busen war eindeutig tiefergelegt. Und mit diesem Material sollte sie jetzt flirten? Wenigstens ihr Po war echt noch ziemlich knackig für ihr Alter, fand Mia und betrachtete sich von der Seite. Es könnte schlimmer sein. Und überhaupt, fiel Mia ein, Schröder war sogar zwei Jahre älter als sie und hatte dauernd jüngere Männer. Damit hatte es also nicht wirklich was zu tun.

Schröder rief erneut von unten hoch, sie wolle endlich los. Mia seufzte. Schließlich entschied sie sich für ein Kleid, das sie erst vor einem halben Jahr spontan gekauft und noch nie getragen hatte, weil es irgendwie zu kurz war und für zu Hause zu viel Ausschnitt hatte. Aber hier im Spiegel sah es gut und italienisch aus. Es war sogar von einem italienischen Designer, wie Mia nach einem Blick auf das Label feststellte. Sie zupfte den Ausschnitt noch einen Zentimeter tiefer, und dann setzten sie und Schröder sich in Schröders Cabrio und brausten in den Sonnenuntergang in Richtung Männerjagd davon.

Poppy winkte den beiden kurz nach und stieß dann einen erleichterten Seufzer aus. Endlich war sie mal allein.

Das mit dem »Männer interessieren mich gar nicht mehr« war eine dicke, fette Lüge, die Poppy sich selbst und allen anderen gern täglich erzählte. Die Wahrheit war, dass sie noch nie mit einem überragenden Selbstwertgefühl gesegnet gewesen war und dass sie sich, seit sie ein paar Kilo mehr auf den Hüften und den Rippen hatte, so unfassbar unattraktiv fand, dass sie jedem Spiegel aus dem Weg ging. Wenn sie einen ganz besonders schlimmen Tag hatte, hängte sie in ihrer Wohnung sogar alle Spiegel mit bunten Tüchern ab und fuhr sich nur kurz blind mit der Bürste durch die Haare. Es war ja egal, sie war ja meistens sowieso allein im Homeoffice.

Dabei entwickelte sich ihre Sehnsucht nach einem Mann, nach einer Umarmung, nach Zweisamkeit geradezu proportional zu ihrem Gewicht. Poppy sehnte sich danach, wieder zu kuscheln, zu küssen und zu lieben. Und jetzt, da sie auch noch gemeinerweise die fünfzig leicht überschritten hatte, kam noch das bescheuerte Thema »älter werden« hinzu. Poppy beobachtete jede kleine Falte mit höchster Akribie. Wenigstens hatte ihr Gewicht dabei den Vorteil, dass ihre Haut deutlich besser unterfüttert war als beispielsweise die von Schröder, von daher hatte Poppy nur sehr, sehr wenige Falten. Allerdings hatte sie schon verdammt viel Grau in den Haaren und färbte seit zwei Jahren – und das so gut, dass das bisher überhaupt niemand bemerkt hatte. Trotzdem fühlte sie sich an schlechten Tagen nicht nur unattraktiv und zu dick, sondern auch noch zu alt. Die drei apokalyptischen Reiter für Frauen. Und dann war da noch der vierte Reiter: Poppys absoluter Albtraum, irgendwann als einsame alte Katzen-Lady zu sterben. Als eine von diesen Frauen, die erst nach Tagen oder Wochen von Fremden tot in ihrer Wohnung gefunden wurden, schon leicht angeknabbert von ihrer eigenen, dann sehr hungrigen Katze.

Das alles hatte dazu geführt, dass Poppy sich tatsächlich heimlich vor einem halben Jahr bei einer Online-Dating-Plattform angemeldet hatte. Am Älterwerden konnte sie zwar nicht wirklich etwas ändern, aber vielleicht daran, einsam und allein zu sterben. Allerdings waren die vier Dates, die Poppy bisher gehabt hatte, das absolute Grauen gewesen. Nummer eins hatte unfassbar schlechte Zähne gehabt und sofort mit ihr ins Bett gewollt. Nummer zwei hatte Poppy nur kurz angeschaut, dann hatte er auf dem Absatz wieder kehrtgemacht. Nummer drei war gar nicht aufgetaucht, und Nummer vier hatte während des Dates eine Stunde lang nur von seiner tollen Ex-Frau geredet, die ihn leider verlassen hatte. Und überhaupt hatte Poppy so gut wie keine »Smiles«, kaum jemand schien ihr Profil zu mögen. Ein sehr frustrierender Zustand.

Und genau diesen Zustand gedachte Poppy jetzt zu ändern. Sie hatte sich schon in Hamburg eine neue Dating-App heruntergeladen. So eine, die überall, egal, wo man war, nach geeigneten Kandidaten suchte. Poppy schnappte sich ihr Handy. Jetzt hatte sie endlich Zeit, hier ein völlig neues Profil zu erstellen.

Auf der alten Dating-Plattform hatte sie naiv und gutgläubig, wie sie nun mal war, ihr wahres Alter angegeben und aktuelle ehrliche Bilder eingestellt. Das würde ihr so schnell nicht mehr passieren. Sie machte sich auf der neuen Dating-App einfach schnell mal ein paar Jährchen jünger und jagte dann noch ein früheres Foto von sich durch ein absolut fantastisches Bildbearbeitungsprogramm. Wozu war sie schließlich Grafikerin, wenn sie ihre eigenen Fotos nicht mit ein paar Klicks und um ein paar verschwundene Kilo verschönern konnte?

Poppy schenkte sich einen Wein ein, setzte sich auf die Terrasse, betrachtete noch mal ihr aufgehübschtes Profil, drückte zufrieden auf »Senden« – und hatte innerhalb der nächsten fünfundzwanzig Minuten mehr als zehn Smiles von Männern.

Na also! Geht doch!, dachte Poppy und begann, mit den ersten beiden Italienern – die App suchte in einem bestimmten von Poppy festgelegten Umkreis – zu chatten.

»Der da drüben, der an der Bar. Siehst du den? Der guckt die ganze Zeit zu uns rüber.« Schröder nickte in Richtung eines ziemlich attraktiven Italieners, der lässig in einer Gruppe von Freunden an der Bar lehnte. Mia traute sich kaum herüberzuschauen. Vielleicht sollte sie ihre Sonnenbrille aufsetzen, obwohl es schon dunkel war, dann könnte sie das alles hier unauffälliger beobachten, und mondän würde es auch noch aussehen.

Schröder war total entspannt, sie war absolut in ihrem Element. Mit Flirten und Männern kannte sie sich wirklich aus. Sie hatte schon immer irgendetwas an sich gehabt, das Männer auf sie anspringen ließ, selbst dann, wenn sie es überhaupt nicht darauf anlegte. Und selbst jetzt noch, wo sie auch schon über fünfzig war.

Schröder würde wahrscheinlich noch im Altersheim für jede Menge Affären und Skandale sorgen, dachte Mia und griff nach ihrer Sonnenbrille. Wann um alles in der Welt hatte sie selbst das letzte Mal mit einem Mann geflirtet? Vor fünfundzwanzig Jahren mit Paul. Und dann tatsächlich einmal vor über zehn Jahren mit einem verheirateten Arbeitskollegen, musste sich Mia eingestehen. Damals hatten sie und dieser Projektleiter durchaus eine gewisse Anziehung füreinander verspürt, aus der allerdings nie mehr geworden war. Sie hatte sich nicht getraut, und er war zu schüchtern gewesen. Manchmal dachte Mia noch an ihn und an die verpasste Gelegenheit, die so nie wiederkommen würde.

Mia seufzte und blickte, jetzt durch ihre Sonnenbrille geschützt, direkt zur Bar. Der Mann war wirklich attraktiv und guckte tatsächlich immer wieder zu ihr rüber.

»Denkst du wirklich, dass er mich meint?«, fragte Mia skeptisch.

»Hundertpro«, sagte Schröder.

»Und was ist mit dir?«, fragte Mia, die sich zum ersten Mal neben Schröder wie ein graues Entlein fühlte. Normalerweise war Schröder ja keine weibliche Konkurrenz für sie, da es nichts gab, um das sie konkurrierten. Mia war verheiratet, und das schon ewig, und lief daher völlig außer Konkurrenz. Aber jetzt war es anders, und Mia hatte zum ersten Mal ein seltsames Gefühl dabei, so neben Schröder zu sitzen. Irgendwie fühlte sie sich Schröder als Frau attraktivitätsmäßig unterlegen – kein besonders gutes Gefühl. Und ein Gefühl, das sie seit Jahren nicht mehr gespürt hatte.

»Wir sind heute wegen dir hier. Ich pausiere einfach mal«, sagte Schröder und prostete dem Italiener an der Bar zu. Der prostete zurück.

Mia wurde es mulmig zumute.

»Lass uns wieder gehen. Das war eine blöde, eine totale Schnapsidee.« Mia schnappte sich ihre Handtasche und wollte aufstehen.

»Posso?«

Mia erschrak. Vor ihr und Schröder stand wie aus dem Nichts herbeigezaubert der gut aussehende Italiener. Er hielt zwei Martinis in der Hand und blickte Mia direkt in die Augen. Wie hypnotisiert setzte sie sich wieder. Schröder grinste und nickte dem Italiener, der sich als Massimo vorstellte, aufmunternd zu. Der stellte die Martinis vor Schröder und Mia, schnappte sich einen Stuhl und setzte sich direkt neben Mia, die vollkommen erstarrt war.

Und zu Mias Entsetzen verabschiedete sich Schröder dann auch noch nach zwei Minuten. Sie hätte noch unglaublich viel zu tun, sagte sie laut, und dann flüsterte sie Mia ins Ohr, dass sie noch eine Stunde hier um die Ecke in einer anderen Bar warten würde. Ansonsten könne sich Mia ja ein Taxi zurück ins Castello nehmen.

Noch bevor Mia Schröder einfach an der Jacke festhalten konnte, war die mit einem ermunternden Nicken hin zu Massimo verschwunden.

Mia holte tief Luft.

»Ti amo«, hauchte Massimo zwei Stunden später in Mias Halskuhle. Er presste sie gegen die Wand und küsste sie leidenschaftlich. Mia stand in einem schicken Appartement in einem alten Palazzo in Buonconvento und wusste nicht recht, wie genau sie eigentlich hierhergekommen war.

Nachdem Schröder Massimo und sie allein am Tisch gelassen hatte, hatte Mia aus lauter Nervosität einen Aperol nach dem anderen in sich hineingeschüttet, während sie versucht hatte, mit Massimo eine Unterhaltung in Bruchstücken aus Italienisch, Deutsch und Englisch in Gang zu bringen.

Von Anfang an war ziemlich klar gewesen, dass es Massimo dabei nicht um die Unterhaltung ging. Er hatte Mia angeblickt wie seinen Lieblingsnachtisch.

Mia war so viel Aufmerksamkeit und solche Blicke weder von Paul noch von irgendwelchen anderen Männern gewohnt, und Massimo war wirklich verdammt attraktiv und wahrscheinlich sogar um die fünf Jahre jünger als Mia. Das schmeichelte ihr durchaus, und gleichzeitig versetzte es sie in den Panikmodus.

Ein idealer Urlaubsflirt war er in jedem Fall, und er besaß unglaublich weiße Zähne, hatte Mia anfangs gedacht und vorsichtshalber noch einen Schluck vom Aperol genommen. Alkohol machte locker, und sie wollte locker werden. Ganz locker. Warum auch nicht? Sie saß hier auf einer wunderschönen Piazza im wunderbaren Italien. Sie war am Leben, lebendig, noch nicht tot. Es war ein lauer Sommerabend, ein toller Mann interessierte sich für sie, Paul war weit weg, und eine offene Ehe sollte doch wirklich nicht nur nach einer Seite hin offen sein, oder?

Mias Gedanken hatten angefangen zu schaukeln, und sie hörten erst jetzt damit auf, als Mia sich plötzlich mit Massimo in diesem schicken Appartement wiederfand.

Mit einem Mal fühlte sie sich sehr nüchtern. Und alles fühlte sich plötzlich verkehrt an. Wie war sie nur hierhergekommen? In diese Situation? Mit diesem Mann? Schröder und ihre Schnapsideen!

»Aber ich bin verheiratet!«, entfuhr es Mia, die hoffte, damit den erotischen Furor von Massimo zu stoppen – leider erfolglos. Massimos Lippen glitten ihren Hals hinunter, und seine Hände waren schon am obersten Knopf ihrer Bluse. »Sono sposato! I am married!«, rief Mia und drückte Massimo von sich weg.

Der schaute sie einen Moment irritiert an. »Aber ische auche geheiratet! Nix problema!« Zum Beweis hielt Massimo ihr kurz seine Hand mit dem Ehering (der Mia bisher noch nicht aufgefallen war) vor die Nase und ging dann wieder zur erotischen Eroberung über.

Mia wurde es heiß und dann kalt, und das waren diesmal eindeutig keine klimakterischen Hitzewallungen. Gewiss, Massimo war ein durchaus attraktiver Mann, aber das hier war überhaupt nicht das, was Mia wollte. Es fühlte sich vollkommen falsch und vollkommen fremd an, von einem anderen Mann als Paul angefasst zu werden. Und überhaupt.

Mia drückte Massimo erneut von sich weg.

»Stopp!«

Massimo hielt inne und blickte Mia irritiert an.

»Kann ich bitte ein Glas Wasser haben? Acqua?« Massimo nickte und ging in die Küche, um Mia ein Glas Wasser zu holen. Mia wartete einen Moment, bis er auch wirklich in der Küche war, dann rannte sie auf Zehenspitzen zur Haustür.

Oh mein Gott! Bloß weg hier!

So schnell hatte Mia noch nie in ihrem Leben eine Wohnung verlassen. Sie rannte selbst dann noch, als sie schon unten auf der Straße war, und ein paar Italiener blickten kopfschüttelnd der »pazza« Deutschen hinterher, die mit wirrem Haar durch die Nacht eilte.

Als Massimo mit dem Glas zurückkam, war Mia schon um die nächsten drei Ecken verschwunden.

Verdammt noch mal. Buonconvento schien um diese Zeit wie ausgestorben. Wie spät war es eigentlich? Mia lief die Straßen entlang und versuchte, den Weg zurück zu der kleinen Piazza zu finden. Gar nicht so einfach. Sie blickte auf ihr Handy. Kurz nach Mitternacht. Vielleicht war Schröder ja doch noch in der anderen Bar? Mia wählte ohne große Hoffnung die Nummer ihrer Freundin – der Teilnehmer war vorübergehend nicht erreichbar. Wahrscheinlich schlief Schröder schon oder hing an ihrem Computer, ohne auf ihr Handy zu achten. Auch Poppy ging nicht dran, und selbst wenn – Poppy würde ewig brauchen, um sie hier mit Schröders Auto abzuholen. Poppy fuhr ja schon tagsüber wie eine Schnecke. In der Nacht fuhr sie dann wie eine blinde Schnecke.

Mia fluchte. Das war wirklich eine absolute Schnapsidee von Schröder gewesen. Und leider auch von ihr. Ihre Ehe konnte von ihr aus ruhig weiter nur von Paul aus offen sein – gern für den Rest ihres Lebens. Mia war bedient. Keine Abenteuer mehr für sie. Dafür war sie mittlerweile eindeutig zu alt. Und viel zu müde, wie sie gerade bemerkte. In jungen Jahren war sie um diese Zeit erst losgezogen, wenn sie ausgegangen war, aber das war in einem anderen Leben gewesen. Jetzt wollte sie nur noch eins: ins Bett, und zwar allein.

Aber wie sollte sie um diese Zeit zurück ins Castello

kommen? Mia machte sich weiter auf den Weg zurück zur Piazza mit der kleinen Bar. Vielleicht gab es dort ein Taxi.

Taxi? Cap? Auto? Verzweifelt blickte Mia den Kellner in der Bar an, doch der schüttelte nur den Kopf, deutete auf seine Uhr und ließ das Rollo draußen runter. Hier in Buonconvento schien man nach Mitternacht tatsächlich die Bürgersteige hochzuklappen. Mia war fassungslos und versuchte, sich damit zu trösten, dass sie ja im Notfall in eines dieser überteuerten Hotels hier einchecken könnte. Sie nahm erneut ihr Handy aus der Tasche und wählte Schröders Nummer.

»Geh ran, verflucht noch mal«, schnauzte sie ins Telefon, aber Schröder war weiterhin nicht zu erreichen.

»Kann ich dir mal wieder eine Mitfahrgelegenheit anbieten? Diesmal wahrscheinlich in die umgekehrte Richtung?«, fragte plötzlich eine Stimme von hinten. Mia drehte sich um, und Adriano stand wie herbeigezaubert vor ihr. Wie sich herausstellte, war er in Buonconvento bei Freunden zum Essen gewesen.

Mia wäre ihm am liebsten um den Hals gefallen, konnte sich aber gerade noch beherrschen. Sie war heute Abend schon einem anderen Mann um den Hals gefallen – das reichte erst mal für die nächste Zeit oder vielleicht auch für alle Zeiten.

Dankbar stieg sie in Adrianos Auto. Langsam wurde das hier zur Gewohnheit. Vielleicht sollte sie ihm Benzingeld anbieten?

Am nächsten Morgen saß Mia am Frühstückstisch und war immer noch fassungslos über sich selbst. Was um alles in der Welt hatte sie sich gestern Abend eigentlich gedacht? Paul hatte sie schon ganz in der Früh per Videocall angerufen. Ganz so, als würde er es irgendwie ahnen, dass seine Frau sich gestern auf Abwegen befunden hatte. Mia war dankbar für die schlechte Verbindung gewesen und zum ersten Mal in ihrem Leben froh darüber, dass Paul das Telefonat nach kurzer Zeit beendet hatte. Sie hoffte, dass er nicht irgendwie durch eine Art Gedankenübertragung etwas von ihrer gestrigen Tollheit mitbekommen hatte. Den Zwillingen ging es laut Paul gut, es waren keine neuen Eskapaden zu vermelden. Mia war froh über die Auskunft. Sie hatte im Moment das Gefühl, jetzt gerade nicht mit ihren Kindern direkt sprechen zu können.

»Warum hast du mich nicht von dieser blöden Aktion abgehalten?«, fragte sie Poppy, die gerade am Herd stand, um ein paar Spiegeleier in eine alte gusseiserne Pfanne zu hauen.

»Du bist doch erwachsen, oder?«

»Das hat sich gestern nicht so angefühlt.«

»Es hätte ja auch toll werden können«, meinte Poppy und bemerkte, dass sie insgeheim allerdings ganz froh war, dass Mia sich nicht plötzlich in eine Schröder Nummer zwei verwandelt hatte. Es wäre Poppy schwergefallen, zwei Freundinnen zu haben, die ständig mit ihren Männergeschichten prahlten.

Poppy stellte sich und Mia einen Espresso hin, holte die Spiegeleier vom Herd und setzte sich zu Mia. In diesem Augenblick kam, nein schwebte Schröder in die Küche.

Schröder sah glücklich und derangiert aus. So glücklich und derangiert, wie Frauen nur aussahen, wenn sie eine wirklich gute Nacht mit einem wirklich guten Mann hinter sich hatten.

Mia und Poppy starrten ihre Freundin an. Beide wussten genau, was passiert war, Schröder musste gar nichts dazu sagen. Deshalb war sie gestern Abend nicht mehr zu erreichen gewesen. Da hätte Mia noch so oft anrufen können.

»Wo warst du?«, fragte Poppy und spürte einen deutlichen Stich von gelbgrünem Neid. Wieso fiel Schröder das mit den Männern so leicht, selbst jetzt noch, in ihrem Alter? Das war ungerecht und gemein. Reichte es nicht, dass Schröder schon in jungen Jahren ganze Fußballmannschaften bezirzt hatte? Wann hörte das endlich mal auf? Das war ja echt nicht mehr auszuhalten. Poppy hatte sich neben Schröder schon immer wie ein Mauerblümchen gefühlt, aber neben der war das wenigstens auch Amelie immer so ergangen. Geteiltes Leid war in diesem Fall halbes Leid. Und Mia war dem ganzen blöden heimlichen Konkurrenzdruck unter den Freundinnen sowieso entgangen, da sie sich sehr früh in ihre Ehe mit Paul verabschiedet hatte.

Schröder lächelte. »Egal, wo und wie, es war wunderbar«, verkündete sie und griff sich ein Stück Toast, das gerade aus dem Toaster sprang. Sie setzte sich zu den beiden an den Tisch und fing an, den Toast mit Butter und Marmelade zu bestreichen.

Mia blickte Schröder an. Die hatte gerade diese besondere Ausstrahlung, und wenn Mia es nicht besser gewusst hätte, hätte sie fast geglaubt, Schröder sei verliebt. Aber Schröder und verliebt – das schloss sich gegenseitig aus.

Irgendwo gab es auch in Mia einen kleinen Stich. Wieso konnte sie selbst nicht so von einer Nacht mit einem Fremden zurückkommen? Und Mia gab sich auch gleich selbst die Antwort: Sie war nicht Schröder und würde es auch nie werden. Unverbindliche Affären waren einfach nicht ihr Ding. Das zumindest hatte ihr die letzte Nacht deutlich klargemacht. Auch was Paul an so flüchtigen Erlebnissen fand, würde Mia für immer ein Rätsel bleiben. Mia wollte Gefühle, sie wollte Echtheit, sie wollte Liebe, sie wollte Sicherheit, sie wollte nicht den schnellen Rausch.

»Ich dachte, du machst gerade Pause?«, fragte Mia Schröder in einem etwas zu spitzen Tonfall, wie sie selbst bemerkte. Auch wenn sie absolut zufrieden damit war, dass sie gestern gerade noch rechtzeitig die Flucht ergriffen hatte, war sie jetzt doch etwas von Schröder genervt.

»Habe ich auch gedacht, und dann habe ich meine Meinung geändert.« Schröder nippte an ihrem Espresso und blickte Mia prüfend an. »Und wie war dein Abend so?«

Noch bevor Mia etwas antworten konnte, winkte Schröder ab. »Schon gut. Das muss man üben. Ich habe nicht erwartet, dass es gleich beim ersten Mal klappt.«

»Es wird kein zweites Mal geben«, sagte Mia.

Schröder hob daraufhin nur eine Augenbraue, schenkte sich einen weiteren Espresso ein und verschwand, um unter die Dusche zu gehen.

Mia blickte Poppy an. »Wie um alles in der Welt macht sie das immer? Ich werde nie wie Schröder. Ich fand das gestern absolut furchtbar.«

»Gott sei Dank wirst du nicht wie sie. Und ich kann dich gut verstehen«, meinte Poppy. »Schröder ist einfach Schröder und in dieser Hinsicht etwas speziell. Das war sie ja schon immer. Hat wahrscheinlich etwas mit ihrer verkorksten Vaterbeziehung zu tun. Sie versucht, bei den jüngeren Männern das zu bekommen, was ihr ihr Vater immer verweigert hat. Es geht dabei um Anerkennung, wenn du mich fragst. Jedes Mädchen möchte für seinen Vater eine kleine Prinzessin sein. Für Schröders Vater war sie nur eine Enttäuschung, weil sie kein Junge war. Irgendwann wird Schröder vielleicht sogar selbst durchschauen, weshalb sie so handelt. Aber egal, solange sie damit glücklich ist. Und überhaupt finde ich, dass Männer im Leben von Frauen absolut überbewertet sind. Welcher Fisch braucht heutzutage schon ein Fahrrad?«

Mia nickte zustimmend. »Ich bin verheiratet, und meine Ehe und meine Familie sind mir total wichtig, aber ich wüsste echt nicht, was ich ohne euch machen würde.«

»Hauptsache, wir haben uns als Freundinnen. Auch wenn mir Schröders ständige Affären manchmal auf den Keks gehen, kann man sich doch super auf sie verlassen. –

Aber dass Amelie nicht mehr bei uns ist, das ist wirklich ein grauenvoller Verlust«, sagte Poppy.

»Ich vermisse sie auch«, erwiderte Mia bedrückt.

»Wir hätten sie wirklich hier besuchen sollen. Wir haben uns zu wenig um sie gekümmert«, setzte Poppy hinzu, und Mia merkte, wie sich ein schlechtes Gewissen in ihr breitmachte, das sie aber sofort zu verdrängen versuchte. Sie hatte Amelie durchaus angerufen. Hin und wieder. Ab und zu. Schließlich hatte sie viel mehr um die Ohren als Schröder und Poppy, das war ja wohl die Wahrheit.

In diesem Augenblick ging draußen die Haustür auf. Mia und Poppy blickten sich an. Vielleicht ein Interessent für das Haus?

Eine männliche Stimme schallte durch den Flur.

»Ciao! Poppy? Mia Cara? Biste du qui?«

Poppy schielte kurz in den Flur, wo ein Italiener mit einem verdammt großen Strauß Blumen in der Hand stand, und wurde blass.

»Sag ihm, es gibt hier keine Poppy. Sag ihm, das war ein Missverständnis. Sag ihm irgendwas – aber sorge dafür, dass er wieder geht und mich nicht sieht. Auf gar keinen Fall darf er mich zu Gesicht bekommen«, zischte Poppy einer völlig verwirrten Mia zu, drehte sich um, ging schnurstracks in die kleine Speisekammer neben der Küche und schloss die Tür hinter sich doppelt ab.

»Wann um alles in der Welt wolltest du uns das erzählen?«, fragte Schröder wenig später eine Poppy, die ziemlich rot im Gesicht am Küchentisch saß und den beiden gezwungenermaßen ihr Profil auf dem Dating-Portal zeigte.

Der Italiener war Gott sei Dank wieder weg. Er hatte der verblüfften Mia die ganze Zeit das Profil eines Online-Dating-Portals vor die Nase gehalten, auf dem Mia nur mit Mühe und Not irgendwann Poppy erkannt hatte. Mia hatte den Mann, der im Übrigen einen sehr netten und sehr enttäuschten Eindruck gemacht hatte, nach draußen komplimentiert und ihm hoch und heilig geschworen, dass das alles ein Missverständnis sei, dass es hier keine Poppy gäbe und er wohl auf ein Fakeprofil hereingefallen sei.

Mia starrte die Bilder von Poppy an.

»Ich habe dich auf den Fotos kaum wiedererkannt. Der Italiener hat mir die ganze Zeit ein Bild von dir auf seinem Handy gezeigt, aber im ersten Moment habe ich echt nicht geschnallt, dass du das bist. So musste ich nicht mal lügen. Das ist eine verdammt gute Bearbeitung. Hut ab. Du siehst zehn Jahre jünger aus.«

»Ich bin da nur etwas jünger, aber ich bin mit so einem Filter drübergegangen«, erklärte Poppy und wusste nicht recht, ob sie wegen ihrer guten Bildbearbeitung geschmeichelt sein sollte oder sauer, weil Mia sie auf den Fotos nicht erkannt hatte.

»Oh«, meinte Mia nur.

Schröder zuckte mit den Achseln. »Wenn's hilft.«

»Aber ich kann ihn nicht treffen. Wenn er mich sieht, macht er auf dem Absatz kehrt und verschwindet. Zehn Jahre älter, zwanzig Kilo schwerer.«

»Hast du daran nicht vorher gedacht? Warum um alles in der Welt hast du überhaupt solche Bilder reingestellt?«, fragte Schröder kopfschüttelnd.

»Nicht jede ist mit deinem Selbstbewusstsein gesegnet«, murmelte Poppy kleinlaut. »Ich wollte einfach auch mal Smiles und Likes und Dates haben, zumindest theoretische. Ich wollte einfach nur etwas flirten und Bewunderung. Ich will die ganzen Typen ja gar nicht in echt treffen. Was bitte soll ich mit einem Italiener? Ich lebe in Hamburg.«

»Und wieso hast du gedacht, dass Männer nicht auf dich stehen, wenn du echte Bilder da reinstellst?«, fragte Mia in grenzenloser Naivität.

»Da merkt man wieder, dass du echt keine Ahnung davon hast, wie es ist, wenn man in meinem Alter und mit meinem Gewicht irgendwie wieder einen Mann sucht und nicht Schröder ist. Schau mich doch mal an! Ich werde von Jahr zu Jahr runder, egal, was ich esse, egal, was ich mache. Ich lege ja schon zu, wenn ich Spaghetti nur ansehe.«

Schröder schüttelte den Kopf. »Nicht jeder Mann steht auf jüngere Frauen. Oder auf dünne Frauen. Oft sind es nur die Frauen, die das denken. Das Hauptproblem, Poppy, ist dein Kopf und nicht dein Körper.«

»Sagt ausgerechnet die Frau, die noch nie ein Problem damit hatte, einen Mann abzubekommen«, entgegnete Poppy, die Schröders Aussage als Beleidigung auffasste. Jetzt hatte sie also auch noch ein Problem mit ihrem Kopf! Mia allerdings fand diesen Satz interessant. Was war, wenn Schröder damit recht hatte und alle Frauen mehr an ihrem Kopf als an ihrem Körper arbeiten sollten? Das würde einiges verändern, und die ganze Schönheitsindustrie könnte einpacken.

»Männer sind gar nicht so kompliziert, wie wir Frauen oft glauben«, fuhr Schröder fort. »Du hättest uns das einfach sagen können, das mit dem Onlinedating. Das ist keine Schande, das macht ja heutzutage jeder.« Mit diesen Worten verzog Schröder sich an den Computer. Poppy verschwand etwas frustriert im Atelier, und Mia widmete sich der Wand im kleinen Wohnzimmer. Sie hatte da ein ganz spezielles warmes Grau vor Augen und in Amelies Atelier sogar ein passendes Pigment gefunden. Mit etwas Kasein vermischt, das sie auch im Atelier gefunden hatte, und viel Wasser würde sie sicher auch eine Wand statt einer Leinwand damit streichen können.

»Gib den Zwillingen noch einen Kuss von mir«, sagte Poppy und legte sich ins Bett.

»Mach ich«, meinte Mia und schickte über Whatsapp noch ein paar Poppyküsse ihren eigenen nach. In Hamburg schien alles friedlich zu sein, und die Zwillinge waren laut ihrer »Wo ist?«-App heute Abend auch mal brav zu Hause. Mia hatte das vor dem Zubettgehen noch unten in der Ecke, wo der Empfang besonders gut war, überprüft.

Mia legte das Handy zur Seite und sich selbst ins Bett. Sie würde heute Nacht gut schlafen, keine Flucht vor italienischen Liebhabern, und dann hatte sie auch noch die ganze Wand im Wohnzimmer fertig gestrichen. Zufrieden löschte sie das Licht.

»Gute Nacht, Poppy, schlaf gut«, murmelte sie und kuschelte sich in die Decke.

»Findest du mich eigentlich zu dick?«, kam es statt eines »Gute Nacht« von Poppy aus dem Bett gegenüber.

Mia erstarrte und richtete sich wieder auf. Ja, wenn sie ehrlich war, hatte sie in der letzten Zeit schon öfter gedacht, dass es Poppy nicht schaden würde, etwas abzunehmen.

»Nein, du bist nicht zu dick. Du bist gut so, wie du bist. Du bist Poppy«, sagte sie in die Dunkelheit. Eine kleine Notlüge würde hier sicher nicht schaden.

»Meinst du, Schröder hat recht, wenn sie sagt, meine Problemzone sei mein Kopf und nicht mein Bauch?«

»Keine Ahnung, darüber denke ich auch nach. Aber ganz so einfach ist es sicher nicht, und Schröder ist schließlich seit Jahren im Flirttraining. Die macht das doch im Schlaf.«

»Da könntest du recht haben.« Poppy seufzte und wälzte sich im Bett hin und her. »Aber du nimmst nie zu. Egal, was du isst«, klang es anklagend in die Nacht.

»Ich achte sehr darauf, was ich esse, und ich renne dreimal in der Woche zum Pilates.«

»Das klingt nicht nach Vergnügen.«

»Ist es auch nicht.«

»Ich glaube, das ist einfach nichts für mich. Also, ich weiß nicht, ob ich meine Lebenszeit mit Kalorienzählen verbringen möchte. Und wer sagt mir denn, dass ich dann glücklicher werde?«

»Niemand. Das Leben ist kompliziert.«

»Das ist es.«

»Gute Nacht.«

»Gute Nacht«, sagte jetzt auch Poppy, und Mia hörte sie wenig später leise vor sich hin schnarchen.

Mia lag im Bett und hörte Poppys Schlafgeräuschen zu.

Wäre es nicht wirklich wunderbar, sich zu verabschieden von diesem ständigen Kalorienzählen und dem mindestens zweimal in der Woche zum Pilates und alle sechs Wochen zum Friseur? Einfach mal so sein zu können, wie sie, Mia, wirklich war? Nicht die Mia, die Paul seit Jahren sehen wollte, wenn er nach Hause kam? War es nicht in Ordnung, in ihrem Alter etwas in die Breite zu gehen und nicht mehr alles mitzumachen? Schließlich hatten die Jahre auch an Paul genagt. Er hatte zu seinem Verdruss ziemlich Haare gelassen und brauchte eine Brille. Und auch er war um die Hüften schon mal schlanker und sportlicher gewesen. Und liebte Mia ihn etwa deswegen weniger? Und liebte Mia ihn überhaupt noch?

Bevor sie sich selbst diese Frage beantworten konnte – was sie im Übrigen auf keinen Fall wollte –, war sie auch schon eingeschlafen.

»Mmmh, das sieht aber lecker aus.«

Schröder fuhr mit einem Finger in die Mascarpone-creme, die Mia gerade für ein Tiramisu zusammenrührte. Mia schlug ihr spielerisch auf die Finger.

»Lass das. Das ist ein kleines Dankeschön für Adriano. Er hat schon zweimal Taxi für mich gespielt, und ich hatte das Gefühl, ich muss mich irgendwie revanchie-ren. Aber ich habe was für uns für heute Abend abgezweigt – steht schon im Kühlschrank.«

»Na, dann hab ich ja Glück gehabt. Soll ich dich nachher mit zu ihm rübernehmen?«, bot Schröder an. »Ich wollte noch mal nach Siena – mein Laptop spinnt ab und zu immer noch, und der Laden dort hat echt was drauf.«

»Ja, wäre gut, wenn du mich hinbringst. Ich will nicht, dass das Tiramisu schmilzt, während ich da rüberlaufe. Es wird heute sicher wieder ziemlich heiß.«

»Das sieht aber lecker aus«, sagte Poppy, die zu ihnen in die Küche gekommen war, und fuhr mit einem Finger in die Mascarponecreme. Mia seufzte, nahm Poppy die Schüssel weg und verstrich die Mascarponecreme geschickt auf den mit Espresso getränkten Biskuits.

»Du könntest Adriano ja auch für morgen Abend zum Essen einladen. Wir müssen sowieso noch den Ablauf der

Beerdigung besprechen. Ich habe eine Mail von dem Anwalt bekommen. Wir können Amelies Asche definitiv in sechs Tagen in Empfang nehmen.«

»Mach ich. Aber hast du eigentlich eine Ahnung, was für eine Art von Beerdigung sich Amelie gewünscht hätte? Also mal abgesehen von dem Verstreuen der Asche im Garten, was ich übrigens echt etwas gruselig finde. Ich bin froh, dass wir gleich nach der Beerdigung abreisen. Sonst würde ich immer irgendwie denken, dass ich über Amelie drüberlaufe, wenn ich durch den Garten gehe.«

»Du hast eindeutig zu viel Fantasie.« Schröder starrte Mia irritiert an. »Und Poppy war von uns allen am nächsten an ihr dran.« Sie blickte Poppy auffordernd an.

»An wem war ich am nächsten dran?«, fragte Poppy, die mit ihrem Handy beschäftigt war und nicht zugehört hatte. Jetzt, wo alle von ihrem Dating-Profil wussten, war ihr Leben deutlich einfacher. Sie konnte jedes Mal direkt nachschauen, wer sich für sie interessierte, und immer gleich reagieren, wenn sie ein neues »Smile« bekommen hatte. Und »Smiles« bekam Poppy weiterhin jede Menge. Das war einfach wunderbar. Sie würde einen Teufel tun und ihr Profil der Realität anpassen. Realität hatte sie sowieso schon viel zu viel in ihrem Leben. Und war das Internet nicht geradezu dafür da, sich ständig neu zu erfinden?

»An Amelie. Du hattest den meisten Kontakt mit ihr, nachdem sie hierhergezogen war. Welche Musik hätte sie sich gewünscht, und was wollen wir nach der Beerdigung zum Essen anbieten? Schließlich wird laut Adriano wohl wirklich fast das ganze Dorf rüberkommen«, sagte Schröder.

»Alles gut, ihr müsst euch darüber gar keine Gedanken machen. Ich habe alles im Griff. Das Catering werde ich heute organisieren. Ich fahre nachher mit Amelies altem Fahrrad rüber ins Dorf; dort gibt es eine gute Trattoria, die wohl auch nach Hause liefert. Amelie hat dort öfter gegessen und sehr davon geschwärmt. Eine Musikauswahl mit ihren Lieblingssongs habe ich schon zusammengestellt, wir müssen nur noch so eine Box organisieren, die ich mit meinem Handy verbinden kann. Vielleicht hat Adriano ja so was und leiht uns das Ding aus. Jetzt muss nur noch jemand für weiße Callas sorgen. Amelie hat sich für ihre Beerdigung weiße Callas gewünscht. Die sind in Italien allerdings nicht so einfach zu bekommen. Ich habe nirgendwo ein Blumengeschäft gesehen. Vielleicht kann Schröder noch mal in Siena schauen, ob sie die dort findet. Die halten ziemlich lange, wenn wir sie kühl im Keller irgendwo hinstellen.«

Schröder und Mia starrten Poppy verblüfft an.

»Wieso weißt du das alles so genau?«, fragte Schröder.

»Weil wir öfter darüber geredet haben.«

»Über eure Beerdigung?« Mia fand das überaus makaber.

»Ja. Als Amelies Mutter gestorben ist, vor über zwei Jahren, haben wir über so was gesprochen. Ich konnte ja damals nicht ahnen, dass ich dieses Wissen so schnell brauchen würde«, erwiderte Poppy traurig.

»Also, ich quatsche ja lieber über Männer oder Urlaube oder sonst etwas Lebendiges mit euch. Aber wenn wir schon dabei sind: Ich hätte auf meinem Grabstein gern mal ein ›Wann, wenn nicht jetzt?‹ stehen«, sagte Schröder.

»Findest du das witzig?«, fragte Mia. Manchmal ging ihr Schröders ewiger Sarkasmus wirklich gehörig auf die Nerven.

Schröder zuckte mit den Achseln. »Der Tod kommt sowieso irgendwann. Irgendwann erwischt er jeden und jede von uns, egal, ob man will oder nicht. Es gibt keine Möglichkeit, dieser Scheiße auszuweichen. Überhaupt keine. Egal, was man will, und egal, was man tut. Niemand kommt hier lebend raus. Besser, man ist darauf vorbereitet. Aber wahrscheinlich kann man auf den Tod nicht vorbereitet sein. Der ist ja eigentlich absolut grauenvoll. Eine echte Gemeinheit, wie ich finde. Und eigentlich ist es ein Wunder, dass wir deswegen nicht alle den ganzen Tag schreiend durch die Gegend laufen«, sagte Schröder in einem plötzlich erstaunlich nachdenklichen Tonfall.

Mia und Poppy blickten Schröder irritiert an. Mia schüttelte innerlich den Kopf. Das war typisch Schröder. Sie tat immer so, als könnte nichts sie allzu tief berühren und als würde nichts und niemand ihr Angst machen, und dann spürte man doch in manchen Momenten, dass das nicht stimmte.

»Das Tiramisu ist fertig, und ich bin es in einer halben Stunde. Dann können wir los«, verkündete Mia.

Schröder nickte und machte sich noch einen Espresso.

Poppy betrat die kleine Trattoria. Drinnen war es dämmerig, die Läden waren noch halb geschlossen. Es war ja auch erst kurz nach zehn, aber es duftete schon unglaublich gut aus der Küche. Die Trattoria war hübsch und einfach eingerichtet und verfügte sicher wie viele unprätentiöse Lokale in Italien über eine hervorragende Küche. Poppy hatte einmal in einem wenig einladend wirkenden Lokal direkt an einer vierspurigen Straße in der Lombardei die besten Gnocchi ihres Lebens gegessen, und in einem megaschicken Lokal am Gardasee wäre sie am liebsten in die Küche gerannt, um den Koch zu verprügeln. Italiens Lokale waren manchmal wie ein Überraschungsei – man wusste nie, was drin war.

Poppy hörte das geschäftige Klappern von Küchengeräten. Hier das Catering für Amelies Beerdigung zu bestellen war sicher eine sehr gute Idee. Sie hatte erst überlegt, alles selbst zu kochen, aber das wäre doch zu viel Arbeit, und wenn sie endlich das Haus verkaufen würden, wäre wirklich genügend Geld für eine tolle Beerdigung vorhanden.

»Hallo?«, rief Poppy laut in den Raum. Wahrscheinlich rechnete um diese Zeit hier niemand mit einem Gast, dafür war es ja noch viel zu früh.

»Ciao. C'è qualcuno qui?«, rief Poppy erneut zu dem Klappern in der Küche. In diesem Augenblick kam ein gemütlich und entspannt aussehender Mann in den Gastraum. Er hatte eine große Schürze umgebunden, an der er sich die Hände abrieb, und kam mit langsamen Schritten auf Poppy zu.

»Poppy?«, sagte der Mann zu Poppys Überraschung verwundert und unsicher, als er vor ihr stand.

Poppy brauchte einen Augenblick. Wieso wusste dieser Mann ihren Namen? Kannte er sie? Und wenn ja, woher? Was war hier los? In Poppys Kopf ratterte es. Und dann blickte sie dem Mann in die Augen. Vor ihrem geistigen Auge bekam er ein paar Haare mehr auf den Kopf und ein paar Kilo weniger um die Hüfte. Ein paar Jährchen und Falten zog sie dann auch noch von seinem Gesicht ab. Und dann war Poppy klar, wer das war. Es war ihr Chat, der Italiener von der Online-Dating-Plattform, derjenige, der gestern mit einem Blumenstrauß im Castello gewesen war. Stefano hieß er, wenn Poppy sich richtig erinnerte. Und sein Profilbild auf der Dating-Seite war eindeutig mindestens fünf Jahre jünger und ungefähr zehn Kilo leichter, wie sie mit Genugtuung feststellte. Gestern hatte sie ja nur einen mehr als flüchtigen Blick auf ihn geworfen.

All das registrierte Poppy, während sie sich gleichzeitig einen sofortigen Fluchtplan überlegte. Was sollte sie sagen? Was sollte sie tun? Das hier war ihr jetzt echt mehr als peinlich. Sicherlich hatte Stefano auch schon längst registriert, dass die Poppy auf den Fotos nicht deckungsgleich mit der Poppy war, die gerade vor ihm stand.

»Du biste noch viel schöner als auf die Fotos«, sagte Stefano, noch bevor Poppy einfach auf dem Absatz umdrehen und rausrennen konnte. Sie war einfach nicht gut im Flucht-pläne-Schmieden.

Poppy starrte den Mann vor sich einen Moment verblüfft an. Aber Stefano strahlte sie dermaßen ehrlich und leuchtend an – er meinte das offensichtlich ernst. Sehr ernst.

Unwillkürlich begann auch Poppy, bis über beide Ohren zu lächeln.

»Anche tu«, erwiderte sie. »Du siehst auch viel besser aus als auf deinem Profil. Und ich glaube, du kochst verdammt gut … Ich hätte einen Auftrag für dich. Ein Catering für eine Beerdigung.«

Stefano blickte sie verständnislos an, und Poppy deutete auf einen der schon gedeckten Tische. »Wollen wir uns setzen?«

Stefano nickte und holte nebenbei nonchalant noch eine Flasche Grappa und zwei Gläser hinter dem Tresen hervor, bevor er sich zu Poppy an den Tisch gesellte, um alles zu besprechen.

Das Catering. Die Beerdigung. Und die gemeinsame Zukunft.

Schröder setzte Mia direkt vor der Tür von Adrianos Castello ab und fuhr sofort mit fast quietschenden Reifen davon.

Mia hielt sich an der Schüssel mit dem Tiramisu fest und blickte auf die geschlossene Tür des Castellos. Plötzlich erschien ihr die Idee, hier einfach so mit einem Tiramisu aufzutauchen, ziemlich bescheuert.

Was wollte sie hier? Was sollte das? Vielleicht mochte Adriano gar keine Süßigkeiten? Ganz tief drin wusste Mia allerdings genau, was das sollte, auch wenn sie es sich selbst nicht eingestehen wollte. Sie mochte Adriano. Sie mochte seine selbstverständliche und unaufgeregte Art mehr, als sie sich eingestehen wollte. Dass er auch nicht schlecht aussah, kam natürlich als Sahnehäubchen hinzu, aber viele Italiener waren auf den ersten Blick attraktiv. Bei Adriano war es etwas anderes, das Mia mochte, etwas, das sie im Grunde genommen verunsicherte. Sie hatte das Gefühl, neben ihm einfach sie selbst sein zu können, obwohl er sie überhaupt nicht kannte. Aber vielleicht fühlte sie sich genau deshalb so wohl mit ihm, eben weil er sie nicht wirklich kannte. Bei Adriano konnte sie eine ganz andere Mia sein. Nicht Mia, die Mutter, nicht Mia, die Ehefrau, nicht Mia, die funktionierte. Einfach Mia. Und Mia überlegte: Sie könnte ja das Tiramisu einfach hier irgendwo im Schatten abstellen. Es war gut in Frischhaltefolie eingewickelt und würde durchaus ein, zwei Stunden durchhalten. Sie könnte Adriano eine Nachricht aufs Handy schicken und wieder zurückgehen. Das wäre doch auch nett.

Sie blickte sich um, um einen möglichst kühlen Platz für die Nachspeise zu finden. In diesem Augenblick kam Adriano aus dem Haus, die Autoschlüssel in der Hand. Er blickte Mia überrascht an, die sich verlegen an die Tiramisu-Schüssel klammerte.

»Oh, ciao – ich dachte doch, ich hätte ein Auto gehört.«

»Ich ... ich hätte wohl vorher besser anrufen sollen«, stammelte Mia und kam sich vor wie ein Schulmädchen vor einem Klassenreferat. Verlegen. Es war klar, dass Adriano gerade auf dem Sprung war.

»Nein, nein, du hast nur Glück gehabt, dass ich noch hier bin. Und das Tiramisu auch«, sagte Adriano mit Blick auf die Schüssel. »Es sieht sehr lecker aus. Es wäre schade, wenn es schmelzen würde.«

»Ja. Das ist für dich. Ein kleines Dankeschön. Wegen der Fahrerei ... und überhaupt«, sagte Mia und kam sich noch blöder vor.

»Danke dir. Ich liebe Tiramisu. Sehr nett von dir, das wäre aber nicht nötig gewesen. Im Kühlschrank ist noch Platz. Es muss nur noch etwas warten. Ich bin auf dem Weg nach Montepulciano. Ich muss dort Wein abholen. Aber komm doch kurz rein«, sagte Adriano lächelnd, nahm Mia einfach die Schüssel mit der Nachspeise aus den Händen und ging vor ihr her ins Haus.

Wenig später saß Mia in Adrianos Auto und befand sich auf dem Weg nach Montepulciano.

Adriano schnitt wie immer die Kurven, und Mia hatte ein seltsames Gefühl im Magen. Aber dieses Gefühl kam gar nicht von den Kurven. Es war ein Gefühl von Freiheit, das sich plötzlich und unerwartet in ihr ausbreitete, so, wie sich die Landschaft vor ihnen ausbreitete. In Wellen, mit Tälern und sanften Hügeln, von Zypressen gesäumt. Mias Blick konnte weit bis zum Horizont streifen, etwas, das in Hamburg nicht möglich war, wie ihr plötzlich klar wurde. Vorher hatte sie das nie gestört, aber jetzt gerade kam ihr die Vorstellung, wieder in einem Häusermeer zu wohnen, beklemmend vor.

Sie öffnete das Fenster noch ein wenig weiter und ließ ihre Haare vom Wind durchpusten. Am liebsten hätte sie ihre Arme nach oben gestreckt wie in einem Film, aber das wäre jetzt doch etwas zu theatralisch gewesen.

Adriano blickte sie neugierig von der Seite her an, dann drückte er auf drei Knöpfe, und plötzlich schallten alte italienische Schlager laut durch die fetten Lautsprecher in die flirrende Luft.

Mia summte mit. »Una festa sui prati, una bella compagnia ...«

Adriano lächelte und trat noch fester aufs Gaspedal.

»Du hast doch fast nichts getrunken«, sagte Adriano, während er eine leicht schwankende Mia drei Stunden später elegant am Arm über das Kopfsteinpflaster durch Montepulciano führte.

»Fast nichts war es nicht. Zumindest nicht für eine Frau, die noch nie in ihrem Leben auf einer Weinprobe war und die normalerweise ein Glas in der Woche trinkt – und das auch nur abends, wenn alle schon schlafen und ich nicht schlafen kann«, widersprach Mia. Sie fühlte sich nicht betrunken, sondern nur leicht angenehm.

»Man darf den Wein bei einer Weinprobe übrigens auch ausspucken, das hätte ich dir vielleicht vorher sagen sollen. Aber mir war echt nicht klar, dass du noch nie auf einer Weinprobe warst.«

»Dafür ist er viel zu gut. Das wäre doch echt schade drum. Das war doch alles Vino Nobile, der Wein der Adligen. Den durften früher nicht Hinz und Kunz trinken so wie heute, das hat mir Signor Gallo sehr ausführlich mit seiner sehr feuchten Aussprache erklärt, während du die ganzen Kisten ins Auto geladen hast. Und damit bin ich jetzt wohl eine noble Principessa.«

»Das bist du auch ohne Wein«, sagte Adriano lachend.

Mia blieb stehen und blickte ihn plötzlich unsicher an.

»Hältst du mich für versnobt? Denkst du, ich bin so eine von diesen Hamburger Vorstadt-Vornehm-Tussis?«, fragte sie befangen. Eigentlich war das etwas, das sie manchmal von sich selbst dachte: dass sie sich in eine von diesen gelangweilten, immer gut gekleideten und vermeintlich perfekten Vorstadtfrauen verwandelt hatte. Der Typ Frau, den sie früher abgrundtief verachtet hatte.

»Ich war noch nie in Hamburg, daher weiß ich nicht so wirklich, was du damit meinst, aber ich halte dich nicht für eine Tussi. Ich halte dich aber für jemanden, der ziemlich oft ziemlich unlocker ist.«

»Damit könntest du eventuell vielleicht etwas recht haben«, sagte Mia und knuffte Adriano spielerisch in die Seite. Sie seufzte, jetzt merkte sie den Alkohol doch mehr, als ihr lieb war. »Also, was mich angeht: Ich brauche jetzt eine Pizza. Irgendetwas Fettiges, Heißes und dazu einen Platz im Schatten und einen Liter Mineralwasser.«

»Das lässt sich machen, ich kenne dafür genau den richtigen Ort«, sagte Adriano und bog in eine kleine Seitengasse ab.

Kurz darauf genoss Mia in der kleinen Trattoria die wohl beste Pizza ihres Lebens. Sie hatten sich beide je eine Pizza Parma bestellt, mit Rucola und Parmaschinken. Der Teig war knusprig und dünn, genau so, wie er sein sollte, und die Pizza war einfach perfekt. Ach, Italien! Mia war kurz davor, zu rülpsen und sich vor Wonne den Bauch zu reiben, hielt sich dann aber doch zurück. Etwas Vornehm-Tussi zu sein war manchmal vielleicht doch gar nicht so schlecht.

»Hast du noch Zeit für einen Espresso, bevor wir zurückfahren?«, fragte Adriano wenig später, als die beiden eigentlich schon über die Piazza Grande Richtung Auto zurückschlenderten.

»Immer«, sagte Mia, die sich wieder vollkommen nüchtern fühlte. Die Pizza hatte den Alkohol von heute Vormittag wahrscheinlich vollkommen aufgesaugt, trotzdem konnte etwas Koffein nicht schaden. In Hamburg hätte sie auf die Frage nach einem Kaffee nach dem Mittagessen nie im Leben mit »Immer« geantwortet – eher mit »Auf keinen Fall, ich muss los«. In Hamburg hätte sie nie die Zeit gehabt für eine Weinprobe oder dafür, den ganzen Tag mit einem ihr fast unbekannten Mann durch die Lande zu ziehen und sich dabei zu amüsieren. Amüsieren war genau das richtige Wort dafür, was ihr gerade geschah, und Mia fand es großartig.

Adriano ging mit Mia in das nächste Café, stellte sich mit ihr an die Bar und bestellte »due caffè«. Das hatte Mia schon vor Jahren in Venedig gelernt, als sie mit Schröder und den anderen ein langes Wochenende dort verbracht hatte. Der Espresso an der Bar kostete in Venedig ungefähr ein Zehntel von dem, was der Espresso an einem Tisch draußen auf der Piazza kostete. Die Tische und die Preise an den Tischen waren in der Hauptsache für Touristen gemacht.

Die Italiener lachten sich wahrscheinlich über die doofen Deutschen tot, die bereit waren, unfassbar viel Geld für einen überteuerten Espresso oder Cappuccino hinzublättern.

Mia trank ihren Espresso in einem Zug und blickte Adriano dann fragend an. »Jetzt mal ehrlich, so ganz unter uns: Findet ihr Italiener uns Deutsche nicht irgendwie doof? Also, ich meine, die Toskana ist von Deutschen in Beschlag genommen, die hier die Preise sicher teilweise ruinieren und sich wahrscheinlich Illusionen darüber machen, dass sie hier endlich den Stock aus ihrem Po bekommen und ein Teil des Dolce Vita werden, wenn sie ›due cappuccini‹ richtig aussprechen können.«

Adriano lachte. »Nun, unter uns beiden – ich finde viele Deutsche ziemlich nervig, vor allem, wenn sie hier in Scharen rumrennen und mit lautem ›Ah‹ und ›Oh‹ unsere Kunstschätze bewundern und dabei dozieren wie ein Studienrat. Kunst sollte man erleben, erfühlen, bewundern, nicht erklären. Das Talent für Dolce Vita hat man übrigens, oder man hat es nicht. Das ist eine Lebenseinstellung, die man zumindest theoretisch auch als Deutscher haben könnte. Aber man bekommt es nicht einfach so, nur weil man hier zwei Wochen Urlaub macht. Und im Übrigen finde ich nicht alle Deutschen doof. Und bei manchen sehe ich durchaus das italienische Potenzial.«

Adriano lachte kurz, und dann lachte er plötzlich nicht mehr. Er blickte Mia seltsam ernst in die Augen, sie wusste gar nicht, was jetzt plötzlich los war. Unvermittelt nahm er Mias Gesicht in beide Hände und küsste sie. Auf den Mund. Alles andere als freundschaftlich. Mia war so überrascht, dass sie die Lippen zusammenpresste und vollkommen erstarrte.

Damit hatte sie jetzt wirklich nicht gerechnet. Was um alles in der Welt war hier los? Mit Adriano? Mit ihr? Mia bemerkte, dass ihr Herz viel zu schnell schlug, und ihre Knie drohten einfach wegzubrechen. Ihre Gedanken rasten im Kreis, oder vielmehr hatte sie für einen Moment gar keine wirklichen Gedanken mehr. Sie ließ den Kuss einfach geschehen.

Nach einigen Sekunden ließ Adriano sie abrupt los. Mia atmete aus, es klang wie ein Seufzer, sie hatte überhaupt nicht bemerkt, dass sie die ganze Zeit die Luft angehalten hatte.

»Tut mir leid. Ich ... ich wollte nicht ... das war wohl vollkommen unpassend von mir ... also ... ich weiß auch nicht, was da in mich gefahren ist, kommt nicht wieder vor, versprochen.« Adriano entschuldigte sich überschwänglich und blickte Mia dabei prüfend an. Die war immer noch vollkommen erstarrt.

»Geht's dir gut? War es so schlimm? Sag doch bitte was! Ich wollte nicht respektlos sein, ich hatte das Gefühl, dass zwischen uns ..., dass zwischen uns irgendetwas ist, irgendetwas flirrt, aber da habe ich mich wohl vollkommen getäuscht, bitte verzeih mir ... lass uns das schnellstmöglich vergessen, das ist mir jetzt echt unangenehm.«

Mia stand immer noch stocksteif vor Adriano und blickte irgendwie ins Leere.

Langsam bekam Adriano Angst. Das war doch nur ein Kuss gewesen! Wie hatte er sich so täuschen können? Er hatte gedacht, ach, er hatte sich nicht wirklich etwas gedacht. Er fand Mia seltsam anziehend, spröde irgendwie, sehr deutsch, aber trotzdem anziehend. Da war etwas in ihr, das nur darauf wartete, endlich freigelassen zu werden, und das war etwas, das ihn interessierte. Dabei war sie eigentlich gar nicht sein Typ, aber trotzdem war da irgendetwas zwischen ihnen. Hatte er zumindest gedacht, aber das hatte er sich offenbar nur eingebildet. Trotzdem war es nur ein Kuss gewesen. Verdammt. Deutsche Frauen waren da einfach kompliziert. Eine Italienerin hätte einfach gelacht und mit ein paar lockeren Worten die Situation gerettet, wenn ihr der Kuss nicht gefallen hätte. Aber einfach so zur Salzsäule zu erstarren und ihn noch nicht mal mehr anzublicken, also das schien Adriano jetzt doch etwas übertrieben. Aber vielleicht war das einfach nur vollkommen deutsch.

Mia spürte immer noch Adrianos Lippen auf den ihren. Kein wirklich unangenehmes Gefühl, aber für dieses Gefühl hatte sie jetzt keine Zeit. Sie starrte an Adriano vorbei auf das Café nebenan. Die ganze Piazza Grande war in der einen Ecke geradezu zugepflastert mit Cafés, eines war direkt neben dem anderen. Die Türen waren wegen der Hitze überall weit geöffnet, Mia hatte freien Blick und konnte alles sehen. Und das, was sie da sah, verschlug ihr im Grunde genommen mehr den Atem als Adrianos Kuss. Zumindest war es im Moment so.

In dem kleinen Café nebenan saßen draußen an einem kleinen Tisch ganz am Rand eine Frau und ein Mann. Sie saßen unter einem Sonnenschirm, aber Mia hatte trotzdem eine gute Sicht auf die beiden. Und was für ein Anblick das war!

Die beiden turtelten offen und dem Anschein nach sehr verliebt. Die elegante Frau winkte nach der Rechnung und bezahlte gerade. Der Mann trank seinen Espresso aus. Die beiden waren ein schönes Paar, das musste Mia zugeben, wenn auch ein ziemlich ungleiches Paar, denn die Frau war deutlich älter als der junge und attraktive Mann. Die Frau hatte lässig bezahlt und wandte sich wieder ihrem Begleiter zu. Jetzt turtelten sie nicht nur, sie küssten sich auch noch, und auch dieser Kuss war ganz sicher ganz und gar nicht freundschaftlich gedacht.

Mit diesem fremden Kuss erwachte Mia endlich aus ihrer Trance. Sie blickte dem erstaunten Adriano jetzt direkt in die Augen.

»Über den Kuss reden wir später. Ich muss kurz weg. Ich muss was überprüfen. Bin gleich wieder da. Bitte warte auf mich«, sagte Mia, die sah, dass das Paar schon aufgestanden war und gerade dabei war, in der Menge der Touristen einfach zu verschwinden.

Mia ließ einen völlig verwirrten Adriano einfach an der Bar stehen und stürmte davon. Adriano blickte ihr fassungslos nach. Dann bestellte er sich erst mal einen Grappa – den konnte er jetzt dringend gebrauchen. Irgendwie waren wohl alle deutschen Frauen eine »pazza tedesca«.

Mia ging oder – vielmehr – schlich durch die Menschenmenge. Hier war es bei Weitem nicht so voll wie vor Kurzem
beim Palio in Siena, aber trotzdem zog Montepulciano um
diese Jahreszeit natürlich viele Touristen an. Jetzt, im Juli,
war schließlich absolute Hochsaison, und die Straßen gli-
chen einem Wimmelbild – etwas, das Mia gerade sehr gelegen kam, denn so würde sie nicht so leicht auffallen.

Sie verfolgte das Paar und kam sich dabei vor wie in
einem schlechten Detektivfilm. Gott sei Dank blickten die
beiden sich nicht eine Sekunde um, sondern schlenderten
Händchen haltend gemütlich durch die Gassen. Händchen
haltend! Unfassbar.

Mia ließ sich immer wieder etwas zurückfallen. Sie
wollte auf keinen Fall bemerkt werden.

Schließlich ging die Frau in einen kleinen Laden, der
vollgestopft war mit Souvenirs, wahrscheinlich alles Made
in China. Obwohl – in der Hauptsache verkaufte der Laden
Wein, Olivenöle und geschnitzte Schüsseln oder Salatbe-
steck aus Olivenholz. Olivenholz gab's wohl eher nicht in
China, aber Mia hatte keine Ahnung.

Sie blieb einen Augenblick unschlüssig vor dem Geschäft stehen. Dann siegte die Neugier. Vorsichtig schlich
sie in das Dämmerlicht des Ladens und versteckte sich hin-

ter einem Ständer mit Strohhüten. In diesem Augenblick drängten sich ein paar Mitglieder einer amerikanischen Reisegruppe ziemlich robust in den Laden. Mia versuchte, einer etwas sehr üppigen Dame auszuweichen, die nach einem der Strohhüte über Mias Kopf griff, aber da Mia sich wegen ihrer Detektivarbeit nicht zu weit zur Seite bewegen wollte, geriet sie ins Straucheln, und der ganze Ständer landete daraufhin mit einem lauten Scheppern auf dem Boden.

Alle blickten zur Amerikanerin. Und alle blickten zu Mia. Auch das von ihr verfolgte Paar.

»Du!!!«

»Du!!!«

»Mama???«

Mia stand vor Schröder und ihrem Sohn Max – die beiden waren das Händchen haltende Paar gewesen, das sich auch noch öffentlich vor Mias Augen geküsst hatte.

Irgendwie hatte Mia die ganze Zeit während ihrer Verfolgung gehofft, sie hätte sich einfach nur getäuscht und der Mann, mit dem Schröder Händchen haltend durch Montepulciano schlenderte, wäre einfach nur irgendein junger Mann, der ihrem Sohn nur sehr ähnlich sah, und alles würde sich in Luft und Wohlgefallen auflösen. Irgendein Hirngespinst von Mia, hervorgerufen von zu viel Hitze, zu viel Restalkohol oder einfach auch nur eine Fata Morgana.

Die drei standen sich gegenüber wie Kampfhähne. Zumindest Schröder und Mia sahen aus, als würden sie sich gleich hier im Souvenirladen prügeln wollen. Also eher Kampfhennen. Max wirkte leicht überfordert von der Situation und peinlich berührt.

Die Amerikanerin versuchte hinter Mia, mithilfe der Ladenbesitzerin unter lauten italienischen und amerikanischen Flüchen den Ständer für die Hüte wieder aufzustellen.

»Wieso bist du nicht an der Uni?«, hörte Mia sich selbst seltsam ruhig zu Max sagen. »Du hast doch Vorlesungen?«

»Ich habe mir ein paar Tage freigenommen.«

»Aha«, sagte Mia, und damit war die Konversation fürs Erste beendet.

»Bist du uns etwa gefolgt?«, fragte Schröder.

»Das war nicht nötig, eure Rumknutscherei war nicht zu übersehen«, antwortete Mia mit scharfer Stimme.

Schröder und Mia starrten sich noch einen Augenblick an, Max blickte verlegen an die Decke, dann drehte Mia sich um und ging einfach raus.

Weg hier. Bloß weg hier.

Mia lief zurück zu dem kleinen Café, in dem Adriano noch auf sie wartete. Zumindest hoffte sie, dass sie in der richtigen Richtung unterwegs war. Alles war gerade so durcheinander. Nicht nur das Gewirr der Gassen. Sie selbst war völlig durcheinander.

Hoffentlich war Adriano noch da – sie hatte ihn einfach so stehen lassen. Und das nach einem Kuss. Ein wirklich furchtbares Verhalten von ihrer Seite aus. Das würde sie wahrscheinlich nicht wiedergutmachen können, selbst wenn sie Adriano von gerade eben erzählte. Und selbst wenn Adriano ihr das glaubte. Sie glaubte es ja selbst kaum.

Schröder und Max. Max und Schröder. Ein Liebespaar. Max, ihr Sohn, hatte eine Affäre mit ihrer Freundin. Oder umgekehrt. Ihre Freundin Schröder hatte eine Affäre mit Max, ihrem Sohn. Wie Mia das in ihrem Kopf auch drehte und wendete – es war und blieb unfassbar. Geschmacklos. Unverzeihlich. Unglaublich. Von allen beiden.

Sie fühlte sich mehr als hintergangen. Was um alles in der Welt hatte Schröder sich dabei gedacht, ihren Sohn zu vernaschen? Gab es nicht genügend andere junge Männer für sie? Kein Wunder, dass die beiden das geheim gehalten hatten. Für so etwas hätte Mia nie im Leben Verständnis aufgebracht. Das war keine Liebe, das war einfach nur völlig daneben. Schröder war zwei Jahre älter als sie! Zwei ganze Jahre! Schröder würde Oma werden! Schröder hatte was mit ihrem Sohn! Das war ja geradezu Kinderschändung.

Mia fühlte eine heiße Welle von Wut und Enttäuschung und das Gefühl von Verrat in sich aufsteigen. In diesem Moment wurde sie an der Schulter gepackt.

»Mia, bitte, bleib doch mal kurz stehen. Lass uns reden.«

Sie drehte sich um. Vor ihr stand Schröder. Max stand in sicherer Entfernung etwas weiter weg.

»Lass mich dir das doch einfach erklären. Max und ich … ich weiß auch nicht … das ist einfach so passiert … und wir wollten es dir ja auch sagen …«

»Ach, einfach so passiert? Wie passiert so etwas denn einfach? Meine zwei Jahre ältere Freundin vergreift sich an meinem Sohn. Ich glaube nicht, dass das ein klassischer Fall von ›einfach so passiert‹ ist. Das ist ein Fall von absoluter Geschmacklosigkeit. Und es ist absolut daneben.«

Schröder blickte Mia jetzt doch etwas pikiert an. Dass Mia diese Affäre mit ihrem Sohn nicht besonders toll finden würde, damit hatte Schröder schon gerechnet. Mia war schließlich nicht gerade für ihre Lockerheit in Sachen »Bienchen und Blümchen« bekannt. Aber Kinderschändung war ja jetzt doch etwas krass.

»Max ist erwachsen!«, sagte sie.

»Max ist mein Kind!«, zischte Mia.

»Also, ich bin nun wirklich kein Kind mehr!«, wagte sich Max von hinten aus der Deckung. Mia ignorierte ihren Sohn vollkommen und funkelte weiter Schröder an.

»Was, verdammt noch mal, hast du dir dabei gedacht?

Kannst du nicht einmal in deinem Leben in deiner Altersklasse rumvögeln? Musst du dich immer an den Jüngeren vergreifen, damit du dich jünger fühlst? Musste es jetzt auch noch mein Sohn sein? Was um alles in der Welt hab ich dir getan?«

Mia kochte vor Wut. All die Jahre, in denen Schröder ihr mit ihren ewigen Affären auf die Nerven gegangen war, kamen gerade hoch. All die Jahre, in denen sie sich neben Schröder wie eine Loserin gefühlt hatte, weil sie in so einer einseitigen Ehe feststeckte und nun mal nichts an Affären finden konnte, alles kochte in diesem Moment hier in der kleinen Straße hoch. All das, was sie an Schröder so mochte und gleichzeitig so hasste, Schröders Selbstsicherheit, Schröders Unabhängigkeit, all das raste durch Mias Blutbahn.

Und erst ihr armer Sohn! Ihr Baby, allein die Vorstellung von den beiden … Mia wurde es körperlich übel. Am liebsten hätte sie Schröder jetzt einfach das Gesicht zerkratzt oder ihr eine gescheuert. Was für eine falsche Schlange Schröder doch war! Und wie lange ging das überhaupt schon so hinter ihrem Rücken?

»Mia, jetzt komm mal etwas runter. Max ist dreiundzwanzig.«

»Er ist mein KIND!«

»Er ist mehr als volljährig … und es war echt nicht geplant. Mit dir hat das gar nichts zu tun, es ist einfach so passiert. Wir haben uns zufällig vor drei Monaten in einer Bar getroffen, ich hatte einen blöden Tag und wollte nur noch kurz was trinken, und Max war mit seinen Freunden da. Der

Abend wurde etwas länger, und irgendwann waren da nur noch Max und ich in der Bar … ich habe ihn nicht verführt, wenn, dann war es eher andersherum.«

»Ich will das alles gar nicht wissen«, sagte Mia und hielt sich für einen Moment die Ohren zu. Was dachte Schröder sich? Dass Details die Sache für sie besser machten?

»Den Kopf immer in den Sand zu stecken ist keine Lösung, Mia, verdammt noch mal.«

»Es ist meine Lösung. Ich will gar nicht wissen, wie meine uralte Freundin mit meinem weniger als halb so alten Sohn rummacht – mit allen Details. Erspar mir das bitte. Das ist geschmacklos«, fauchte Mia.

»Ich bin nicht uralt. Ich bin so alt wie du. Also fast. Und du solltest dich nicht so anstellen. Nur weil du keinen Sex hast, heißt das nicht, dass andere auch keinen haben dürfen.«

»Jetzt reicht es! Lass mein Intimleben da raus. Es reicht schon, dass ich ständig an deinem teilhaben muss – ob ich will oder nicht. Du bist eine Schlampe, eine richtige Schlampe«, zischte Mia. Mit diesen letzten Worten drehte sie sich um, sie wollte nur noch weg hier. Mittlerweile waren ein paar Italiener interessiert stehen geblieben, um das Schauspiel zu beobachten. Deutsche neigten ja eher nicht so zu Temperamentsausbrüchen, vielleicht war dieser Streit deshalb so interessant für die italienischen Passanten. Mia drückte sich durch ein paar Leute und blieb noch für einen Augenblick direkt vor Max stehen. »Und wir beide, wir reden auch noch.«

Noch bevor Max antworten konnte, war Mia mit hoch erhobenem Haupt in der Menge verschwunden.

Schröder blickte Mia genervt nach. Uralt! Die hatte sie wohl nicht mehr alle. Ja, sie war ein klein wenig älter als Mia, aber nur minimal. Schröder zuckte innerlich mit den Schultern. Sollte sie doch, die dumme Nuss, dachte sie. Mia würde sich auch wieder abregen. Mein Gott, so ein Theater wegen so einer Sache. Max war erwachsen, er konnte tun und lassen, was er wollte, und das war offensichtlich etwas, das Mia als Klammeraffenmutter wirklich nicht einsehen wollte.

Schröder hatte dieses Überbemuttern von Mia noch nie verstanden. Ihre Freundin hatte echt ein Ablösungsproblem. Kein Wunder, dass Max seine Mutter nur noch in kleinen Häppchen ertragen konnte. Mia war eine Helikoptermutter der Extraklasse. Ständig kreiste sie mit lautem Rattern über ihren Kindern.

»Oh Mann, war die sauer.« Max hatte sich mittlerweile neben Schröder gestellt. »Aber ich habe von meiner Mutter auch nix anderes erwartet. Sie will einfach nicht einsehen, dass ich schon lange ein Mann bin. Ich mache, was ich will und wann ich es will.«

Mit diesen Worten beugte sich Max zu Schröder und gab ihr einen ziemlich, nun, betont männlichen Kuss. Der Kuss fühlte sich für Schröder leider etwas trotzig an. So, als müsste Max sich tatsächlich seiner Selbstständigkeit versichern. Aber das war jetzt nicht Schröders Problem. Ihr Problem war, dass sie Max sehr mochte, eigentlich mehr als mochte. Vielleicht war das so, weil sie ihn schon so lange kannte. Sie hatte ihn tatsächlich schon als Baby gekannt. Und nie und nimmer hätte sie früher gedacht, dass sie und Max jemals etwas miteinander anfangen würden. Selbst für jemanden wie Schröder mit all ihren lockeren bis überhaupt nicht vorhandenen Moralvorstellungen war der Sohn einer Freundin tabu. Absolut und selbstverständlich tabu. Zumindest hatte sie selbst das immer gedacht. Hätte sie jemand vor einem halben Jahr gefragt, ob sie und Max jemals ... – sie hätte den- oder diejenige für vollkommen verrückt erklärt.

Aber jetzt war es so, wie es eben war. Und irgendwie war es ja auch gut. Bis auf diese blöde Heimlichtuerei. Damit hatte Schröder ein echtes Problem. Vielleicht hatte sie auch noch mit ein paar anderen Dingen ein Problem, aber da wollte Schröder jetzt dann doch lieber nicht genau hinschauen.

Schröder wollte Mia mit der Sache mit Max auf keinen Fall wehtun. Wie kam Mia da überhaupt drauf?

Das mit Max war tatsächlich einfach so passiert. Es war an diesem einen Abend in der Bar passiert, aber es war passiert, weil Schröder damals keinen so guten Tag gehabt und dringend etwas Abwechslung gebraucht hatte. Irgendetwas, das ihr das Gefühl gab, lebendig zu sein. Und Max war einfach irgendwie der Falsche zum richtigen Zeitpunkt gewesen oder der Richtige zum falschen Zeitpunkt.

Sie hatten beide zu viel getrunken, irgendwann gingen die Freunde von Max nach Hause, und irgendwann küsste

Max Schröder auf den Mund, und Schröder klammerte sich an ihm fest. Nach dieser Nacht schworen sich sowohl Schröder als auch Max, dass das eine einmalige Sache bleiben sollte, ein Ausrutscher, ein Versehen, von dem niemand jemals etwas erfahren sollte. Schon gar nicht Mia.

Dann war eine zweite Nacht gefolgt, dann eine dritte, und irgendwann war Schröder irgendwie mehr in der Sache drin gewesen, als ihr lieb war. Und Max irgendwie auch.

»Vielleicht war es doch keine so prickelnde Idee, für ein paar Tage hierher nach Italien zu kommen, aber ich hatte einfach Sehnsucht«, meinte Max und riss Schröder damit aus ihren Gedanken.

Schröder zuckte mit den Schultern. Sie ergriff Max' Hand, und die beiden schlenderten zurück zur Piazza Grande.

»Sie hätte es sowieso irgendwann erfahren – aber wahrscheinlich wäre es besser gewesen, wir hätten es ihr einfach gesagt.«

»Das glaube ich jetzt wieder nicht.«

»Du kennst deine Mutter einfach zu gut«, sagte Schröder, vollkommen überzeugt davon, dass Max da recht hatte.

»Wenigstens müssen wir jetzt nicht mehr lügen und heimlichtun.«

»Auch schön«, meinte Schröder und küsste Max demonstrativ vor allen Leuten auf der Piazza Grande von Montepulciano auf den Mund. Uralt! Also wirklich!

Adriano hatte tatsächlich in der Bar auf Mia gewartet. Sie stürmte in die Bar, stellte sich wortlos neben ihn und bestelle zwei Grappa, die sie direkt nacheinander runterkippte.

Adriano blickte sie fragend an, aber Mia schüttelte den Kopf.

»Frag nicht. Jetzt nicht. Ich kann im Moment nicht reden. Über rein gar nichts. Ich will einfach nur allein sein. Ich muss nachdenken. Können wir bitte zurückfahren?«

Adriano nickte. Irgendetwas war passiert, es war sicher nicht nur der Kuss, über den Mia nicht reden wollte. Von ihm aus war das sehr in Ordnung. Sie mussten auch nie wieder über diesen Kuss und dieses seltsame Ende dieses eigentlich schönen Tages sprechen.

Schweigend fuhren die beiden zurück. Mia gab dem erstaunten Adriano beim Aussteigen noch einen kurzen, flüchtigen Kuss auf die Wange.

»Ciao und grazie.« Mia ging mit schnellen Schritten ins Haus.

Adriano fuhr davon – er war schon lange nicht mehr so verwirrt gewesen.

Da fehlte eindeutig ein guter Schuss Rotwein. Poppy goss noch einen guten Schluck vom Chianti in die Soße – und sich gleichzeitig noch etwas von der wundervollen roten Flüssigkeit ins Glas. Man sollte zum Kochen immer guten Wein nehmen, genau den, den man dann später auch zu dem Essen trinken würde, das wusste ja nun wirklich jeder gute Koch. Und Poppy war eine gute Köchin.

Poppys Handy, das zwischen Basilikumblättern und Rosmarin neben dem Topf mit der Soße auf der Arbeitsplatte lag, machte »Pling«, und Poppy strahlte über beide Ohren, als sie einen Blick darauf warf und die Nachricht las. Und dann machte es noch mal »Pling« und »Pling« und »Pling«, und Poppy schwebte mit jedem Pling zehn Zentimeter mehr über dem Boden. Gut, dass es hier eine Decke gab, Poppy wäre in ihrem leuchtend roten Kleid sonst einfach so davongeschwebt wie ein leuchtend roter Luftballon, so glücklich machte sie jedes dieser Plings.

Wie konnte sich das Leben nur innerhalb von ein paar Stunden so vollkommen verändern? Wie konnte alles nur so anders sein? Poppy fühlte sich, als wäre sie in einer völlig neuen Welt aufgewacht. In einer ganz wunderbaren Welt.

Seit sie mit Stefano, dem Koch und Besitzer der Trattoria, nicht nur das Menü für Amelies Beerdigung besprochen hatte, sondern sich auch gleichzeitig mit jedem Wort mehr und mehr in ihn verliebt hatte, schwebte Poppy auf Wolke sieben. Dass ihr das noch mal passieren würde, damit hatte sie wirklich nicht gerechnet. Und Stefano, der schon seit acht Jahren Witwer war, wohl auch nicht.

Nach der Besprechung der Speisekarte hatte Stefano ihr stolz sein Restaurant und seine Küche gezeigt, und dann waren die beiden noch über den Wochenmarkt geschlendert. Sie hatten dies und das probiert, Pecorino, Prosciutto, reife Melonen, und irgendwann hatte Stefano über ein paar dunkelroten Kirschen vorsichtig nach Poppys Hand gegriffen – nur um sie dann den Rest des Ausflugs nicht mehr loszulassen. Aber irgendwann hatte Stefano zurück ins Lokal gemusst, um zu kochen, und auch Poppy hatte zurück ins »Castello« gemusst, um ebenfalls zu kochen. Wobei Poppy heute auch allen gern trocken Brot und Wasser serviert hätte. Aber Stefano hatte ein sehr beliebtes Lokal, das er nicht einfach schließen konnte. Und seither machten ihre Handys beidseitig ständig »Pling.« »Pling.« »Pling.«

Poppy rührte in der Tomatensoße, die sie aus den knallroten überreifen Tomaten kochte, die sie heute mit Stefano auf dem Markt gekauft hatte. Man musste eine Tomatensoße auf den Punkt bis zur richtigen Konsistenz einkochen. Sie durfte nicht zu flüssig sein und nicht zu sämig, sie durfte nicht zu salzig sein und nicht zu süß, und vor allem musste eine richtig gute Tomatensoße mit jedem Löffel nach Sommer schmecken.

Pling! Es war eine Nachricht, gespickt mit Herz- und Kuss-Emojis, damit Poppy sie auch sicher verstand. Poppy lächelte. Stefano war eindeutig ein Romantiker, allerdings sprach er kaum Deutsch. Aber es ging hier ja wohl in der Hauptsache um die international verständliche Sprache der Liebe.

Sie probierte erneut von der Soße und entschied sich für eine weitere Prise von dem braunen Zucker.

»Hast du davon gewusst?« Mia stürmte wie eine Furie in die Küche. Poppy ließ vor Schreck fast den Kochlöffel fallen. Völlig verblüfft starrte sie Mia an. Der standen ja geradezu die Haare zu Berge, falls das bei Mias längerem Bob überhaupt möglich war.

»Was habe ich gewusst?«, fragte Poppy seelenruhig, während sie etwas weniger seelenruhig ihr Gewissen erforschte, ob sie irgendetwas angestellt haben könnte, um Mia so gegen sich aufzubringen. Aber ihr fiel wirklich nichts ein.

»Diese Verräterin! Diese falsche Schlange! Dieses Miststück!«

Poppy schenkte schnell ein Glas Wasser ein und hielt es Mia hin.

»Hier, beruhige dich erst mal. Um was geht es denn überhaupt, und wer ist hier eine falsche Schlange? Und was soll ich gewusst haben?«

»Schröder. Schröder und Max.« Mia nahm das Glas Wasser und bemerkte, dass ihre Hände vor Wut, Enttäuschung und Chaos leicht zitterten.

Poppy verstand sofort, um was es hier ging. Mehr als »Schröder und Max« musste Mia gar nicht sagen.

Ach, du Scheiße. Das durfte nicht wahr sein. Aber wie sie Schröder kannte, war es mehr als wahr.

Poppy setzte sich mit einem Plumps auf den nächstbesten Stuhl.

Mia schob den Teller Spaghetti von sich, den Poppy ihr auf den Tisch gestellt hatte. Sie konnte jetzt unmöglich etwas essen.

»Wann ist mein Leben so außer Kontrolle geraten? Sag's mir ... sag es mir, bitte!«, jammerte Mia vor sich hin.

Poppy sagte nichts, sondern gab Mia noch einen Löffel von der Tomatensoße auf die Spaghetti und schob den Teller wieder zu ihrer Freundin hin, die lustlos darin rumstocherte. Poppy konnte das nicht verstehen, sie fand, dass Spaghetti in jeder Lebenslage tröstlich waren. Das wusste sie nun wirklich aus Erfahrung. Aber was um alles in der Welt hatte Schröder sich bloß dabei gedacht, mit Max rumzumachen? Selbst Poppy, die im Grunde genommen in dieser Hinsicht sehr lockere Ansichten hatte – schließlich war sie im Herzen eigentlich ein Hippie –, fand, dass das absolut zu weit ging. War Schröder jetzt völlig verrückt geworden? Aber trotzdem wollte sie jetzt nicht in die sicher berechtigte Empörung von Mia voll und ganz mit einstimmen. Sie wollte nicht noch eine Freundin verlieren. Weder Mia noch Schröder. Aber im Moment fiel ihr auch nichts ein, wie sie diesen Schlamassel auflösen könnte. Sie war froh, dass Schröder noch nicht ins Castello zurückgekehrt war. Poppy hatte keine Ahnung, was Mia dann tun würde und ob sie selbst dann eine totale Eskalation noch verhindern könnte. Poppy war förmlich eingeklemmt zwischen den beiden, und das fühlte sich überhaupt nicht gut an.

»Was habe ich bloß getan, um all das zu verdienen? Sag's mir, sag's mir, bitte!«

Poppy sagte immer noch nichts und gab Mia noch einen Löffel von der Soße. Sie wusste tatsächlich nicht, was sie zu alldem sagen sollte, und Mia wollte ja auch nicht wirklich einen Rat. Das, was Mia im Moment brauchte, war irgendein Ventil, um erst mal Luft abzulassen. Nun, das konnte Mia von Poppy gern haben. Zuhören konnte Poppy wirklich gut.

»Paul lebt eine offene Ehe ohne mich. Amelie ist tot. Schröder vergreift sich an meinem Sohn. Und als ob das alles noch nicht reicht, ist Stella eine völlige Niete in Mathe und versaut wohl komplett ihr Abitur.«

»Das wird schon wieder, glaub mir, das wird alles wieder«, sagte Poppy etwas geistlos.

»Nichts wird wieder. Das ist einfach so ein blöder Spruch. Jeden Tag im Kalender eine neue Plattitüde – aber Amelie wird nicht von den Toten auferstehen, und Schröder wird immer Schröder bleiben – bis sie oder ich auch tot umfallen.«

Mia wollte sich nicht beruhigen lassen, schon gar nicht von solchen Allgemeinplätzen.

Poppys Handy machte »Pling. Pling. Pling.« Mia blickte irritiert auf das Teil. Poppy lächelte entschuldigend und stellte es notgedrungen auf lautlos. Sie hoffte, Stefano würde ihr diese kurze Sendepause verzeihen.

Mia sprang auf. »Ich reise ab. Jetzt sofort. Das hätte ich

schon vor Tagen machen sollen. Ich dumme Kuh hab's ja sogar versucht und bin blöderweise zurückgekommen.«

»Und was bringt dir das? Auch wenn du nicht mehr hier wärst, würde das nichts an der Sache zwischen Schröder und Max ändern«, sagte Poppy und blieb seelenruhig sitzen.

»Ich muss Schröder nie wieder sehen«, sagte Mia.

»Klar. Und Max auch nicht. Die perfekte Lösung für das Problem.«

Mia setzte sich wieder. »Was soll ich bloß machen?« Ihre Stimme war dünn und wackelig. Sie wollte Schröder die Augen auskratzen und ihrem Sohn die Leviten lesen – aber beides war nicht wirklich möglich.

»Ehrlich? Ich weiß es auch nicht. Aber wie ich Schröder kenne, hält diese Geschichte sowieso nicht allzu lange.«

Mia blickte Poppy erstaunt an. Daran hatte sie noch gar nicht gedacht. Schröders Affären dauerten ja wirklich meist nur von heute auf morgen.

»Da hast du wahrscheinlich recht. Aber das verzeihe ich ihr trotzdem nie.«

»Und Max? Verzeihst du dem auch nicht?«

»Das ist was anderes. Der ist ein Kind und wurde verführt.«

Poppy blickte Mia zweifelnd an und wollte gerade etwas sagen über junge Männer, die man nicht unbedingt verführen musste, als die Tür zur Küche aufging und Schröder und Max im Türrahmen standen.

»Guten Abend allerseits«, sagte Schröder gut gelaunt, als wäre überhaupt nichts passiert.

»Hallo, Poppy«, sagte Max, warf einen kurzen, einen

sehr kurzen Blick auf seine Mutter und trat dann verlegen von einem Bein auf das andere.

»Ah ... ich sehe, die frohen Nachrichten haben sich schon verbreitet. Umso besser, dann können wir ja alle zusammen zu Abend essen.« Schröder lächelte betont lässig in die Runde. »Es riecht übrigens absolut fantastisch nach deiner berühmten Tomatensoße«, wandte sich Schröder an Poppy und wollte sich mit diesem Kompliment wohl etwas einschmeicheln.

Mia schob als Antwort ruckartig ihren Teller mit den Spaghetti von sich, stand wortlos auf, drückte sich an Schröder und Max vorbei und ging hoch in ihr Zimmer. Die drei unten in der Küche hörten die Tür oben laut zuschlagen.

Für einen Moment herrschte eine sehr laute Stille.

»Gibt's noch Spaghetti?«, fragte schließlich Max. Er war fast eins neunzig groß, ziemlich muskulös und hatte einen entsprechenden Kalorienbedarf. Er inhalierte Spaghetti wie andere Leute Frischluft.

Poppy seufzte. Sie stellte ihm und Schröder einen Teller hin, und die beiden machten sich hungrig darüber her.

Poppy holte kurz Luft, irgendwas musste sie ja zu der Sache sagen, aber Schröder blickte sie streng an.

»Du musst jetzt nicht auch noch deinen Senf dazugeben«, sagte sie mit vollem Mund. »Nicht im Moment und eigentlich gar nicht. Max ist erwachsen, ich bin erwachsen, und alles ist gut. Nur Mia sieht das anders, und ich hoffe sehr, du bist in diesem Fall die Schweiz und völlig neutral.«

Poppy war im ersten Moment sprachlos, wie gut Schröder sich selbst mit vollem Mund immer noch artikulieren konnte, auch wenn ihr eine halbe Nudel am Kinn hing, was zugegebenermaßen etwas irritierend wirkte. Max sagte gar nichts, schaute Poppy aber auch nicht an und nahm sich wortlos eine zweite Portion.

Schließlich nickte Poppy einfach nur. Was hätte sie auch sagen sollen? Sie liebte die beiden, und sie liebte Mia. Sie wollte nicht in einen Krieg hineingezogen werden. Schon gar nicht jetzt, nach dem Verlust von Amelie. Also die Schweiz. Die Schweiz war wunderbar, vollkommen neutral und unerschütterlich. Sie war die Schweiz. Warum auch nicht? Alles war in bester Ordnung.

Ihr Handy vibrierte. Poppy blickte auf die Nachricht und grinste wie ein Honigkuchenpferd. Die Liebe war einfach eine Himmelsmacht. – Oder sie kam direkt aus der Hölle. Das wusste man manchmal einfach nicht so genau, dachte Poppy mit einem besorgten Blick auf das ungleiche Paar am Küchentisch.

Als Mia am nächsten Tag wach wurde, war für eine Sekunde die Welt noch in Ordnung. Dann fiel ihr der gestrige Tag wieder ein. Max! Schröder! Knutschend! Unfassbar! Ihr Sohn hatte eine Affäre mit ihrer Freundin. Es war wirklich ungeheuerlich.

Mia hatte immer noch keine Ahnung, wie sie mit der ganzen Sache umgehen sollte. Schröder könnte sie sicherlich – wenn auch zugegebenermaßen unter dem Schmerz, noch eine Freundin zu verlieren – für immer aus ihrem Leben verbannen. Und überhaupt, was für eine Freundin war Schröder überhaupt, wenn sie sich an ihrem Sohn vergriff? Aber was um alles in der Welt sollte sie mit Max machen? Ihm den Po versohlen? Ihm Hausarrest geben? Das alles war schon keine Option gewesen, als Max deutlich jünger gewesen war.

Mia war vollkommen ratlos. Und dass Poppy ihr später beim Zubettgehen auch noch erzählt hatte, dass Max jetzt bei Schröder unten ins Zimmer gezogen war, statt weiter wie bisher auf dem Campingplatz bei Buonconvento zu wohnen, machte die Sache nicht wirklich besser. Schröder war offensichtlich fest entschlossen, dieser Absurdität Normalität einzuhauchen.

Mia würde Poppy ganz genau beobachten. Sie hoffte

doch stark, dass Poppy sich nicht allzu sehr mit Schröder und Max verbrüderte. Poppy war ziemlich harmoniebedürftig und konnte Streit schlecht aushalten. Vor allem Streit zwischen den Freundinnen machte sie immer ganz wuschig, von daher tendierte Poppy gern dazu, unangenehme Themen einfach zu ignorieren. Unter den bunten Teppich kehren, und gut war es. Oder eben nicht.

Mia hatte gestern Abend, gleich nachdem sie demonstrativ die Tür zugeknallt hatte, noch mit Paul telefoniert. Zum einen hatte sie wissen wollen, ob wenigstens bei den Zwillingen alles in Ordnung war, zum anderen wollte sie wissen, ob Paul von dieser ganzen Sache etwas gewusst oder geahnt hatte. Aber Paul war wie Mia aus allen Wolken gefallen.

»Max hat was mit Schröder? Mit deiner Freundin Schröder? Unser Sohn schläft mit deiner Freundin? Unglaublich.« Mia konnte die Fassungslosigkeit von Paul förmlich vor sich sehen. Und es passierte Paul sehr selten, dass er fassungslos war.

»Ja. Und er ist hier in Italien. Sitzt gerade mit Schröder unten in der Küche.«

»Ist er verrückt geworden? Diese Frau könnte seine Mutter sein! Die ist doch so alt wie du ... mein Gott, das ist ja gruselig ... ich will mir das gar nicht bildlich vorstellen.«

Jetzt war Mia doch etwas pikiert, auch wenn sie ja selbst Schröder ihr Alter vor den Latz geknallt hatte. Ganz so, als wäre Schröders Verbindung mit ihrem Sohn vor allem wegen des Alters unangemessen und nicht wegen ihrer Freundschaft. Darum ging es doch eigentlich, oder etwa nicht? Um den Verrat und den Vertrauensbruch. Und dann fiel ihr ein, dass Paul seine Ehe mit ihr auch für meist deutlich jüngere Frauen als Mia öffnete. Der musste also gerade was zum Thema Altersunterschied sagen. Hatte Paul schon einmal eine Frau neben Mia gehabt, die auch nur annähernd so alt war wie sie? Oder wie er selbst? Paul war fast vier Jahre älter als Mia. Sie waren fast immer alle jünger gewesen und sollten sicher auch in Zukunft gern deutlich jünger sein.

Paul war so banal in seinem Muster, eigentlich war es erschreckend. Erschreckend langweilig und erschreckend vorhersehbar. Komisch, dass Mia das bisher noch nie wirklich aufgefallen war.

»Ich habe es gesehen. Leider«, fuhr Mia fort.

»Was hast du gesehen?«

»Die beiden haben sich geküsst. Nicht jugendfrei.«

»Du musst ihn zur Vernunft bringen. Sofort.«

»Wie denn? Soll ich ihm etwa einen Klaps auf den Hintern geben? Wie wäre es, wenn du das machst?«

»Du bist vor Ort.«

»Du kannst ihn anrufen. So von Mann zu Mann.«

»Der lässt sich von mir sicher nichts mehr sagen.«

»Aber von mir, oder was?«

»Ja. Du bist seine Mutter – und Schröders Freundin, was schlimm genug ist. Du musst ihm doch klarmachen können, wie geschmacklos das alles ist.«

»Der Apfel fällt eben nicht weit vom Stamm.«

»Was soll das jetzt bitte heißen?«, antwortete Paul sauer.

Mia seufzte auf und lenkte ein. Sie wollte jetzt nicht auch noch einen Streit mit Paul provozieren. Das wäre wirklich mehr, als sie im Moment ertragen konnte. Sie einigte sich schließlich mit ihrem Mann darauf, dass sie mit Max ein Gespräch von einem Erwachsenen zum anderen Erwachsenen führen würde. Wenn das immer noch nicht ausreichte, um ihn aus Schröders Fängen zu befreien, würde sich Paul aus Hamburg einschalten und seine nicht vorhandene väterliche Autorität um Jahre zu spät ins Spiel bringen.

Bei Schröder irgendwie anzusetzen erschien Mia vollkommen hoffnungslos. Schröder war Beton. In jeder Hinsicht. Sie würde nie im Leben diese Beziehung beenden, nur weil Mia sich entsetzlich aufregte. Ganz im Gegenteil. Wahrscheinlich forderte das Schröder geradezu heraus.

Mia seufzte und zog sich leise an. Poppy schlief selig in ihrem Bett, ihr Handy, das ständig leise vibrierte, fest umklammert.

Mia ging nach unten. Hoffentlich schliefen Schröder und Max noch. Sie hatte Hunger und wollte den beiden so früh am Morgen nicht begegnen. Eigentlich wollte sie ihnen überhaupt nicht begegnen, aber das würde sich vermutlich nicht vermeiden lassen.

Zumindest erst mal nicht.

Mia hatte Glück. Die Küche war leer, das Geschirr schon gespült, und aus Schröders Zimmer drang kein Laut. Gott sei Dank. Sie wollte gar nicht weiter über Laute aus Schröders Zimmer nachdenken, solange ihr Sohn mit in diesem Zimmer war. Aber es herrschte vollkommene Stille. Es war ja auch erst kurz nach sechs. Das war schon immer Mias Lieblingszeit gewesen, wenn alle noch schliefen und sie ein paar Minuten nur für sich hatte. In den letzten Jahren waren es oft die einzigen Minuten gewesen, die sie nur für sich gehabt hatte.

Mia machte sich einen Espresso, nahm die Tasse mit nach draußen, setzte sich in die schon wärmende Morgensonne auf einen der wackeligen Rattanstühle der Terrasse und ließ sich vom Anblick der sanft ansteigenden Hügel und der Aussicht bis zum Horizont etwas Trost spenden.

Das Licht war hier am Morgen so anders als in den Abendstunden, fast silbern, während es in den Abendstunden eher golden war. Die Luft war noch klar und frisch, es roch nach Gras und Erde. Es war unglaublich schön hier. Warum mussten Menschen so kompliziert sein? Warum konnten sie nicht einfach nett, normal und achtsam miteinander umgehen? Warum waren Beziehungen so anstrengend? Warum gab es immer Streit und Missverständnisse und Kränkungen und Wahnsinn?

Mia trank den Espresso in einem Schluck und beschloss, einen Spaziergang zu machen. So, wie sie war, in Schlafanzug und Flipflops, wie eine Verrückte. Sie brauchte jetzt Bewegung. Spazieren gehen half ihr oft, ihre Gedanken zu ordnen, Ruhe in den unruhigen Strom der Gedanken in ihrem Gehirn zu bringen, und sie wollte jetzt nicht noch mal nach oben, sich umziehen und dabei vielleicht aus Versehen Poppy wecken und in ein Gespräch verwickelt werden.

Mia wollte einfach allein sein. Allein mit sich und der Toskana. Sie stand auf und marschierte los, vielmehr flipflopte sie los. Richtig weit würde sie mit diesem Schuhwerk nicht kommen, aber egal. Der Weg war das Ziel, oder das Ziel war der Weg.

Mia kam tatsächlich nicht sehr weit. Das lag allerdings nicht an den Flipflops. Während sie den Feldweg entlangflippte und -floppte, fielen ihr wieder die Schlangen der Toskana ein. Sie erschauderte. Die wollten bestimmt gern in nackte Füße und nackte Knöchel beißen. Sie bückte sich, um ein paar Steinchen hochzuheben. Die eigneten sich – nach rechts und links geworfen – wahrscheinlich gut, um Nattern und andere Kriechtiere zu vertreiben.

Als sie sich wieder aufrichtete, stand plötzlich Max vor ihr. Total verschwitzt, im Joggingoutfit. Ihr Sohn.

»Mama! Was machst du hier?«

Max betrachtete seine Mutter und ihr Outfit etwas verwirrt. Dass sie im Pyjama in der Öffentlichkeit unterwegs war, hatte er noch nie erlebt. Auch wenn die Öffentlichkeit hier eher aus Zypressen als aus Menschen bestand, war dieses Outfit außerhalb von vier geschlossenen Wänden für seine Mutter mehr als außergewöhnlich. Das war kein gutes Zeichen, gar kein gutes Zeichen. Max war nicht entgangen, dass seine Mutter öfter mal heimlich zu ihren kleinen Helferlein in Tablettenform griff. Und der Sohn und der werdende Arzt in ihm machten sich darüber ab und zu Sorgen. Seiner Mutter ging es offensichtlich nicht so gut, wie Mia nach außen hin oder auch innerhalb der Familie immer behauptete, sonst hätte sie diese Tabletten überhaupt nicht nötig. Er hatte sich immer wieder vorgenommen, mit seiner Mutter über die Tabletten zu sprechen, aber irgendwie war ihm bisher noch keine Gelegenheit so richtig passend erschienen. Und war es überhaupt in Ordnung, sich da als Sohn einzumischen? Wenn seine Mutter in der Familie nicht darüber reden wollte, dann sollte er dazu vielleicht auch besser schweigen.

»Genau das wollte ich dich auch fragen. Was um alles in der Welt machst du hier?«, fragte Mia und funkelte ihren Sohn an.

Max ließ sich von dem Funkeln nicht beeindrucken.

»Ich jogge.«

»Das sehe ich, und das meinte ich nicht, wie du ganz genau weißt«, sagte Mia und blickte ihren Sohn streng an. So streng es gegenüber einem Dreiundzwanzigjährigen eben möglich war, wenn man selbst gerade in Pyjama und Flipflops vor ihm stand.

Max seufzte, er wusste natürlich genau, was seine Mutter gemeint hatte. Aber sie extra misszuverstehen hatte er schon früher sehr geliebt.

»Ich hatte Sehnsucht nach Schröder und bin deshalb für ein paar Tage hergekommen. Dass wir beide uns begegnen, war dabei nicht geplant«, sagte Max unverblümt.

»Aha, es war also nicht geplant, dass du deiner Mutter begegnest. Was war denn dann geplant? Das Ganze ewig geheim zu halten? Und überhaupt: Wie stellst du dir das mit Schröder und dir denn weiter so vor? Werdet ihr demnächst heiraten? Kinder kriegen? Ach – ich hab ja ganz vergessen, dass Schröder wohl schon etwas zu alt ist, um noch Kinder zu bekommen«, zischte Mia ihren Sohn an.

Verdammt. Mia ertappte sich dabei, wie sie schon wieder auf dem Alter von Schröder, das ja im Grunde auch ihr Alter war, herumtrampelte. Dabei war das wahrscheinlich nicht der beste Ansatz, um Max den Wahnsinn dieser Verbindung klarzumachen. Und Mia hatte früher eigentlich nie Anstoß daran genommen, dass Schröder immer jüngere Männer vernaschte. Ganz im Gegenteil. Ab und zu hatte sie Schröder sogar beneidet und dafür bewundert. War es nicht schön, sich noch so begehrenswert zu fühlen, während die Haut merklich schlaffer wurde und der Hals langsam, aber sicher Falten schlug? Waren diese jüngeren Männer für Schröder nicht ein echter Jungbrunnen? Schröder wurde oft und gern zehn Jahre jünger geschätzt, als sie war. Und das war Mia zu ihrem Leidwesen noch nie passiert. Dieses Gefühl von blassgelbem Neid auf Schröder in manchen Bereichen, das war etwas, das Mia noch nicht mal wirklich vor sich selbst zugeben konnte. Aber hier ging es nicht um jüngere Männer, hier ging es um ihren Sohn.

»Musst du so gemein sein? Können wir nicht ganz normal darüber reden? Wie Erwachsene?«, fragte Max betont ruhig, was Mia nur noch mehr auf die Palme brachte.

»Können wir nicht. Ich will nicht darüber reden, ich will, dass du abreist. Sofort. Schlimm genug, dass du was mit meiner Freundin angefangen hast, aber dass du auch noch einfach so dein Studium unterbrichst ... Was ist bloß in dich gefahren? Ich erkenne dich nicht wieder!«

Mia musterte ihren Sohn. Er war mehr als einen Kopf größer als sie, und der leichte Bart ließ ihn wirklich deutlich älter wirken, als er war. Seit wann hatte er überhaupt diese Muskeln und dieses breite Kreuz? Vor Mia stand ein ausgewachsener Mann, das war selbst für sie nicht mehr zu übersehen. Sie konnte sich nicht erinnern, wann sie Max das letzte Mal genau angeschaut hatte. Irgendwie war Max für sie immer ihr kleiner Max geblieben, ihr Erstgeborener, das Kind, das in der Grundschule eine Zeit lang gestottert hatte und noch ewig gewollt hatte, dass seine Mutter ihm vor dem Zubettgehen die alten Geschichten immer und immer wieder vorlas. Wann war er so groß geworden, wann war er ein Mann geworden? Und wieso hatte sie das nicht wahrgenommen, Schröder aber schon?

Mia hätte im Moment alles dafür gegeben, die Zeit zurückzudrehen und ihren kleinen Max wiederzuhaben.

»Ich liebe dich, Mam, aber echt, du kannst mich nicht immer behandeln wie ein Kleinkind«, sagte Max immer noch so blöd erwachsen und ruhig.

»Ohhhh ... ich weiß genau, wie das gelaufen ist. Schröder hat dich verführt. Ohhh ... das kann sie gut ... damit hat sie ja auch jede Menge Erfahrung ...« Mia konnte sich nicht bremsen, sie hörte sich gar nicht wie eine Mutter an, sondern eher wie eine Furie, wie sie zu ihrem Leidwesen selbst bemerkte.

»Ich habe die Sache angefangen. Schröder wollte erst nicht. Sie hat auch mehrfach versucht, das mit uns zu beenden. Und als uns das nicht gelungen ist, wollte sie es dir sagen. Ich wollte es dir am liebsten überhaupt nicht sagen«, erklärte Max.

»Du hättest es mir sagen *müssen*«, insistierte Mia. Er hatte ihr doch sonst alles erzählt – auch in der Pubertät. Zumindest fast alles. Zumindest hatte sie das gedacht.

»Ich dachte, du würdest ausrasten, und du bist ja auch ausgerastet.«

»Trotzdem. Du hättest es mir sagen sollen.« Mias Stimme klang jetzt nicht mehr aggressiv, eher resigniert.

»Egal. Jetzt weißt du es. Und? Was bringt das jetzt, abgesehen von dem Ärger, den ich schon vorausgesehen hatte? Du bist echt so was von verkrampft, eigentlich mit allem. Wir leben im Jahr zwanzigdreiundzwanzig, nicht im achtzehnten Jahrhundert. Mir war vollkommen klar, dass du das nicht verstehst, dass du mich nicht verstehst.«

Mia fühlte einen Stich. Und sie fühlte sich wie ein Kleinkind, das gerade von einem Elternteil zurechtgewiesen wurde. Dabei sollte das hier doch umgekehrt sein.

»Ich ... ich versuche ja, dich zu verstehen. Aber siehst du nicht, dass das mit Schröder ... das ... das ist irgendwie falsch. Vollkommen falsch.« Mia machte den etwas hilflosen Versuch, ihren Sohn zu umarmen.

»Für mich nicht. Für mich fühlt es sich richtig an«, sagte Max mit fester Stimme und schüttelte Mia ab. »Jetzt nicht, Mama, tut mir leid. Ich liebe dich, aber du musst endlich akzeptieren, dass ich nicht mehr dein Baby bin.«

»Aber du bist auch nicht Schröders Baby …«, sagte Mia, doch da war Max schon mit einem »Wir sehen uns später« losgejoggt.

Mia blickte ihrem Sohn noch lange nach, wie er athletisch den Hügel hochsprintete. In ihr reifte ein Entschluss. So einfach würde sie es Schröder nicht machen. So einfach nicht.

Poppy wurde wach, da das Handy in ihrer Hand brummte und summte wie eine wild gewordene Hummel. Sie hatte es gestern vor dem Einschlafen widerwillig erneut auf lautlos gestellt, nachdem Stefano und sie sich Hunderte Male gute Nacht gewünscht hatten und virtuelle Herzen und Küsse endlos durch den Äther geschwirrt waren. Aber irgendwann war Poppy wirklich müde gewesen, und Schönheitsschlaf musste einfach sein. Sie hatte sich beim Einschlafen damit getröstet, Stefano so bald wie möglich wieder live zu treffen. Schließlich mussten sie ja noch alles Mögliche für das Catering besprechen.

Sie blinzelte in die Sonne, die durch einen Spalt der zugezogenen Vorhänge fiel. Gott sei Dank war das Bett gegenüber schon leer. Mia war sicher irgendwo dabei, ihre Wut an wem oder was auch immer abzureagieren, und Poppy war froh, dass sie sich nicht schon vor dem Frühstück das ganze Drama anhören musste. Sie hatte jetzt ausnahmsweise überhaupt keine Lust, an dem Gefühlsleben ihrer Freundinnen teilzunehmen, sie hatte gerade mit ihrem eigenen Gefühlsleben genug zu tun.

Glücklich blickte Poppy auf ihr Handy und sprang mit einem Elan aus dem Bett, wie sie ihn seit Jahren nicht mehr verspürt hatte.

In dem Bett ein Stockwerk tiefer herrschte deutlich weniger Elan. Max war leise vom Joggen gekommen, frisch geduscht unter die Bettdecke geschlüpft, unter der Schröder noch tief und fest schlief, und hatte begonnen, sie wie gewohnt mit Küssen zu wecken.

Allerdings hatten diese Küsse zu Max' großem Verdruss und Erstaunen diesmal nicht den gewünschten Effekt. Schröder wurde zwar wach, aber sie drückte Max weg und richtete sich irgendwie ungehalten auf. Sie hatte einen schalen Geschmack im Mund. Ihre Haare waren vom Schwitzen verklebt, ihr Kopf fühlte sich wie Watte an wegen dem Glas zu viel gestern. Mia fiel ihr ein. Der Streit und das ganze Theater von gestern. Schröder fühlte sich plötzlich irgendwie alt. Ein Gefühl, das ihr wirklich nicht behagte und das sie eigentlich auch nur äußerst selten hatte – oder vielmehr äußerst selten zuließ.

Max küsste sie erneut, aber Schröder reagierte immer noch nicht.

»Was ist los?«, fragte Max verwundert.

Schröder wusste allerdings selbst nicht genau, was los war. Vielleicht wollte sie es auch gar nicht wissen.

»Ich glaube, ich brauche erst mal eine Dusche. Und einen Espresso. Oder zwei«, sagte Schröder, stand auf und ließ den verblüfften Max allein im Bett zurück.

»Risotto allo zafferano«, sagte Stefano und hob den Deckel eines großen Topfes hoch. Der wunderbar warme und exotische Geruch von Safran stieg Poppy direkt in die Nase. Stefano rührte den Risotto mit einem Kochlöffel noch kurz um und öffnete den nächsten Deckel. Poppy blickt neugierig hinein und ließ den Duft in ihre Nase steigen.

»Ragù di Cinghiale, Wildschweinragout«, sagte Poppy kenntnisreich. Stefano nickte begeistert, und Poppy schloss verzückt die Augen.

Die Küche von Stefanos kleiner Trattoria war eng, aber sie war blitzsauber und perfekt eingerichtet. Alles hatte seinen Platz und war sofort griffbreit, um das Arbeiten zu erleichtern.

Poppy hatte nach einem minimalen Espressofrühstück schnell das Castello verlassen, Gott sei Dank, ohne auf Schröder, Max oder Mia zu stoßen. Sie hatte das Gefühl, dass im Moment nicht der richtige Zeitpunkt war, um ihren Freundinnen von ihrem neu gewonnenen Liebesglück zu erzählen. Die beiden waren viel zu sehr mit sich selbst und ihrem Rosenkrieg beschäftigt. Unter Freundinnen konnte so ein Streit mindestens genauso schlimm sein, wie wenn eine Paarbeziehung zerbrach. Vielleicht sogar noch schlimmer, denn richtig gute Freundinnen wussten manchmal mehr voneinander als Liebespaare. Also nicht, dass Poppy dachte, dass die Beziehung zwischen Mia und Schröder wegen der Sache mit Max komplett zerbrechen würde. Wie sie die beiden kannte, würde es eine Zeit lang furchtbaren Sturm geben, aber danach würde die Sonne sicher wieder scheinen. Sie waren schon zu lange eine eingeschworene Gemeinschaft, als dass so etwas zu einem totalen Bruch führen könnte. Und schon gar nicht jetzt, wo sie gerade Amelie für immer verloren hatten.

Aber so ganz sicher, dass alles wieder gut werden würde, war Poppy sich dann doch nicht. Mia war zurzeit seltsam, und auch Schröder war hier nicht so, wie Poppy sie kannte. Veränderung lag in der Luft, Poppy konnte das förmlich riechen, auch wenn sie noch nicht wusste, wohin all das führen würde. Mit diesen Gedanken war sie auf das alte Fahrrad von Amelie gestiegen und direkt zu Stefano gefahren, der schon sehnsüchtig in seiner Küche auf sie gewartet hatte, während er die Gerichte für den Tag vorbereitete.

Poppy verlangte nach einem zweiten Löffel des Ragouts, den Stefano ihr liebend gern rüberreichte.

»Sei incredible«, sagte Stefano – du bist unglaublich. Er zögerte einen Moment und blickte Poppy in die Augen. Als er nur Zustimmung und Aufforderung darin sah, küsste er Poppy auf den Mund.

Stefanos Kuss schmeckte nach Italien. Nach Vino rosso, nach Rosmarin, nach Sonne, nach Pasta und reifen Tomaten. Poppy bekam keine Luft mehr. Stefano ließ von ihr ab, öffnete den Backofen, blickte Poppy verschwörerisch an, bedeutete ihr, die Augen zu schließen, und schob ihr einen weiteren Löffel mit einer Köstlichkeit in den Mund.

Poppy ließ den Leckerbissen auf ihrer Zunge zergehen. Dabei brannten ihre Lippen immer noch von Stefanos Kuss. Sie verdrehte die Augen, sie hatte wahrscheinlich noch nie in ihrem Leben so etwas Gutes gegessen. Aber wahrscheinlich hätte ihr Stefano im Moment auch Sägespäne servieren können, sie hätte alles wunderbar gefunden. Doch das hier, das waren sicher keine Sägespäne, das war … das war etwas zitronig, etwas Rosmarin … Poppy überlegte noch, da sagte Stefano: »Pollo al limone.« – Zitronenhuhn. Poppy nickte, es schmeckte fantastisch.

Stefano grinste selbstbewusst und küsste Poppy, während er neben ihr mit einer Hand den Kühlschrank öffnete und eine kleine Schüssel mit Tiramisu herausholte.

Poppy stöhnte auf. Sie wusste nicht, ob es wegen dem Kuss oder wegen dem Anblick des Tiramisus war. Sie hatte das Gefühl, in ihrem ganz persönlichen Himmel gelandet zu sein. Hier, mitten in der Toskana, in dieser kleinen Küche voller Pfannen, Töpfe, Gewürze und Dampf, in dieser kleinen Trattoria. Mit einem Mann, der ein paar Kilo zu viel, ein paar Haare zu wenig, einen kaum verständlichen toskanischen Dialekt und so viel Liebe in den Augen hatte, dass Poppy ab und zu bewusst woanders hinblicken musste, um nicht einfach zu zerfließen wie ein Eis unter italienischer Sonne.

Sie nahm einen Bissen von dem Tiramisu und schloss erneut die Augen. Stefano wischte mit einer Handbewegung ein paar Töpfe, Pfannen und Teller zu Seite, die scheppernd auf den Boden fielen, hob Poppy mühelos hoch auf den Tisch, als sei sie eine Feder, und küsste sie leidenschaftlich, während er selbst immer noch einen Bissen Tiramisu im Mund hatte.

Poppy schmolz einfach dahin.

Mia fluchte. Sie hatte vom Scheuern dieser blöden Flipflops eine leicht offene Stelle am rechten Fuß zwischen der großen und der zweiten Zehe.

Nach der Begegnung mit Max war sie viel länger durch die Pampa gestreift, als sie ursprünglich vorgehabt hatte. Sie hatte einfach ihre Ruhe gebraucht und niemandem mehr begegnen wollen. Außerdem hatte sie gehofft, wenn sie nur lange genug durch die Gegend floppte und flippte, würden, wenn sie zurück ins Castello käme, alle anderen schon ausgeflogen sein.

Und Mia hatte Glück. Zumindest in dieser Hinsicht. Alle waren verschwunden. Poppy hatte einen Zettel auf dem Küchentisch hinterlassen, dass sie noch mal in die Trattoria müsse, und Schröder und Max waren offensichtlich mit Schröders Cabrio unterwegs. Das Auto war weg und damit auch die beiden. Gott sei Dank.

Mia war froh, das Haus die nächste Zeit für sich allein zu haben, und bereitete sich erst mal ein ausgiebiges und langes Frühstück in der Küche.

Sie hatte trotz des langen Spaziergangs immer noch keine Ahnung, wie sie diese Geschichte zwischen Schröder und Max beenden konnte. Hier in Italien fühlte Mia sich seltsam machtlos, jeder mütterlichen Autorität beraubt. In

Hamburg würde sie mit Paul zusammen Max zur Vernunft bringen, da war sie sich absolut sicher. Aber dafür müssten sie und Max erst mal zurück in Deutschland sein. Und bis dahin würde es verdammt noch mal etwas dauern. Mia hatte keine Ahnung, wie sie die nächsten Tage und die Beerdigung durchstehen sollte. Sollte sie etwa neben Max und Schröder am Grab von Amelie stehen? Das war ja total absurd und wie in einem schlechten Film.

Sie stöhnte auf, sprühte etwas Wundschutz zwischen die Zehen und klebte dann alles mit Pflastern zu. Wäre es nicht schön, wenn man seelische Verletzungen auch einfach zusprühen und zukleben könnte? Dann ein paar Tage abwarten, und alles wäre verheilt.

Mia wackelte mit den Zehen. Das Leben war seltsam, aber wenigstens war sie am Leben, dachte sie. Dann fiel ihr Blick aus dem Fenster. Drüben, auf dem anderen Hügel, stand das Haus von Adriano. Es sah verlockend aus, wie es da oben auf dem Hügel thronte. Mit seiner Krone aus Zypressen stand es da, herrschaftlich und dabei gleichzeitig einladend, der Inbegriff der Toskana.

Vielleicht sollte sie einfach mal bei Adriano vorbeischauen, vielleicht war er ja zu Hause, vielleicht sollte sie ihm die Sache mit Schröder und ihrem Sohn erklären, vielleicht sollte sie es ihm auch nicht erklären, vielleicht sollte sie sich noch mal bei ihm entschuldigen, vielleicht sollte sie einfach abreisen und alle und alles einfach hierlassen, vielleicht würde Adriano sie noch mal küssen, wenn sie einfach so vor ihm stand ...

Sie ging nach oben, zog Jeans, T-Shirt und ihre alten weißen Sneaker an, schnappte sich in der Küche noch schnell eine Rotweinflasche als Ausrede und machte sich auf den Weg.

Die Welt war gerade verrückt geworden, warum sollte sie nicht auch mal etwas Verrücktes machen?

Eine halbe Stunde später stand Mia vor dem Castello, die Rotweinflasche in der Hand, und kam sich mal wieder absolut bescheuert vor.

»Adriano?« Mia flüsterte den Namen mehr, als dass sie ihn rief.

Die Tür war nur leicht angelehnt. Von Adriano war nichts zu sehen, aber sein Auto stand ein paar Meter weiter, also war er wahrscheinlich doch da. Vielleicht werkelte er im Kräutergarten oder suchte im Weinkeller nach einer Flasche für heute Abend.

Mia holte tief Luft. Jetzt hatte sie eine letzte Gelegenheit zur Flucht. Oder eine gute Gelegenheit, ihrem Dasein etwas mehr Leben einzuhauchen, flüsterte eine ihr bisher völlig unbekannte Stimme unerwartet in ihr Ohr.

Mia drückte die Tür vorsichtig auf und ging ins Dämmerlicht des Hauses. Ihr Herz schlug eindeutig zu schnell. Egal, wie das hier ausgehen würde, zumindest würde Adriano sie etwas von dem ganzen Schröder-Max-Drama ablenken. Wahrscheinlich würde er lachen, wenn sie ihm davon erzählte, und überhaupt nicht verstehen, warum sie sich aufregte. Amore war eben Amore, da konnte man nichts machen. Wahrscheinlich würde ein Italiener so denken, wahrscheinlich hatten viel Sonne und viel wunderbare

Landschaft eine messbare entspannende Auswirkung auf das Gehirn.

»Adriano?« Mia ging weiter in Richtung Küche und kam sich wie ein Einbrecher vor. Ein Einbrecher, der ein Geschenk in Form einer Weinflasche dabeihatte. Aber in der Küche war Adriano auch nicht. Mia wollte gerade die Terrassentür öffnen, um zu sehen, ob er draußen irgendwo war, als sie von hinten eine Stimme hörte.

»Cosa stai facendo qui?« – Was machen Sie hier?

Mia drehte sich mit einem Ruck um, ihr wäre fast die Weinflasche aus der Hand gefallen. Ein paar Meter vor ihr stand eine Italienerin. Eine verdammt attraktive Italienerin, wie Mia zugeben musste, ungefähr in ihrem Alter. Elegant und geschmackvoll gekleidet, perfekt frisiert, perfekt maniürt und perfekt geschminkt. Mit einem halblangen braunen Bob und schönen braunen Augen, die Mia neugierig musterten. Wie, verdammt noch mal, schafften es die Italienerinnen, immer so mühelos elegant auszusehen?

Mia dachte für einen Moment an ihre uralten Sneaker, die sie an den Füßen trug, und daran, dass sie ungeschminkt war. Sie war gerade ganz sicher kein so eleganter Anblick, und wenn sie ehrlich war, war sie das wahrscheinlich grundsätzlich nur nach stundenlangem Styling – wenn überhaupt.

»Ich ... ich wollte zu Adriano.« Mia hielt die Weinflasche wie eine Trophäe hoch. »Ich ... ich wollte mich bei ihm entschuldigen ... ist er nicht hier?« Was für eine dämliche Frage. Mia kam sich gerade vor wie ein Fettfleck auf einem frisch gewaschenen weißen Kleid. Unpassend. Auffallend. Nervend.

Die Italienerin blickte Mia mit leichtem Stirnrunzeln an. Vielleicht hatte sie ja auch kein Wort verstanden, Mia hatte Deutsch gesprochen. Mias Italienisch war eher rudimentär. Ihr Wortschatz bestand in der Hauptsache aus »Spaghetti Carbonara«, »Cappuccino« und »Mille Grazie«.

»Adriano ist nicht hier, er ist kurz spazieren, denke ich«, antwortete die Frau.

»Ich bin die Nachbarin«, sagte Mia ziemlich zusammenhanglos. »Ich wohne gerade mit ein paar Freundinnen in dem Haus da drüben. In Amelies altem Haus. Nur bis zur Beerdigung. Also bis zu Amelies Beerdigung.« Mia wusste nicht, ob die Italienerin mit dieser Information überhaupt etwas anfangen konnte.

»Ah ... eine Freundin von Amelie. La pazza tedesca. Mein Beileid. So unverhofft. Jetzt verstehe ich.«

Die Italienerin blickte Mia an, als würde sie auch Mia für eine »pazza tedesca« halten. Vielleicht hielt sie alle deutschen Frauen dafür. Aber dann lächelte die Frau zu Mias Überraschung überaus charmant.

»Wollen Sie hier vielleicht auf meinen Mann warten? Kann ich Ihnen etwas zu trinken anbieten, bis er wiederkommt? Einen Espresso? Ein Wasser vielleicht? Sie sehen irgendwie erschöpft aus.«

Mia kam sich total bescheuert vor. Was um alles in der Welt hatte sie sich überhaupt gedacht? Dass Adriano, so ein netter, attraktiver Italiener, zufällig Single war? Dass er nur auf so eine verklemmte Deutsche wie sie gewartet hatte? Dass er sich in irgendeiner Form für sie interessierte? Also für mehr als vielleicht eventuell nur ein kurzes Intermezzo? Und selbst das hätte er mit so einer »pazza tedesca«, wie sie offensichtlich eine war, wohl eher aus Mitleid gemacht. Mia war im Grunde genommen fassungslos über sich selbst und ihre Fehleinschätzung der ganzen Situation. So etwas Peinliches war ihr noch nie passiert, dachte sie, während sie zurück auf ihren Hügel, zurück zu Amelies Haus stapfte. Wie dämlich konnte man sein? Mia wäre für die nächste Zeit gern im Boden versunken, wusste aber aus Erfahrung, dass das nicht wirklich möglich war.

Wie peinlich. Wie furchtbar war das eben gewesen!

Sie hatte noch genügend Restverstand gehabt, um Adrianos Frau einfach die Rotweinflasche in die Hand zu drücken und sich dann schnellstmöglich irgendwie stammelnd zu verabschieden. Nicht auszudenken, wenn sie jetzt auch noch Adriano begegnet wäre, bei ihrer Flucht aus seinem Haus. Grauenvoll wäre das gewesen, als ob die Begegnung mit Adrianos Frau nicht schon peinlich genug gewesen wäre.

Mia hielt einen Moment inne. Es war zwar mittlerweile schon Nachmittag, aber die Sonne brannte immer noch heiß vom Himmel, und bergauf laufen und dabei lauthals mit sich selbst schimpfen war anstrengend.

Sie schnappte nach Luft. Sie war unglaublich durstig. Bis zu Amelies Haus war es Gott sei Dank nicht mehr weit. Mia schüttelte über sich selbst den Kopf. Was hatte sie sich nur gedacht? Und dann dachte sie, dass sie – zwar unwissentlich, aber trotzdem – beinahe einer anderen Frau das angetan hätte, was andere Frauen ihr immer angetan hatten: sie mit ihrem Mann betrogen.

Und dann konnte Mia wieder klarer denken.

Adriano war schließlich der, der bereit war, zu lügen und zu betrügen, nicht sie. Warum um alles in der Welt hatte Adriano sie geküsst? Ihr Bild von ihm war vollkommen zerstört. Er war nicht anders als Paul, ihr Mann. Betrüger und Lügner, alle beide. Und dass ihr Mann sie noch nicht mal über seine Affären belügen wollte, sondern etwas von offener Ehe schwafelte, machte die Sache nicht besser, sondern im Grunde genommen schlimmer. Betrug mit Freifahrtschein war das – nichts anderes. Und Mia hatte ihrem Mann blöderweise diesen Freifahrtschein selbst ausgestellt. Sie war wirklich die dämlichste Kuh unter der Sonne Italiens. Und Deutschlands. Das waren grausame Gedanken, die Mia noch nie zuvor in dieser Form zugelassen hatte.

Aber Adriano! Er wirkte so sympathisch, so zugewandt, so überhaupt nicht wie jemand, der ein doppeltes Spiel spielte. Sie hatte anscheinend keine Ahnung von Männern, das war offensichtlich. Sie hatte nichts von seiner Frau gewusst, noch nicht mal was geahnt, noch nicht mal darüber nachgedacht. Sie war einfach nur naiv und doof gewesen. Mia würde sich nie im Leben vorsätzlich in eine andere Ehe drängen, egal, wie gut sie einen Mann fände. Es reichte ihr schon, dass sich in ihrer Ehe zu viele Personen tummelten, das wollte sie niemand anderem antun. Und bei diesem Gedanken musste sie an Schröder denken, die das mit den zu vielen Menschen in ihrer Ehe ja zu ihr gesagt hatte. Und leider recht damit hatte, das musste Mia Schröder lassen. Apropos Schröder.

SCHRÖDER!!! Diese Schlampe! Auch Schröder hatte sie irgendwie betrogen.

Mit neuem Elan und ziemlich viel Wut im Bauch ging oder vielmehr rannte Mia die letzten Meter hoch zu Amelies Haus.

Noch etwas Tomatenmark vielleicht, und in spätestens einer halben Stunde sollte sie unbedingt die Lorbeerblätter und den Rosmarin aus der Soße fischen, sonst würden diese Kräuter den Geschmack zu sehr überlagern. Poppy blickte noch einmal zufrieden in den Topf, wo ein Ragù di Cinghiale sanft vor sich hin schmorte. Es duftete verführerisch, es duftete so, dass Poppy der Vormittag in Stefanos Küche wieder einfiel. Niemals würde sie diesen Vormittag vergessen. Poppy wurde rot, und das lag jetzt nicht an der Hitze vom Herd.

Sie hatte das frische Wildschweinfleisch und das Rezept von Stefano bekommen – ein absoluter Liebesbeweis, schließlich war dieses Rezept seit mehreren Generationen nur in Stefanos Familie herumgereicht worden. Poppy, ein Genussmensch, wusste diese Geste mehr als zu schätzen. Und sie hoffte, dass sie heute Abend mit diesem leckeren Gericht alle an den Tisch bekommen würde und sie so vielleicht eine Versöhnung zwischen den beiden Streithennen herbeiführen könnte.

Poppy hasste Streit, und wenn nicht dieses wunderbare Ragout die Gemüter wieder besänftigen konnte, wusste Poppy auch nicht weiter. Außerdem hatte sie auch noch Stefano eingeladen. Sie wollte ihn unbedingt ihren Freundinnen vorstellen und hoffte, dass Schröder und Mia sich schon allein wegen ihm so weit zusammenreißen würden, dass es ein gelungenes Abendessen und ein schöner Abend werden würde. Schröder und Max hatte sie jedenfalls schon von ihrem Plan des gemeinsamen Essens überzeugen können, und Stefano hatte sofort Ja und Amen gesagt, natürlich wollte er unbedingt ihre Freundinnen näher kennenlernen. Jetzt fehlte nur noch Mia.

Und da kam Mia auch schon die Treppe runter. Poppy rührte noch einmal schnell um, Mia würde dieses Ragout lieben, da war Poppy sich sicher, und mit vollem Magen ließ es sich nun mal schlecht streiten.

Mia kam in die Küche und schnupperte tatsächlich kurz – das Ragout duftete ja auch wirklich verdammt gut. Dann warf sie zu Poppys Überraschung eine prall gefüllte Reisetasche (Poppys Reisetasche, wie diese nebenbei bemerkte) auf den Küchentisch. Poppy blickte Mia erstaunt an.

»Ich reise ab. Jetzt. Fährst du mich bitte zum Bahnhof und bringst dann das Auto wieder hier hoch? Das wirst du schon schaffen, auch wenn du nicht gern Auto fährst. Es gibt hier in der Pampa zu dieser Uhrzeit kein Taxi mehr, sonst würde ich dich nicht bitten. Und Schröder bitte ich ganz sicher nicht, mich zu fahren.«

»Wie bitte?« Poppy verstand tatsächlich nur Bahnhof.

»Ich will weg. Jetzt. Sofort. In einer Stunde geht ein Zug von Buonconvento, dann nehme ich den Nachtzug von Florenz nach München und dann weiter nach Hamburg.«

»Du kannst doch jetzt nicht so einfach gehen!«, entgegnete Poppy fassungslos. Gut, die Sache mit Schröder und Max war für Mia wohl ziemlich furchtbar, aber trotzdem.

»Doch. Ich kann«, sagte Mia.

»Ich koche gerade. Für uns alle. Und ich habe jemanden eingeladen – Stefano, den Besitzer der Trattoria.«

Mia war viel zu beschäftigt mit sich selbst, um auf diese seltsame Einladung von Poppy einzugehen. Normalerweise wäre sie sehr neugierig gewesen, warum Poppy einen Stefano eingeladen hatte.

»Tut mir leid. Es duftet hervorragend. Aber du verstehst sicher, dass die ganze Situation hier für mich unerträglich ist, und ich will nur noch weg hier.«

»Und Amelies Beerdigung?«, fragte Poppy in der Hoffnung, Mia doch noch umzustimmen.

Mia zuckte nur mit den Achseln.

»Und das Haus? Das Erbe? Wenn du nicht bei der Beerdigung dabei bist, verlieren wir dieses Haus. Hast du das vergessen?« Poppys Stimme wurde immer schriller. Irgendwie wollte sie dieses Haus, diese halbe Bruchbude, auf keinen Fall verlieren, warum, wusste sie selbst nicht so genau.

»Ist mir egal. Erfindet eine Ausrede wegen dem Erbe, ich bin plötzlich krank geworden, Paul ist krank geworden, die Zwillinge übergeben sich seit Tagen, Hamburg steht unter Wasser, oder der Blitz hat eingeschlagen. Mir egal. Ich bleibe nicht hier. Ich bin sicher, der Anwalt findet einen Weg, damit du und Schröder diese Bruchbude hier behalten könnt. Ich bin draußen – in jeder Hinsicht.«

»Mia, bitte. Du kannst doch jetzt nicht so einfach gehen. Ich verstehe ja, dass das mit Max und Schröder für dich schwierig ist. Ich kann auch alle wieder für heute Abend ausladen, jeder isst in seinem Zimmer, und ihr könnt euch die nächsten Tage hier einfach aus dem Weg gehen. Aber die Beerdigung kannst du nicht verpassen – nicht wegen dem Haus, das kriegen wir schon geregelt. Aber Amelie war auch deine Freundin ... bedeutet dir das denn gar nichts?« Poppy war wirklich fassungslos über Mias Entschluss.

Mia starrte Poppy mit einem Gesichtsausdruck an, den Poppy noch nie an ihr gesehen hatte. Sie bekam richtig Angst vor der Mia, die da vor ihr stand. So kannte sie ihre Freundin gar nicht. Mia sah so wütend, so verletzt, so anders aus. So überhaupt nicht wie die zwar angespannte, aber auch sehr kontrollierte Mia, die sonst immer alles im Griff hatte.

Mia holte tief Luft. »Amelie ... ahhh ... ja, die tolle Amelie, meine ach so tolle Freundin ... die war sowieso keine echte Freundin, da täuschst du dich Poppy, weil du immer nur das Beste in allen Menschen sehen willst. Dabei kanntest du die wahre Amelie überhaupt nicht. Ganz und gar nicht. Amelie war in Wahrheit eine Schlampe, und sie hat uns dieses beschissene Haus sicher nicht aus Nächstenliebe hinterlassen. Sie hatte einfach niemand anderen, der sich für sie und ihren Tod und ihre Hinterlassenschaft interessieren würde. Und von mir aus könnten wir das alles hier abbrennen oder abreißen. Und die beschissenen Möchtegernbilder von ihr gleich mit dazu. Wäre vielleicht sowieso das Beste.«

Poppy fiel der Kochlöffel runter, den sie immer noch in

der Hand gehalten hatte. So hatte sie Mia noch nie reden hören. Was war nur in sie gefahren?

»So redet man nicht über Tote. Gar nicht. Das macht man einfach nicht. Und warum um alles in der Welt hältst du Amelie für eine Schlampe?«

Mia machte den Mund auf, kam aber nicht dazu, etwas zu sagen.

»Nun, wenn die Tote eine Affäre mit dem eigenen Ehemann hatte und man so tut, als wäre das alles nicht so gewesen, als wäre das alles nie passiert, und man das nicht verarbeitet hat und man überhaupt einfach immer nur die Augen zumacht, anstatt sich einem Problem zu stellen, ja, dann redet man schon mal so über eine seiner besten Freundinnen, auch wenn die das nicht mehr hören kann, weil sie ja blöderweise tot ist«, meinte Schröder trocken. Sie war von den beiden anderen unbemerkt in den Raum getreten und stand jetzt, Arm in Arm mit Max, im Türrahmen.

Poppy starrte Schröder an. Dann blickte sie zu Mia. Die Wahrheit, die Schröder gerade ausgesprochen hatte, stand Mia ins Gesicht geschrieben, das war klar. Dann blickte Poppy zu Max. Auch der schien nicht erstaunt über Schröders Aussagen über seinen Vater, seine Mutter und Amelie.

Mia starrte Schröder an. So sah eine Katze aus, die kurz davor war, sich mit Zähnen und Krallen auf eine andere Katze zu stürzen. Poppy warf sicherheitshalber einen kurzen Blick auf die Küchenmesser, die Gott sei Dank weit außerhalb von Mias Reichweite waren.

»Das hättest du nicht sagen dürfen«, sagte Mia mit gefährlich ruhiger Stimme.

»Ach, bestimmst du jetzt auch noch, was ich sagen darf? Nachdem du ja schon bestimmst, was ich machen darf? Oder was Max machen darf oder was wir zusammen machen dürfen?«, fragte Schröder provokant.

»Nicht vor Max«, versuchte Mia die Situation noch irgendwie zu retten.

Max hob abwehrend die Hände. »Haltet mich da raus. Ich wusste das sowieso längst.« Er warf Mia einen kurzen Blick zu. »Und das nicht von Schröder. Ich habe Paps und Amelie mal zusammen gesehen. Ich wollte nur nichts sagen. Wie hätte ich dazu auch zu dir oder zu meinem Vater etwas sagen können?«

Mia fiel aus allen Wolken. Max, ihr Sohn, kannte eines ihrer bestgehüteten Geheimnisse. Und hatte aus Rücksichtnahme ihr gegenüber geschwiegen. Wie furchtbar für ein Kind, so was mitzubekommen, egal, wie alt das Kind war.

Poppy allerdings hatte tatsächlich von nichts gewusst und verstand die Welt nicht mehr.

»Wieso hatte Amelie eine Affäre mit Paul? Und wieso habe ich davon nichts gewusst? Und wieso habt ihr das alle gewusst, aber nichts gesagt? Und Amelie hat mir auch nichts gesagt. Ich dachte, wir sind Freundinnen …« Poppy war wirklich fassungslos. Sie blickte zwischen Mia und Schröder irritiert hin und her. Jetzt wurde ihr einiges an Mias Verhalten klar. Warum sie immer eine Ausrede gehabt hatte, wenn sie alle zusammen nach Italien hatten fahren wollen. Warum sie bei gemeinsamen Videochats immer kurz angebunden gewesen war. Warum sie nie so wirklich danach gefragt hatte, wie es Amelie hier in Italien so ging.

»Du hast nichts davon gewusst, weil Mia selbst nichts davon wissen wollte. So, wie sie nie etwas von Dingen wissen will, die ihre Ehe oder ihr Leben irgendwie infrage stellen könnten. Mia liebt es, den Kopf in den Sand zu stecken, das müsstest doch selbst du in all den Jahren bemerkt haben. Poppy, ich liebe dich, aber du bist echt der naivste Mensch, den ich kenne, und du glaubst immer an das Gute, auch wenn dir jemand zehnmal das Gegenteil beweist.«

»Ich stecke meinen Kopf nicht in den Sand«, schnauzte Mia Schröder an.

»Deine offene Ehe ist eine Lebenslüge, Mia, und das weißt du genau. Du hast einfach nur verdammte Angst vor einer Scheidung. Angst, dass dein perfektes Leben zusammenbricht und du am Ende allein dastehst. Dabei bemerkst du gar nicht, wie allein du im Grunde genommen jetzt schon bist.«

»Von welcher offenen Ehe redet Schröder da?«, fragte Max irritiert Poppy, die jetzt neben ihm stand. Mitzubekommen, dass sein Vater sich wohl an eine der Freundinnen seiner Mutter rangemacht hatte, war das eine, aber etwas ganz anderes war dieses Wort »offene Ehe«, das nichts Gutes bedeutete und das er sich bei seinen Eltern überhaupt nicht vorstellen konnte. Zumindest nicht bei seiner Mutter. Mia war konservativ, loyal, treu und überhaupt nicht abenteuerlustig. Aber sein Vater war das genaue Gegenteil, das war Max durchaus bewusst.

Poppy zuckte mit den Schultern. »Das sagt Schröder nur so«, flüsterte sie Max zu, »das musst du nicht so ernst nehmen. Das mit Amelie war eine einmalige Sache. Du kennst doch Schröder – und das mittlerweile leider besser, als du solltest.« Sie wollte jetzt nicht auch noch in diesen Wahnsinn gezogen werden, und sie wollte auf keinen Fall, dass Max mehr als nötig in das Ehechaos seiner Eltern reingezogen wurde.

»Ich bin nicht allein«, fauchte Mia tief getroffen. »Im Gegensatz zu dir, Schröder, habe ich eine Familie. Eine funktionierende Familie. Und nicht eine entfremdete Tochter, die, sobald das möglich war, weit weg von ihrer Mutter in eine andere Stadt gezogen ist und die ganz sicher allen anderen vor ihrer eigenen Mutter erzählt hat, dass sie schwanger ist. Sophie tut mir leid, dich als Mutter zu haben, das muss echt verdammt schwer sein.«

Damit hatte Mia tatsächlich einen der wenigen wunden Punkte von Schröder getroffen. Beste Freundinnen wussten einfach zu gut übereinander Bescheid, das konnte manchmal durchaus zum Nachteil sein, wie Schröder jetzt bemerkte, die gerade körperlich so etwas wie einen kleinen Stich in der Herzgegend spürte. Allerdings stachelte dieser Stich Schröder nur noch mehr an, richtig zuzuschlagen.

»Sagt die Helikoptermutter, die keines ihrer Kinder jemals loslassen wird. So weit könnten die gar nicht wegziehen, dass du sie nicht noch ständig bewachen würdest«, zischte Schröder böse zurück.

»Sich an meinem Sohn zu vergreifen ist das Allerletzte«, fauchte Mia.

»Nun, nur einer Freundin die Schuld zu geben an einer Affäre und den eigenen Mann dafür wie immer nicht zur Rede zu stellen ist erbärmlich. Und sich mit der Freundin dann nicht auszusprechen, obwohl die alles dafür getan hätte, ist noch erbärmlicher.«

»Man wird nicht jünger, nur weil die Männer, die man vögelt, immer jünger werden!«, schrie Mia Schröder an.

Poppy blickte mit großen Augen auf ihre Freundinnen. Das hier war viel schlimmer, als sie sich die Lage vorgestellt hatte, und sie war froh, dass Max still und heimlich die Küche verlassen hatte. Das war sicher besser so.

»Man führt keine gute Ehe, wenn sich darin ständig neue Personen tummeln«, fuhr Schröder fort.

»Ach, du bist ja so schlau. Dabei hast du von einer Ehe nun wirklich überhaupt gar keine Ahnung. Wie auch? Du warst ja noch nie verheiratet, und du hältst es ja nicht länger als ein paar Wochen mit einem Mann aus. Egal, wie jung der ist. Da kann ich im Moment ja gerade mal ausnahmsweise froh drüber sein, denn das mit Max, das wird sicher auch nur ein paar Wochen halten. Dabei hast du doch nur Angst vor dem Älterwerden und versuchst, dich mit diesen jüngeren Männern selbst jünger zu machen. Du hast eine verdammte Angst davor, schrumpelig, alt und unattraktiv zu sein. Und das zu Recht, denn dann, wenn du richtig alt bist, dann will dich auch keiner mehr, schon gar kein Jüngerer.«

»Nun, ich denke, diese Angst kannst du wohl sehr gut verstehen, aber im Gegensatz zu dir kann ich mit dem Alleinsein bestens umgehen, denn das bin ich gewohnt, während du dich aus lauter Angst vor dem Alleinsein von deinem Mann täglich verarschen lässt. Das ist erbärmlich, echt erbärmlich!«, schrie Schröder zurück, und im nächsten Moment hatte sie Mia am Hals, die tatsächlich versuchte,

Schröder ein paar Haare auszureißen. Leider ließen sich Schröders kurze Haare nicht gut fassen, sodass Mia dabei eher erfolglos blieb.

Schröder wehrte sich, und die beiden Frauen rauften wie zwei Wildkatzen. Sie wankten hin und her, ein paar Teller flogen vom Tisch und zerbrachen in tausend Stücke. Genauso wie gerade die Freundschaft der beiden.

Stefano war von allen unbemerkt schon vor einer Weile ins Haus gekommen, stand noch halb im Flur und hörte mit offenem Mund dem Streit zu, von dem er kein Wort verstand, der aber offensichtlich ziemlich übel war. Viel schlimmer als ein Streit unter Italienern, die zwar heftig fluchten und gestikulierten, das aber meistens nicht ganz so ernst meinten wie diese beiden deutschen Frauen hier. Stefano war wirklich schockiert.

Poppy war einen Moment wie erstarrt, dann rannte sie zum Herd, nahm den großen Topf mit dem Gott sei Dank noch kalten Nudelwasser und kippte ihn den beiden Streithennen einfach mit einem guten Schwung über den Kopf. Bei kämpfenden Katzen unten im Hof hatte Poppy mit dieser Methode bisher immer gute Erfahrungen gemacht und damit für Frieden oder zumindest Waffenstillstand gesorgt.

Es gab ein lautes »Platsch«.

Erstaunlich, wie viel Wasser in so einem Topf war, dachte Poppy verblüfft.

Mia und Schröder standen vor Poppy wie zwei begossene Pudel. Schröder wusste offenbar nicht, wie ihr geschah. Es tropfte an ihr herunter, während sie mit offenem Mund und hängenden Armen dastand. Mia allerdings schüttelte sich einfach nur wie ein nasser Hund und blickte Schröder weiterhin angriffslustig an.

»Also, jetzt wird mir einiges klar, sehr klar sogar. Und du musst gar nicht so schauen, Mia, Schröder hat schon recht: Amelie war ja wohl nicht die einzig Beteiligte an der Affäre. Ihr deshalb innerlich die Freundschaft zu kündigen und deinen Mann und deine Illusionen über deine Ehe zu schonen finde ich überhaupt nicht in Ordnung. Überhaupt nicht«, wiederholte Poppy energisch. Wenn es sein musste, konnte selbst sie – die Harmonie in Person – sich streiten.

Diese Aussage mochte zwar wahr und gerechtfertigt sein, aber sie war keine gute Idee. Mia ließ von Schröder ab und wandte sich jetzt angriffslustig Poppy zu.

»Halt du dich da raus. Du hast von Männern nun wirklich überhaupt gar keine Ahnung. Ist ja auch kein Wunder, du hattest ja schon jahrelang keinen. Und auch das ist kein Wunder, denn du hast deutlich mehr als ein paar Kilo zu viel auf den Rippen. Du bist zu dick, Poppy, ganz einfach ausgedrückt! Und das kommt davon, dass du noch nie so etwas wie auch nur einen Funken Selbstdisziplin hattest. Dabei ist es ganz einfach abzunehmen, das ist eine vollkommen einfache Rechnung. Einfach weniger futtern, nicht täglich Spaghetti in sich reinschaufeln, und man nimmt ab. Dann läuft man vielleicht auch wieder etwas selbstbewusster durchs Leben, und dann hat man vielleicht auch wieder einen Mann.«

Poppy schnappte hörbar nach Luft.

»Ich will gar nicht mehr abnehmen. Nicht alle Männer wollen dünne Frauen, nur dein blöder Paul. Dabei will er dich eigentlich nicht mal wirklich, obwohl du so dünn bist, und überhaupt: Ich habe einen Mann, einen ganz wundervollen Mann, den ich euch heute Abend eigentlich vorstellen wollte. Aber ihr wollt euch ja lieber streiten. Überhaupt geht es immer nur um euch beide, andere Menschen bemerkt ihr ja gar nicht mehr mit eurem ständigen Ich-ich-ich-Geheule und Gejammer!«

Noch während Poppy redete, fühlte sie sich irgendwie seltsam, beengt und leicht zugleich, irgendwie schwummrig, und irgendetwas in ihrer Brust tat ihr plötzlich weh. Kein Wunder, wenn man sich die ganzen Lügen ansah und beobachtete, wie eine jahrelange Freundschaft den Bach runterging, dachte Poppy noch, dann griff sie sich ans Herz und fiel einfach um.

Gott sei Dank hatte sie nicht abgenommen und war ziemlich gut gepolstert, das konnte ja auch mal von Vorteil sein. Das Letzte, was Poppy sah, bevor sie das Bewusstsein verlor, waren Stefano und der dicke Blumenstrauß, den er in der Hand hielt und der jetzt einfach so auf den Boden neben Poppy fiel, als Stefano sich besorgt über Poppy beugte.

Poppys Umfallen hatte trotz Polsterung für einen ordentlichen Rums gesorgt, und ein Stuhl war dabei auch umgefallen. Einen Moment lang herrschte danach Stille. Aber nur einen Moment lang.

»Poppy!«, schrie Schröder geschockt.

»Poppy!«, schrie im selben Moment Mia.

Und auch die beiden beugten sich runter zu ihrer Freundin, die reglos auf dem Boden lag. Dann aber wurden alle drei von Max' energischen Händen zurückgeschoben, der

sich dank mehr als sechs Semestern Medizin ziemlich professionell über seine geliebte Patentante beugte und erst
mal überprüfte, ob sie überhaupt noch atmete und Puls
hatte.

Das Blaulicht des Krankenwagens malte eigentlich ganz hübsche Muster auf die Hauswand von Amelies Bruchbude, auch wenn dafür gerade niemand einen Blick hatte.

Zwei Sanitäter waren dabei, Poppy auf einer Trage in den Wagen zu schieben. Max sagte etwas von »vielleicht Herzinfarkt, ganz sicher starke Herzrhythmusstörungen und in jedem Fall zu viel Stress«, und dabei blickte er Schröder und Mia an wie ein strenger Vater seine Töchter, die er gerade bei einem üblen Streich erwischt hatte.

Mia hatte das seltsame Gefühl, in einem Traum gefangen zu sein. Vielleicht lag sie in Wirklichkeit oben im Bett, das hier war alles so verwirrend, und wieso lag Poppy auf einer Trage? Mia hörte ihren Sohn wie aus weiter Ferne reden. Vielleicht hatte sie auch gerade eine Panikattacke.

Schröders Sinne hingegen waren messerscharf. Verdammte Scheiße. Sie hätte der blöden Kuh Mia in Italien einfach aus dem Weg gehen sollen, nachdem Max hier aufgetaucht war. Es war doch klar gewesen, dass Mia irgendwann hochgehen würde wie ein Bienenstock, in den man reinpikste. In dieser Frau hatte sich über die Jahre so viel angestaut, das musste ja irgendwann mal explodieren. Schröder hatte seit der Affäre von Paul und Amelie jederzeit damit gerechnet. Und dass Mia sie beschimpfte – geschenkt. Aber die Sache mit Poppy, dass Mia Poppy so angegangen war, das würde Schröder Mia nie verzeihen. Hoffentlich war das kein Herzinfarkt.

Schröder blickte Max in die Augen, der nickte ihr ein beruhigendes »Das wird schon wieder« zu. Schröder allerdings befürchtete das Schlimmste. Manche Dinge wurden nicht einfach so wieder. Manche wurden sehr anders, und manche wurden nie wieder. Schröder fühlte, wie dunkles Wasser in ihr aufstieg, und versuchte, dieses Gefühl wegzudrücken, was ihr allerdings nur mäßig gelang.

Mia und Schröder starrten weiterhin entsetzt auf die Trage, auf der Poppy im Inneren des Krankenwagens verschwand. Stefano sprach unfassbar schnelles Italienisch mit den beiden Sanitätern und stieg hinten mit ein, wo er sofort nach Poppys Hand griff.

Max nickte den Sanitätern zu und sprang vorne auf den Beifahrersitz.

Der Krankenwagen zischte über den Schotterweg davon. Steinchen flogen durch die Gegend, und das Blaulicht blinkte durch die Nacht.

Mia und Schröder standen wie erstarrt da und blickten dem Krankenwagen nach.

Dann hatte Schröder sich wieder im Griff. Jetzt war keine Zeit für dunkles Wasser und Angst. Poppy brauchte ihre Freundin. Schröder rannte nach drinnen, um ihren Autoschlüssel zu holen. Mit schnellen Schritten ging sie zu ihrem Cabrio und stieg ein.

»Ich komme mit«, sagte Mia und setzte sich einfach neben Schröder auf den Beifahrersitz, bevor die noch lange rumdiskutieren konnte.

Schröder hätte sie am liebsten rausgeworfen, hatte aber nicht den Nerv, das jetzt lange mit Mia zu diskutieren, und fand, dass es für heute genügend Handgreiflichkeiten zwischen ihnen gegeben hatte.

Schröder gab Gas. Das Cabrio machte einen regelrechten Sprung nach vorne. Mia musste sich festhalten.

Nach einer wilden Fahrt kamen die beiden vor dem Krankenhaus in Buonconvento an, ein schrecklich hässlicher Betonbau aus den Siebzigerjahren. Die Toskana hielt eben nicht nur malerische Ecken für Touristen bereit. Schröder parkte einfach quer über zwei Parkplätze. Jetzt, mitten in der Nacht, war genügend Platz, aber ihr wäre es auch tagsüber vollkommen egal gewesen.

Schröder ging, ohne ihre Mitfahrerin eines Blickes zu würdigen, einfach direkt ins Krankenhaus und ließ Mia zurück, die die Beifahrertür geöffnet hatte und dabei war, sich heftig zu übergeben.

»Es ist Gott sei Dank kein Herzinfarkt. Poppy hat noch mal Glück gehabt, aber sie hatte heftige Herzrhythmusstörungen. Es gab da wohl schon länger Probleme mit ihrem Herzen, ohne dass sie das wirklich bemerkt hat. Das muss in jedem Fall behandelt werden. Poppy bleibt erst mal achtundvierzig Stunden hier ... zur Beobachtung und zur Sicherheit«, berichtete Max, der gerade aus Poppys Zimmer kam.

»Können wir zu ihr?«, fragte Mia und sprang von dem unbequemen Stuhl auf, auf dem sie seit mehr als drei Stunden saß oder vielmehr unruhig herumrutschte. Sie und Schröder saßen so weit wie möglich voneinander entfernt und hatten seit der Ankunft hier im Krankenhaus kein einziges Wort miteinander gesprochen.

Mia fühlte sich vollkommen allein und so isoliert wie noch nie in ihrem Leben. Gleichzeitig schimpfte sie mit sich dafür, dass sie in diesem Moment so egoistisch sein konnte, nur an sich selbst zu denken. Aber früher, in einem gefühlt anderen Leben, waren immer ihre Freundinnen für sie da gewesen, wenn etwas Schlimmes oder auch nur Schwieriges in ihrem Leben passiert war. Und jetzt? Wer war jetzt für sie da? Und wer würde in Zukunft für sie da sein? Das war eine Frage, die sich Mia in den letzten Stunden in Dauerschleife gestellt hatte.

Amelie war tot. Und Mia hatte seit der Affäre eigentlich nie mehr richtig mit ihr gesprochen. Keine Aussprache, kein Klären der Situation – all das hatte Mia ihrer Freundin verweigert, obwohl Amelie es mehrfach versucht hatte, bevor sie schließlich nach Italien geflohen war. Amelie hatte sich geschämt wegen der Affäre, die im Grunde genommen nur ein paar Tage gedauert, aber trotzdem viel zu viel verbrannte Erde hinterlassen hatte. Amelie hatte sich nie getraut, Schröder oder Poppy davon zu erzählen, was Mia verwunderte, wofür sie insgeheim aber dankbar war. Sonst wäre es viel schwieriger geworden, das alles einfach unter ihren großen Teppich zu kehren, unter dem sowieso schon zu viel lag. Woher Schröder von der Sache wusste, war Mia ein Rätsel, aber Schröder war schon immer gut darin gewesen, andere Menschen zu durchschauen.

Aber das war Vergangenheit, und heute war heute. Und heute hatte Poppy vielleicht einen Herzinfarkt erlitten. Und daran war Mia schuld, Mia allein. Das würde sie unter keinen Teppich der Welt kehren können.

Was war nur in sie gefahren, so unglaublich gemein zu Poppy zu sein? Mia suchte in ihrem Inneren nach einer Erklärung für ihre Entgleisung, fand jedoch keine. War sie so? So war sie doch nicht. Sie war doch ein liebevoller Mensch, im Grunde genommen eine gute Freundin, jemand, der sich um andere kümmerte. Nun, bei Amelie war sie keine so gute Freundin gewesen, aber da konnte man ja auch sagen, dass Amelie alles andere als eine gute Freundin war, wenn sie mit Mias Mann rummachte. Aber Poppy! Poppy war wirklich der netteste und liebste Mensch, den Mia kannte. Wie hatte sie nur zu Poppy sagen können, sie sei zu dick, zu fett? Was für ein Mensch tat so was? Was für eine Freundin sagte so was? Mia war von sich selbst erschrocken.

Und Schröder redete kein Wort mehr mit ihr. Vielleicht würde Schröder nie wieder mit ihr reden. Und das leider zu Recht, das musste Mia zugeben. Sie würde auch nicht mehr mit sich reden, wenn sie Schröder wäre. Oder – noch schlimmer – Poppy. Poppy würde sie für immer aus ihrem Leben verbannen, auch wenn Poppy nichts mehr hasste als Streit. Aber das von vorhin würde sie ihr sicher nie verzeihen können. Mia hatte dreimal ein »Es tut mir furchtbar leid« in die Stille des Warteraums gemurmelt, aber Schröder hatte dazu nur eisern geschwiegen. Mia fühlte sich, als hätte sie auf einen Schlag all ihre Freundinnen verloren. Nun, das hatte sie wohl auch. Wie viel konnte eine Freundschaft verkraften? Wie viele Lügen? Wie viele Wahrheiten? Mia wusste es nicht, vielleicht würde sie es nie wissen.

Schröder hingegen war stumm vor Wut. Sie war unfassbar sauer, auf Mia und auch auf sich selbst. Sie wusste gerade gar nicht, wen oder was sie zuerst verfluchen sollte, und ertappte sich dabei, dass sie in den letzten drei Stunden tatsächlich inbrünstig dafür gebetet hatte, dass Poppy nicht auch noch starb. Dabei war sie ja schon vor Jahren aus der Kirche ausgetreten.

Nun, Gott war wohl kein Verwaltungsbeamter, denn Schröders Gebete waren anscheinend erhört worden. Kein Herzinfarkt. Schröder fiel ein Berg vom Herzen. Auch wenn sie immer so wirkte, als sei sie die toughste der vier Freundinnen, stimmte das im Grunde genommen nicht. Die scheinbar so wilde Löwin war eine Fassade, die Schröder sich schon in früher Jugend zugelegt hatte, um den kleinen Hasen dahinter vor allen anderen und vor allem vor sich selbst zu verbergen.

Kein Herzinfarkt. Auch Mia fiel ein Gebirge in der Größe des Himalajas vom Herzen.

»Nein, kein Besuch mehr für heute. Der Arzt hat ihr erst mal Ruhe verordnet. Vielleicht morgen. Stefano hat es allerdings geschafft, dass er heute Nacht bei ihr im Zimmer im zweiten Bett schlafen kann. Er ist wohl der Cousin dritten Grades vom Oberarzt oder so, so ganz hab ich das nicht verstanden. In jedem Fall irgendwas mit ›famiglia‹«, sagte Max und gähnte.

Schröder stand auf. »Lass uns zum Haus fahren. Im Moment können wir hier nicht viel machen, und ich will morgen ganz früh wieder hier sein und nach Poppy schauen.«

Max nickte, und die beiden gingen Arm in Arm aus dem Krankenhaus, ohne einen Blick auf Mia zu werfen. Selbst Max, ihr Sohn, ignorierte sie. Nun, das hatte sie wohl verdient.

Mia trottete hinter den beiden her wie ein am Rastplatz vergessener Hund und hoffte, dass sie wenigstens auf der Rückbank mit zurückfahren durfte.

»Raus«, sagte Poppy am nächsten Morgen absolut entschieden. Erstaunlicherweise sah sie dabei aus wie das blühende Leben, so, als hätte sie drei Wochen Urlaub hinter sich und nicht einen theoretischen Beinaheherzinfarkt.

Sie war zwar noch mit einem Gerät verkabelt, das ihr Herz überwachte, aber ansonsten hatte sie rosa Wangen, beste Laune und ein fantastisches Frühstück vor sich auf dem Tablett, das nicht aussah, als käme es aus einer Krankenhauskantine. Schröder sah Espresso und Cornetti, Parmaschinken und Wachteleier. Sie hatte Stefano und seine familiären Verbindungen hier im Krankenhaus in Verdacht. Stefano stand neben Poppys Krankenbett wie ein Wachhund, bereit, jederzeit zuzubeißen, und hielt Poppys Hand, als würde er sie nie wieder loslassen wollen.

»Aber ich habe doch überhaupt nichts gemacht!«, versuchte Schröder, sich zu verteidigen. »Dass du Mia nicht hier haben willst, kann ich allerdings mehr als verstehen. Leider hat sie darauf bestanden mitzukommen. Ich hätte sie nur mit Gewalt aus dem Auto zerren können, und ich glaube, Handgreiflichkeiten hatten wir genug für den Rest unseres Lebens.« Schröder warf einen bösen Seitenblick auf Mia, der sie theoretisch direkt in den Boden hätte rammen

können, wenn Mia überhaupt noch tiefer hätte sinken können.

Mia hatte die ganze Nacht kein Auge zugemacht. Wie
auch? Auch wenn Poppy außer Gefahr war – ihre Freundschaft war es nicht. Mias Kopf war ein einziges Karussell
gewesen. Oder vielmehr eine Geisterbahn. Ihr fielen jede
Menge Momente der letzten Jahre ein, in denen sie sich
anders hätte verhalten sollen. Netter, liebevoller, selbstlo-
ser. Sowohl Schröder als auch Poppy gegenüber. Von Amelie
ganz zu schweigen. Trotz dieser blöden Affäre mit ihrem
Mann. Denn Mia wusste genau, wer die treibende Kraft hinter dieser Geschichte gewesen war – Paul war schließlich
alles andere als ein Unschuldsengel, auch wenn das nicht
bedeutete, dass Amelie deswegen schuldlos war. Und dass
Schröder was mit ihrem Sohn hatte, war ihr mit einem Mal
vorgekommen wie eine Petitesse. Das Ganze würde ohnehin
nicht ewig anhalten, das war Mia selbst nachts um drei Uhr
fünfundzwanzig klar gewesen, während sie vergeblich nach
Schlaf gesucht hatte in ihrem viel zu leeren Bett.

Mia war eigentlich nur sauer auf sich selbst gewesen, das
war der Grund, warum sie sich erst gegenüber Schröder und
dann gegenüber Poppy in eine Furie verwandelt hatte.

Sie war sauer wegen ihrer Naivität Adriano gegenüber
und wegen ihrer Gefühle ihm gegenüber. Was hatte sie sich
dabei gedacht? Nichts Sinnvolles jedenfalls. Und diese Wut
auf sich selbst, die sich immer weiter gesteigert und dann
ausgeweitet hatte – auf ihre Ehe, auf ihr ganzes Leben, auf
ihre ewige Ängstlichkeit, auf ihre Unsicherheiten, auf ihre
Unzulänglichkeiten –, die hatte sie dann an Poppy ausgelas-

sen. Das tat ihr unendlich leid, und wenn sie gekonnt hätte, hätte sie jedes einzelne Wort zurückgenommen, auch wenn sie daran erstickt wäre. Aber Wörter, die einmal ausgesprochen waren, waren für immer in der Welt. Sie ließen sich nie wieder ungesagt machen und setzten manchmal noch nach Jahren ihr zerstörerisches Werk fort.

In Mias Kopf hatte ein Gedanke den anderen gejagt. Wann war ihr Leben zu einem schlechten Theaterstück geworden? Wann war sie so falsch abgebogen, dass alles außer der Liebe zu ihren Kindern sich unecht anfühlte? So, als sei sie selbst eine Schauspielerin, die eine perfekte Ehe, ein perfektes Leben darstellen musste, koste es, was es wolle. Und es kostete sie verdammt viel.

Kurz vor vier Uhr in der Nacht war Mia versucht gewesen, zu ihren Tabletten zu greifen, um den verdammten Zirkus in ihrem Kopf endlich abzustellen und zur Ruhe zu finden, aber dann hatte sie im letzten Moment innegehalten. Sie hatte auf die beiden blassgrünen Pillen in ihrer Handfläche geblickt. Das war keine Lösung. Das war nur eine Betäubung. All diese kleinen Pillen würden nichts an Mias Leben ändern, das konnte nur Mia selbst.

Kurz entschlossen hatte Mia alle Tabletten in die Toilette geworfen und die Spülung gedrückt, bevor sie es sich wieder anders überlegen konnte.

Im Notfall könnte sie sich in Hamburg neue besorgen, flüsterte eine kleine ängstliche Stimme in ihrem Kopf. Aber warum nicht mal das Leben pur durchstehen? Nicht gedämpft, nicht in Watte gepackt? Es waren ja nur Gefühle, viele grausam und unangenehm, aber wenn man sie wegschickte, standen sie immer wieder und wieder vor der Tür und begehrten Einlass. So auch jetzt gerade im Krankenzimmer von Poppy, wo Mia sich so vollkommen deplatziert fühlte und von allen einfach ignoriert wurde. Sie fühlte sich isoliert und schrecklich einsam. Aber wenigstens schien Poppy wirklich wohlauf, und so fühlte Mia in all dem Unglück auch eine gewisse Erleichterung. Nicht auszudenken, wenn sie auch noch Poppy verloren hätte.

»Ist mir total egal. Du bist auch nicht ganz unschuldig. Was hast du dir bei der Sache mit Max eigentlich gedacht? Das ist alles vollkommen daneben, und das weißt du auch«, antwortete Poppy auf Schröders Einlassungen. »Aber auch das ist mir egal. Ich kann euch beide gerade nicht ertragen. Vielleicht überhaupt nicht mehr, wenn ich so darüber nachdenke. Aber ich will gerade nicht darüber nachdenken. Also raus hier.«

»Aber Poppy ... ich habe doch gar nichts getan!«, versuchte Schröder es erneut, während Mia lieber gar nichts sagte, sondern nur verlegen den Strauß mit wilden Blumen in einer Vase arrangierte, den sie heute früh noch schnell im Garten für Poppy gepflückt hatte.

»Der Arzt hat gesagt, ich darf mich nicht wieder aufregen«, sagte Poppy stur und energisch.

Schröder seufzte.

Nun schaltete sich auch Stefano ein. »Fuori con te!« – raus mit euch. Er wedelte Richtung Schröder und Mia, als wären die beiden ein paar lästige Fliegen, die es zu verscheuchen galt.

Schröder wusste, wann es an der Zeit war, nachzugeben, und Mia war sowieso schon aus dem Zimmer geflüchtet.

Als Mia und Schröder vom Krankenhaus wieder zurück ins Haus kamen, stand Max schon mit einer gepackten Reisetasche in der Küche und suchte sich gerade etwas Proviant zusammen.

»Du reist ab?«, fragte Mia verwundert.

Max nickte. Schröder schien davon nicht überrascht.

»Schröder bringt mich nachher zum Bahnhof. Ich muss eine Klausur schreiben ... aber ich hoffe sehr, dass ihr die letzten paar Tage hier friedlich seid. Es dauert etwas, bis hier ein Krankenwagen hochkommt. Es wäre also keine gute Idee, sich weiterhin gegenseitig die Köpfe einzuschlagen wie zwei Kleinkinder.«

Max blickte seine Mutter streng an. Mia nickte und fühlte sich gemaßregelt wie eine Vierjährige. Sie blickte zu Schröder, aber die hatte sich schon aus der Küche verdrückt.

»Ich mache dir noch ein paar Sandwiches«, sagte Mia, um sich wieder die Mutterrolle zurückzuerobern, ging zum Kühlschrank und belegte für Max etwas von der Oliven-Focaccia mit extra viel Salami und Käse – das hatte er schon als Kind gemocht.

Max machte sich einen Espresso. »Willst du auch einen?«, fragte er.

Mia nickte, dann setzten sich die beiden noch für einen Moment an den Küchentisch.

»Seit wann wusstest du von dieser Sache mit Amelie?«, fragte Mia ernst.

»Schon länger. Ich habe die beiden mal küssend in der Stadt gesehen, in einer Bar, sie fühlten sich unbeobachtet. Aber was hätte ich denn machen sollen? Es dir sagen? Meinen Vater zur Rede stellen?«

Mia schüttelte den Kopf. »Tut mir leid, dass dich das in eine so blöde Situation gebracht hat. Du hättest gar nichts sagen sollen, du hättest so was gar nicht erleben sollen. Auch nicht als erwachsenes Kind. Das ist die Schuld deines Vaters ... und meine.«

»Wieso ist das deine Schuld?«, brauste Max auf. »Er hat doch mit Amelie rumgemacht, nicht du!«

»Ja, er hat rumgemacht, aber ich habe ihm meine Zustimmung gegeben ... also, nicht gerade zu Amelie, das nicht, aber dein Vater hat mich schon vor Jahren um eine offene Ehe gebeten, und ich habe gedacht, dass das der Weg ist, um unsere Ehe und unsere Familie zu retten.«

»Ihr seid verrückt! Was soll so ein Scheiß? Das ist doch total geschmacklos! Was ist bloß in euch gefahren? Ihr seid meine Eltern und die von Stella und Stina. Ihr solltet euren Scheiß auf die Reihe kriegen, und ich sollte wirklich von alldem überhaupt nichts mitkriegen«, entfuhr es Max, der jetzt doch etwas geschockt wirkte.

»Du hast recht. Wir sind bescheuert. Vor allem ich. Das war der völlig falsche Weg. Ich ... ich habe das Gefühl, alles falsch gemacht zu haben. Wenigstens wissen deine Schwestern nichts von diesem Chaos, oder?« Mia blickte Max fragend an.

»Nein, ich denke, die wissen nichts, und so sollte es auch bleiben.«

Mia nickte heftig. »Das finde ich auch.«

»Und was jetzt?«, fragte Max.

Mia zuckte mit den Schultern. »Keine Ahnung. Ich werde sehen«, sagte sie und bemerkte, dass das absolut ehrlich war. Sie hatte keinen Schimmer, was sie als Nächstes tun sollte oder tun würde. Keinen Plan. Nichts. Keine Kontrolle. Und das war ihr erstaunlicherweise gerade vollkommen egal.

»Ich bin sicher, du machst das Richtige. Du als Mutter hast mir immer beigebracht, dass ich mich meinen Ängsten stellen muss, auch wenn du das selbst oft nicht gemacht hast.«

Mia nickte. Sie war nicht so perfekt, wie sie zu sein versuchte, aber offensichtlich war unperfekt auch ganz in Ordnung, selbst als Mutter.

Max stand auf, ging zu ihr hin und umarmte sie.

»Ich hab dich lieb.«

»Ich dich auch«, sagte Mia und stand auf. Sie blickte ihren Sohn an. Vor ihr stand ein Mann, ein noch junger Mann, aber ein Mann. Das hatte sie jetzt verstanden.

Aber egal, ob Max ein Mann oder ein Kind war – sie würde ihn immer lieben, mehr als sich selbst. Egal, was passierte.

Der Bahnhof von Buonconvento hatte in der Mittagshitze etwas von *High Noon*, diesem alten Western, den Schröder mal vor einer Ewigkeit gesehen hatte. Max würde der Film sicher nichts sagen, dafür war er viel zu jung.

Der Bahnsteig war leer bis auf einen alten Mann mit einem kleinen Koffer, der ganz am anderen Ende stand. Es war so heiß, dass die Hitze über den Bahngleisen flirrte. Schröder hoffte für Max, dass der Zug pünktlich war und die Klimaanlage funktionierte.

»Du musst hier nicht warten, bis der Zug kommt«, sagte Max, der ein paar kleine Schweißtropfen auf der Stirn hatte.

»Ich weiß, aber ich warte gern.«

»Wie du willst.« Die beiden standen seltsam fremd nebeneinander. Schließlich drehte sich Max zu Schröder. »Weißt du, du bist verdammt großartig«, sagte er mit deutlichem Bedauern in der Stimme.

»Du auch.« Schröder blickte Max liebevoll an. »Es war wunderschön«, sagte sie dann zu den Bahngleisen und vielleicht auch zu Max.

»Fand ich auch.«

»Du solltest dir eine gleichaltrige Freundin suchen.« Schröder meinte das ernst.

»Ich …« Max versuchte, etwas einzuwenden, hielt aber inne.

»Solltest du. Und das weißt du im Grunde genommen selbst ganz genau.«

»Du bist die tollste Frau, die ich kenne.«

»Ich weiß«, entgegnete Schröder lachend.

»Ich fand dich schon toll, als ich zehn, elf war und du in diesem weißen Hosenanzug, rauchend, weltgewandt und lässig bei uns auf der Terrasse gesessen hast. Ich verstehe nicht, dass mein Vater nicht dich angemacht hat, sondern Amelie.«

»Woher weißt du, dass er mich nicht angemacht hat?«, fragte Schröder und lächelte.

Max blickte sie erstaunt an. Schröders Lächeln vertiefte sich.

»Ich war nicht interessiert. Ich würde nie mit dem Mann einer Freundin etwas anfangen.«

»Aber mit ihrem Sohn?« Plötzlich lag Unsicherheit in Max' Stimme.

»Ja. Wenn er erwachsen ist und ungebunden. Und so verdammt unwiderstehlich wie du.« Schröder blickte Max liebevoll an. »Aber es gibt übrigens auch großartige jüngere Ausgaben von mir.«

Max nickte. »Mal sehen. Vielleicht sollte ich mich eine Zeit lang mehr auf die Medizin konzentrieren.«

»Auch keine schlechte Idee«, sagte Schröder. Max beugte sich zu ihr hinunter, und die beiden küssten sich ein letztes Mal, bis der Zug kam und Max einsteigen musste.

Schröder stand trotz der Hitze noch lange am Bahnsteig.

Auch als von dem Zug und von Max nichts mehr zu sehen war. Nur das Flirren der Hitze über den Gleisen war noch da.

Schließlich drehte sich Schröder um und ging. Sie hatte verdammten Durst. Ein Glas Wasser, ein Espresso und ein Aperol warteten sicher auf sie in der kleinen Bar auf der Piazza. Vielleicht würde sie auch zwei Aperol trinken, warum eigentlich nicht, dachte Schröder und stieg beschwingt in ihr Cabrio.

Das Haus war seltsam leer, jetzt, wo Poppy im Krankenhaus war und Schröder Max zum Bahnhof brachte.

Es war so still und ruhig. Mia konnte ihren eigenen Herzschlag hören. Da es fast Mittag war, war auch von draußen kaum etwas zu hören, obwohl die Terrassentür und die meisten Fenster offen standen. Alles hatte sich vor der Hitze zurückgezogen, um in Ruhe und im Schatten die kühleren Stunden abzuwarten.

Diese Stille war Mia unheimlich. Sie hatte es noch nie gemocht, allein zu sein, wenn alles so ruhig war. Zu ruhig für ihren Geschmack. So ruhig, dass sie nicht nur ihren Herzschlag, sondern auch ihre Gedanken laut hören konnte. Aber heute, nach dieser Nacht voller Geschrei in ihrem Kopf, konnte Mia diese Stille irgendwie genießen.

Sie ging in die Küche, um sich ein kühles Glas Wasser zu holen, und sie würde sich wohl ein wenig von Poppys fantastischem Ragout warm machen. Schließlich war es wirklich unglaublich lecker und musste gegessen werden, und das Ragout konnte ja nichts für dieses Chaos. Wirklich schade, dass es nicht zu diesem versöhnlichen Abendessen gekommen war, das Poppy eigentlich geplant hatte.

Mia seufzte, immer noch von Schuldgefühlen geplagt, setzte einen Topf mit etwas Ragout auf und dann noch einen

Topf mit Wasser für die Nudeln. Das Wasser fing gerade an zu kochen, und das Ragout war schon warm und duftete, als Mia eine Stimme hörte.

»Das riecht verdammt gut. Hast du das gekocht?« Mia drehte sich um. In der Küche stand Adriano und schnupperte wie ein kleiner Hund in die Luft. Es sah irgendwie lustig aus, wie er die Nase krauszog, um den Duft der Soße zu erwischen.

Aber Mia war nicht nach lustig zumute. Ganz und gar nicht. Musste das jetzt auch noch sein? Adriano – der Mensch, den sie jetzt auf gar keinen Fall sehen wollte – stand drei Meter von ihr entfernt. Sein Anblick ließ Mias Stimmung noch fünf Stufen tiefer fallen, falls das nach dem absoluten Nullpunkt von heute Nacht überhaupt noch möglich war.

»Ich habe das von Poppy gehört. Gott sei Dank ist es ja wohl nicht so schlimm. Hier spricht sich einfach alles in Windeseile herum. Die ganze Toskana ist im Grunde genommen ein einziges Dorf. Ich hoffe, es geht ihr bald wieder gut.«

»Wird schon wieder«, hörte Mia sich sagen, dabei wollte sie Adriano eigentlich anschreien und am liebsten aus dem Haus werfen oder selbst einfach so davonrennen. »Aber du solltest nicht hier sein«, sagte sie stattdessen. Immer davonrennen war keine so gute Idee, das wusste sie mittlerweile nun doch.

Mia blickte Adriano direkt in die Augen. Sie fand es selbst ganz erstaunlich, wie viel Mut sie offensichtlich gerade hatte.

»Ich muss dir das erklären«, sagte Adriano.

»Musst du nicht«, entgegnete Mia tonlos.

»Aber ich möchte es. Willst du mich nicht zum Essen einladen? Und wir reden?«

»Tut mir leid.« Mia schüttelte den Kopf. »Ich will nicht reden. Ich kenne das alles schon. Mein Mann betrügt mich seit Jahren, und ich kenne alles Gerede, alle Ausflüchte, alle Lügen, all das Betrügen und sich selbst dabei betrügen und überhaupt … du solltest wirklich gehen.« Ihre Stimme war jetzt eindringlich.

Als Antwort setzte sich Adriano einfach an den Küchentisch und schenkte sich einen Schluck Grappa ein, der von gestern Abend noch dort stand.

»Ich gehe nicht. Nicht, bevor du mit mir gesprochen hast. Du schuldest mir auch noch eine Erklärung, warum du nach unserem oder vielmehr meinem Kuss davongerannt und wieder zurückgekommen bist. Und ich gehe nicht, bevor ich etwas von dem Ragout bekommen habe, das so wundervoll duftet.«

Adriano hatte tatsächlich den Nerv, sie dabei anzulächeln. Mia war fassungslos. Sollte sie ihm eins mit dem Kochlöffel überziehen? Kurz war sie in Versuchung.

»Ella, meine Frau, die du ja gestern zufällig kennengelernt hast … also, Ella ist noch genau drei Wochen lang meine Frau. Der Scheidungstermin steht schon lange fest. Das konntest du natürlich nicht wissen. Aber du solltest wissen, dass ich nicht so ein Mann bin, der andere Frauen küsst, wenn er noch verheiratet ist. Also, theoretisch bin ich es gerade noch, aber ich glaube, bei den noch fehlenden drei Wochen, da kannst selbst du nachsichtig sein. Ein Mann, der seine Frau betrügt, das bin ich nicht, so weit solltest du mich kennen.«

Mia atmete tief ein. War das jetzt echt? Oder war es eine Ausrede? Sie blickte Adriano prüfend an, so, als könnte sie unter seine gebräunte Haut und hinter sein attraktives Äußeres blicken, direkt in seine vielleicht nicht so attraktive Seele. Aber Mia sah nichts. Vielleicht hatte sie so lange nichts sehen wollen, dass sie jetzt irgendwie blind war, wenn es um Männer ging. Außerdem kannte sie Adriano im Grunde genommen gar nicht, auch wenn sich das hin und wieder völlig anders angefühlt hatte.

»Ich kenne dich doch gar nicht. Und ich weiß nicht mehr, was ich glauben soll und was nicht. Ich weiß nicht mal mehr, wer ich eigentlich bin.«

»Das macht nichts. Ein paar lange Spaziergänge in der Toskana, ein paar großartige Sonnenuntergänge, jede Menge Spaghetti und etwas zu viel Rotwein, und alles wird wieder. Kriege ich jetzt etwas von dem Ragout?« Adriano lächelte immer noch.

Mia blickte Adriano länger in die Augen – immer noch konnte sie darin nichts sehen außer ganz klein ihr Spiegelbild. Aber vielleicht war auch das nur eine Einbildung. Schließlich nickte sie und warf eine doppelte Portion Spaghetti in das immer noch kochende Wasser – ganz ohne so ein Messdingsda, irgendwie einfach nach Gefühl.

Wer hatte jemals behauptet, das Leben sei einfach? Ach, ihr fiel wieder ein, wer das immer gesagt hatte: Das war sie selbst gewesen – in einem ganz anderen Leben, so schien es ihr.

Zwei Stunden später wusste Mia immer noch nicht, was sie von Adriano halten sollte. Oder von sich selbst. Oder von dem, was irgendwie immer noch zwischen ihnen war.

Sie hatten gemeinsam vorzüglich gegessen, Mia hatte ihm das von Max und Schröder erzählt. Adriano hatte das wie erwartet nur mit einem »amore« und einem lässigen Schulterzucken kommentiert. Dann hatten sie sich bemüht locker über alles Mögliche unterhalten und dabei das eigentliche Thema – der Kuss und die Gefühle zwischen ihnen – vollkommen vermieden. Und dann war Adriano gegangen mit dem Versprechen, sich noch um etwaige Organisationssachen für die Beerdigung zu kümmern, jetzt, wo Poppy im Krankenhaus war.

Mia hatte nur genickt. Sie war jedem körperlichen Kontakt ausgewichen, und Adriano hatte sich noch nicht mal getraut, ihr zum Abschied einen flüchtigen Wangenkuss zu geben.

Mia fühlte sich seltsam schwebend, irgendwo im Nirgendwo. Das lag vielleicht auch an der Hitze. Poppy im Krankenhaus tat ihr leid, dann fiel ihr ein, dass dieser scheußliche Betonklotz von Krankenhaus in Buonconvento sicher eine gut funktionierende Klimaanlage hatte und Poppy wahrscheinlich gerade von Stefano mit Espresso und

Cantucci gefüttert wurde. Also kein Mitleid, nicht wirklich, außerdem würde Poppy sowieso morgen entlassen werden.

Schröder war immer noch nicht zurückgekommen, dabei hatte sie Max schon vor Stunden zum Bahnhof gebracht. Wahrscheinlich versuchte sie, ihr weiterhin aus dem Weg zu gehen, und wahrscheinlich war das ganz gut so. Irgendwann mussten sie sich aussprechen, aber bei dem Gedanken daran wurde es Mia mulmig zumute. Schröder konnte ziemlich unangenehm werden in ihrer direkten Art. Aber vielleicht war Schröder ja auch so wütend auf sie, dass sie den Kontakt für immer abbrechen würde. Zuzutrauen wäre es ihr durchaus. Schröder machte keine Gefangenen.

Es war wirklich verdammt heiß. Mia spülte schnell noch das Geschirr, und das fließende Wasser erinnerte sie an die Quellen im Tal, die Adriano ihnen gezeigt hatte. Auch wenn das Wasser da nicht gerade kühl war, erschien ihr so ein Eintauchen in einen dieser natürlichen Pools doch gerade sehr verlockend. Sie ging nach oben, um ein Handtuch und ihren Badeanzug zu holen. Womöglich hatte Adriano recht, lange Spaziergänge würden ihr vielleicht helfen, wieder klarer zu sehen.

Mia stapfte durch die Hitze den Feldweg entlang und machte mit einer Blechdose, die sie mit kleinen Steinchen gefüllt hatte, so viele Geräusche wie nur möglich, da sie die blöde Rassel irgendwie verlegt hatte. Ein Schlangenbiss hier in völliger Einsamkeit war Mias absolute Horrorvorstellung.

Wenn sie jetzt hier sterben würde – wer würde sie dann vermissen außer ihren Kindern? Und was waren wohl Amelies letzte Gedanken gewesen, als sie auf einem Feldweg einsam gestorben war? Wo war das überhaupt passiert? Mia wurde klar, dass sie alle überhaupt nicht wussten, wo genau Amelie zusammengebrochen war. Das wollte sie gern noch herausfinden. Vielleicht würde sie dort ein kleines Kreuz aufstellen. Zur Erinnerung und als Abbitte. Vielleicht hätte sie Amelie die Affäre mit ihrem Mann nie verzeihen können, aber ihre lange Freundschaft hätte zumindest eine Aussprache verdient. Das sah Mia jetzt völlig anders als damals. Damals war sie einfach so verletzt gewesen, dass sie Amelie nie wieder hatte sehen wollen. Nun, das war ihr dann ja auch fast gelungen.

Sie ging weiter den steinigen Weg runter in die kleine Schlucht, in der die Quellen lagen. Wenigstens gab es hier etwas Schatten, ein paar Bäume und ziemlich viel Gestrüpp – in dem sich vielleicht eine unangenehme tierische Überraschung verbarg.

Mia hörte trotzdem mit dem Klappern auf, vor sich sah sie schon den ersten kleinen natürlichen Pool. Das Wasser schimmerte wunderbar türkis, und der weiße Kalk, der das Becken bildete, ließ das Wasser geradezu übernatürlich erstrahlen. Mitten in dem kleinen Becken sah Mia zu ihrer Verblüffung jemanden sitzen. Sie hielt inne. Das war sicher jemand aus dem Dorf. Wie blöd aber auch, sie hatte sich darauf gefreut, allein hier zu sein. Und dann erkannte Mia zu ihrer Überraschung, wer die Person im Wasser war.

Schröder.

Mia ging hinter dem nächsten Gebüsch in Deckung. Mit Schröder jetzt fröhlich hier zu planschen war sicherlich ein Ding der Unmöglichkeit. Sie wollte Schröder jetzt nicht begegnen und Schröder sicherlich auch nicht ihr. Vielleicht konnte sie hier in der Deckung warten, bis Schröder fertig war. Allzu lange würde sie es ja wohl nicht im Wasser aushalten, dafür waren die Becken zu warm.

Mia lugte hinter dem Gebüsch noch mal zu Schröder hin, die offensichtlich schon länger im Wasser war. Schröder hatte ihr den Rücken zugedreht, aber Mia konnte klar erkennen, dass sie nackt war. War ja auch egal, außer ihr war sowieso niemand hier, und dass Mia hier war, wusste Schröder ja nicht, und wenn, hätte es ihr sicher nichts ausgemacht. Die Freundinnen waren früher öfter mal gemeinsam nackt ins Wasser gesprungen, und Schröder hatte schon immer recht wenig Schamgefühl besessen, im Gegensatz zu Mia, die ihren Körper viel zu wenig mochte, um sich nackt unter anderen entspannt zu fühlen. Sie fühlte sich ja noch nicht mal entspannt, wenn sie allein nackt war.

Schröder tauchte noch einmal vollständig ins Wasser und stand dann auf, drehte sich um und stieg aus dem Becken, um nach dem Handtuch zu greifen, das sie über ein Gebüsch gehängt hatte.

Mia hätte fast laut aufgeschrien, sie konnte sich gerade noch in letzter Sekunde die Hand vor den Mund halten.

Schröder stand da, vollkommen nackt im Sonnenlicht, nur ein paar Meter von Mia entfernt, und Schröder hatte nur noch eine Brust. Auf der anderen Seite, der rechten Seite, prangte eine große, immer noch leicht rötliche Narbe.

Schröder trocknete sich langsam und sorgfältig ab. Mia, völlig durcheinander, versuchte einen Rückzug. Sie taumelte rückwärts, stolperte dabei über einen Stein und konnte sich gerade noch an einem Baumstamm festhalten, aber der Stein hatte ein paar andere Steine ins Rollen gebracht, da Mia an dem leichten Abhang stand.

Die Steine kullerten, Schröder blickte aufgeschreckt ins Gebüsch. Dort sah sie Mia stehen, die sich am liebsten in Luft aufgelöst hätte.

Schröder starrte Mia mit einem Blick an, der vielleicht, ganz eventuell dazu führen könnte, dass die Erde sich auftat und Mia einfach verschlang.

»Spionierst du mir etwa nach?«, rief Schröder in Mias Richtung. »Willst du dich vergewissern, dass Max wirklich weg ist?«

»Nein, tut mir leid, ich wollte hier eigentlich auch allein sein und baden. Ich konnte ja nicht wissen, dass du hier bist«, sagte Mia und kam widerwillig aus dem Gebüsch hervor.

Schröder hatte sich das Handtuch inzwischen umgeschlungen und funkelte Mia an. Früher hatte dieses Funkeln meistens dazu geführt, dass Mia den Mund hielt und Schröder die Situation dominieren konnte. Diesmal war es anders. Mia war anders, und das hier war viel zu groß, viel zu schrecklich, als dass man einfach den Mund halten konnte.

Mias Augen funkelten zurück.

»Wann genau wolltest du mir und Poppy das mit dem Krebs eigentlich sagen?«

»Nie«, sagte Schröder und zog das Handtuch fester um ihren Oberkörper.

»Das ist unglaublich dumm von dir«, hörte Mia sich selbst sagen und war erstaunt über ihren Mut. »So etwas muss man nicht allein durchstehen. So etwas sollte man nicht allein durchstehen, schon gar nicht, wenn man ein paar wirklich gute Freundinnen hat.«

»Dann bin ich eben dumm«, sagte Schröder, und Mia hörte zu ihrer Verblüffung ein ganz kleines Zittern in Schröders Stimme.

Die beiden Frauen starrten sich an. Schließlich seufzte Mia und setzte sich einfach auf den nächsten größeren Felsklotz.

»Du bist nicht dumm, Schröder. Aber manchmal zu stolz. Wer hier dumm ist, das bin ich. Ich bin so dumm, dass ich schreien könnte. Ich bin so dumm, dass ich mich seit Jahren an eine Lüge klammere. Meine Ehe ist schon ewig am Ende, da hast du absolut recht. Ich hab mich einfach viel zu lange selbst belogen und den falschen Leuten dafür die Schuld gegeben. Amelie, dir … und zuletzt sogar Poppy.«

Schröder blickte Mia erstaunt an.

»Und außerdem bin ich offensichtlich so eine beschissene Freundin, dass du dich nicht mal getraut hast, mir von dem Krebs zu erzählen«, fuhr Mia fort.

»Ich habe auch Poppy nichts davon erzählt.«

»Das macht es nicht besser. Mensch, Franziska, auch wenn man alles allein machen kann, heißt das nicht, dass man alles allein machen muss oder allein machen sollte. Freundinnen sind dafür da, dass man teilt … alles. Das Tolle und das Beschissene, die guten und die schlechten Dinge. Das ist wie in einer Ehe, nur irgendwie besser, verdammt noch mal, und das weißt du eigentlich ganz genau.«

Mia schnauzte Schröder regelrecht an, und sie hatte

Schröder mit Franziska, Schröders Vornamen, angesprochen, was Schröder sofort registrierte. Das tat Mia nur im absoluten Ernstfall.

Schröder holte tief Luft, dann setzte sie sich einfach neben Mia auf den Stein. Mia hatte ja recht, sie wusste selbst nicht so genau, warum sie ihren Freundinnen nichts von ihrer Erkrankung erzählt hatte. Als sie die Diagnose vor einem halben Jahr bekommen hatte, war Schröder wie betäubt gewesen. Alles hatte sich angefühlt, als würde das überhaupt nicht ihr passieren, sondern einer anderen, einer fremden Person, die sie nur flüchtig kannte. Und so war Schröder auch durch alle Untersuchungen und durch die Operation gegangen – als würde sie selbst jemanden namens Franziska Schröder durch die Krankheit begleiten, irgendeine Fremde, die das Pech hatte, Krebs zu haben.

Gott sei Dank hatte sie keine Chemo gebraucht, nur Tabletten. Und nachdem sie die ersten Wochen niemandem etwas vom Krebs erzählt hatte, war es ihr von Tag zu Tag immer absurder vorgekommen, mit den anderen darüber zu sprechen. Aber vielleicht war es auch so gewesen, dass sie ganz tief in sich drin Angst hatte, sie würde das alles nicht durchstehen, wenn die anderen sie begleiteten.

Wenn sie an Poppy dachte, die wahrscheinlich bei der Nachricht und dann immer wieder in Tränen ausgebrochen wäre, Tränen, die ihr selbst fehlten, oder an Amelie, die versucht hätte, mit ihr zu jedem Arzttermin zu gehen, oder an Mia, die ihr wahrscheinlich ständig die neuesten Informationen und Studien zum Thema Brustkrebs besorgt hätte – nein, nein, nein, das hätte Schröder so nicht durchstehen können. Damit wäre der Krebs viel zu real geworden, realer, als er sowieso schon war.

»Ich wollte kein Mitleid. Ich kann Mitleid nicht ertragen. Auf gar keinen Fall«, sagte Schröder schließlich. Mia nickte, das konnte sie gut verstehen.

»Ich habe dir auch kein Mitleid anzubieten, meine Liebe, aber mein Mitgefühl, falls dir das besser passt. Mein Mitgefühl als eine deiner besten Freundinnen, die dich schon ewig kennt und dich nie mit Mitleid beleidigen würde.«

Schröder nickte etwas verunsichert. So hatte sie das noch nie betrachtet.

»Geht es dir jetzt einigermaßen gut?« Mia blickte Schröder prüfend an. Schröder zuckte mit den Schultern.

»Es geht. Könnte schlimmer sein.«

»Es muss schlimm gewesen sein«, sagte Mia und nahm Schröder einfach in ihre Arme, noch bevor die sich wehren konnte.

Mia hielt Schröder einfach nur ganz fest. So saßen die beiden Freundinnen im Halbschatten auf dem unbequemen Stein, irgendwo in der Toskana.

Zu ihrer Verblüffung spürte Mia etwas Feuchtes auf ihrer Schulter. Schröder weinte. Und gleich darauf fühlte Mia, dass etwas Feuchtes auch ihre eigene Wange herunterlief. Auch ihr kamen die Tränen, und Mia ließ ihnen einfach freien Lauf.

Die beiden Freundinnen hielten sich so lange fest, bis alle Tränen getrocknet waren. Dann gingen sie zusammen noch einmal ins unterste Becken.

Sie saßen im warmen Wasser, es war schon später Nachmittag, die Sonnenstrahlen hatten einen Goldton angenommen, und Mia fühlte sich so entspannt wie seit Jahren nicht mehr. Auch Schröder döste vor sich hin, und Mia bewunderte die Narbe, die Schröder wie eine Kriegsverletzung trug.

»Sie steht dir irgendwie. Du siehst jetzt aus wie die Amazone, die du ja im Grunde genommen bist.«

»Ich weiß nicht, vielleicht lass ich mir doch noch eine Brust rekonstruieren. Mal sehen.«

»Aber nur, wenn Poppy und ich dich dann täglich im Krankenhaus besuchen dürfen.«

Schröder lächelte schief. »Ihr würdet mich ziemlich nerven.«

»Und dich verwöhnen und für dich da sein. Das ist der Sinn einer Freundschaft.« Mia lachte, dann wurde sie ernst. »Versprichst du mir eins?«

»Was? Wenn jetzt irgendwas mit Max kommt, erwürge ich dich«, grummelte Schröder.

Mia lachte. »Ach, Max und du – macht doch, was ihr wollt. Mein Sohn ist schließlich erwachsen. Bei dir allerdings habe ich da so meine Zweifel.«

Schröder knuffte Mia als Antwort in die Seite. Mia blickte Schröder ernst in die Augen.

»Ich nehme übrigens schon ziemlich lange, viel zu lange, Antidepressiva. Und ab und zu auch so nette kleine grüne Beruhigungstabletten. Oder vielmehr habe ich die genommen. Ich habe sie vor Kurzem die Toilette runtergespült, was mir eine Heidenangst macht. Vielleicht hätte ich sie gern wieder.«

Schröder blickte Mia nur still an. »Ach, Mia, ich hab mir so was schon gedacht. Poppy übrigens auch – du warst manchmal so abwesend, als wäre das alles gar nicht wirklich dein Leben.«

»Ja, so hat es sich auch angefühlt. Aber jetzt hätte ich gern mein Leben wieder. Mit allem Drum und Dran und ohne Schleier und Dämpfung. Auch wenn ich echt Schiss habe.«

»Was glaubst du, was ich manchmal für einen Schiss habe.«

»Das merkt man dir gar nicht an.«

»Nun, Angst kann manchmal auch motivieren. Zum Beispiel die Angst festzustecken, sein Leben zu verpassen. Ich finde, es gibt gute und schlechte Ängste. Aber leider muss man mit beiden umgehen.«

»Wahrscheinlich hast du recht.«

»Ich habe immer recht«, sagte Schröder, und jetzt knuffte Mia sie in die Seite.

»Schröder, keine Geheimnisse mehr. Nie mehr. Versprich mir das. Ich werde mich auch daran halten. Und das gilt für uns alle drei.«

Schröder nickte und tauchte unter Wasser. Die Welt um sie herum wurde wunderbar türkis.

Am nächsten Morgen holte Mia schon morgens um acht eine »Torta della Nonna« aus dem Backofen, diesen typisch italienischen Kuchen, der für Mias Backkünste viel zu kompliziert war und der seit sechs Uhr in der Früh alle Aufmerksamkeit von ihr forderte. Aber Poppy würde später aus dem Krankenhaus kommen, und Mia wollte ihr unbedingt etwas Gutes tun.

Mia war keine so gute Köchin wie Poppy, aber es reichte, um ihre Familie glücklich und satt zu machen. Ihre Familie ... Alles in Hamburg kam ihr gerade vor wie ein ganz anderes Leben, dabei hatte sie erst heute Morgen mit den Zwillingen noch vor deren Schulbeginn gefacetimt, und mit Max hatte sie kurz telefoniert. Nur von Paul hatte sie schon länger nichts mehr gehört – aber das war ja nicht unüblich zwischen ihnen.

Schröder schlief noch selig ihren kleinen Rausch aus, während Mia hier schon mit Butter, Mehl und Eiern hantierte. Die beiden hatten es sich gestern Abend richtig gut gehen lassen. Sie waren ins Dorf gefahren, hatten dort wunderbar in der Trattoria von Stefano gegessen, der selbst nicht da war, sondern sicherlich bei Poppy im Krankenhaus weilte, und dann hatten sie noch stundenlang auf der Terrasse bei viel zu viel Rotwein und Kerzenlicht gesessen und in den Sternenhimmel geschaut.

Schröder und Mia hatten geredet und geredet und geredet. Über alles und jedes, über Männer, über Freundinnen, den Krebs und das Älterwerden und Leben und Tod, über den besten Pizzateig und über erwachsene Kinder. Mia hatte Schröder gestanden, wie schuldig sie sich Paul gegenüber lange gefühlt hatte, weil sie jahrelang nicht mehr viel Lust gehabt hatte, mit ihm das Bett zu teilen. Deswegen hatte sie dann irgendwann dieser Idee einer »offenen Ehe« zugestimmt, denn sie hatte Paul nicht verlieren wollen, oder vielmehr hatte sie die Familie nicht verlieren wollen. Das konnte Mia sich jetzt endlich selbst eingestehen. Sie hatte sich quasi schuldig gefühlt an Pauls amourösen Eskapaden – wie absurd war das eigentlich? Und wieso waren sie als Paar nicht in der Lage gewesen, eine bessere, eine sinnvollere Lösung für ihre Probleme zu finden? Im Grunde genommen gingen ihre Probleme mit Paul weit über diese diversen Bettgeschichten hinaus. Ihre Ehe funktionierte schon lange nur noch auf der pragmatischen Ebene; inhaltlich war sie schon lange tot. Paul und sie hatten sich, so klischeehaft das auch klang, auseinandergelebt, ihre Gefühle füreinander waren irgendwann zwischen Job, Kindern, Haushalt und Alltag verloren gegangen, und keiner von ihnen hatte wirklich versucht, sie wiederzufinden. Das war Mias Eingeständnis, und zu ihrer Überraschung hatte auch Schröder ihr ein paar Dinge gestanden. Zum Beispiel, dass sie sich als Mutter als totale Versagerin fühlte und dass sie Sophie damals eigentlich aus Hilflosigkeit ins Internat gesteckt hatte. Und – natürlich, Mia hatte mit nichts anderem gerechnet – dass Sophie nichts von der Erkrankung ihrer Mutter wusste und dass Schröder keine Ahnung hatte, wie sie ihrer Tochter das sagen sollte.

Mia holte den abgekühlten Kuchen aus der Form und bestäubte ihn mit Puderzucker. Draußen hörte sie eine Autotür zuschlagen. Das war sicher Stefano, der Poppy nach Hause brachte. Mia fühlte, wie sich ihr Magen leicht zusammenzog. Sie hatte Poppy seit dem Rauswurf aus dem Krankenhaus nicht mehr gesehen und wusste nicht, ob sie sich mittlerweile beruhigt hatte. Aber wenn sie und Schröder sich wieder versöhnen konnten, würde ihr das sicher auch mit Poppy gelingen. Schließlich war Poppy noch nie lange nachtragend gewesen. Mia streute noch ein paar Pinienkerne auf den Kuchen und schnitt ihn gerade an, als Poppy zusammen mit Stefano in die Küche trat.

»Guten Morgen«, sagte Poppy, und Mia deutete das als ein gutes Omen. Zumindest redete Poppy irgendwie noch mit ihr.

»Guten Morgen! Da bist du ja! Da seid ihr ja! Wie geht es dir? Möchtest du einen Espresso? Ich habe Kuchen gebacken, eine Torta della Nonna – extra für dich. Und natürlich auch für Stefano.« Mia hielt den Kuchen hoch wie eine Opfergabe.

Poppy ignorierte Mia und den Kuchen vollkommen. Allerdings sah Mia durchaus Appetit in Stefanos Augen aufblitzen.

»Nein, danke. Ich bin nur kurz hier. Ich will nur meine

Sachen packen. Ich ziehe zu Stefano und komme dann nur noch kurz zur Beerdigung her.«

»Aber das kannst du doch nicht machen!«, rief Mia und wusste eigentlich gar nicht so genau, wieso Poppy das nicht machen konnte.

Poppy blickte Mia vernichtend an. Zumindest hoffte Poppy, dass dieser Blick von ihr in Mias Richtung Vernichtung bedeutete. Sie hatte damit nicht so wirklich Erfahrung, und dieser verdammte Kuchen duftete leider ganz hervorragend, was die Vernichtung nicht einfacher machte.

Mia stellte den Kuchen ab. »Poppy, ich ... ich will mich noch mal aus ganzem Herzen bei dir entschuldigen, auch wenn das, was ich zu dir gesagt habe, eigentlich nicht zu entschuldigen ist ... ich ... Poppy, du bist nicht zu dick, du bist wunderbar so, wie du bist. Ich ... ich war einfach so verletzt wegen Paul und Adriano, der übrigens verheiratet ist, was ich nicht wusste und was mich ganz durcheinandergebracht hat, weil er mich geküsst hatte, und deshalb hab ich dich verletzt, und das ist furchtbar ... und ...«

Mia blickte Poppy angespannt an, die allerdings verzog keine Miene.

»Schröder und ich«, fuhr Mia fort, »wir haben uns versöhnt. Ach, du weißt ja noch gar nicht alles. Schröder ... nun, das muss sie dir selbst erzählen, aber wir wollen nie wieder Geheimnisse voreinander haben, das haben wir uns geschworen ... das macht eine Freundschaft doch aus ..., dass man auch die blöden und die schlechten Dinge miteinander teilt. Poppy, bitte sag doch was ...« Mia blickte Poppy verzweifelt an.

Poppy hatte allergrößte Mühe, ihren vernichtenden Gesichtsausdruck beizubehalten. Am liebsten hätte sie Mia einfach umarmt, sie konnte niemandem lange böse sein. Aber so leicht würde sie es Mia diesmal nicht machen.

Poppys Gesichtsausdruck war jetzt wirklich bedenklich. Mia hatte Angst, dass sie gleich noch mal umfallen würde.

»Poppy, wirklich ... ich ...« In ihrer Verzweiflung nahm Mia einfach ein Stück Kuchen und stopfte es sich in den Mund. »Du bischt nischt zu dick ... isch bin schu dünn, und dasch werde isch jetsch ändern. Schlusch mit dem Dünnsein. Isch hab misch jahrelang blöd gequält«, nuschelte Mia und versprühte Kuchenkrümel, während sie versuchte, gleichzeitig zu sprechen und das viel zu große Kuchenstück irgendwie hinunterzubekommen. Konnte man an einem Kuchenstück ersticken?

Stefano starrte Mia entgeistert an. Gut, sie war eine Freundin von Poppy, aber diese Frau war definitiv »pazza«, verrückt, und zwar noch viel verrückter als die andere Deutsche, die vorher in diesem Haus gewohnt hatte. Definitiv »pazza«. Alle »pazza« außer seiner wunderbaren Poppy – die war nicht »pazza«, sondern »meravigliosa«, fabelhaft.

Auch Poppy starrte Mia jetzt an, als sei die von allen guten Geistern verlassen. In diesem Augenblick kam Schröder in die Küche und blickte verwirrt auf die drei. Was um alles in der Welt war jetzt schon wieder los?

Mia griff beherzt zu einem zweiten Kuchenstück und wollte es sich gerade in den Mund stopfen, doch Poppy hielt Gott sei Dank ihren Arm fest.

»Es reicht, Mia, du musst mir nichts beweisen. Dir ist wahrscheinlich schon vom ersten Stück schlecht.«

Mia nickte, erleichtert, dass sie das zweite Stück nicht essen musste.

Poppy setzte sich an den Küchentisch. »Ich verzeih dir. Was soll's. Wir sagen alle mal blöde Sachen.«

Mia fiel ein Stein vom Herzen. Stefano, der bemerkte, dass die Situation sich entspannt hatte, setzte Espresso auf.

Poppy war froh, dass sie wieder zu ihrem normalen Gesichtsausdruck zurückkehren konnte, lange hätte sie das mit der Vernichtung sowieso nicht mehr durchgehalten. Sie blickte Mia prüfend an. »Du hast übrigens deutlich mehr Falten als ich – vor allem am Hals und Dekolleté. Es kann in mancherlei Hinsicht also wirklich nicht schaden, etwas gepolstert zu sein.« Ach, das hatte gutgetan, und diese kleine Gemeinheit hatte Mia mehr als verdient.

Mia blickte Poppy einen kurzen Moment sprachlos an. Dann schluckte sie einfach. Wo Poppy recht hatte, hatte sie recht.

Stefano stellte allen einen Espresso hin.

»Bleibst du jetzt bis zur Beerdigung hier wohnen? Bitte. Ich muss dir nämlich dringend etwas erzählen, später, etwas, das ich dir schon lange hätte sagen sollen«, sagte Schröder zu Poppy, während sie dankbar ihren Espresso schlürfte – sie hatte echt einen verdammten Kater von gestern.

Poppy blickte Schröder fragend an. Das hier schien Schröder wichtig zu sein, und sie könnte auch nach Amelies

Beerdigung noch ein paar Tage bei Stefano wohnen, bevor sie zurück nach Hamburg musste.

Poppy nickte. Schröder gab ihr einen Kuss, und alle außer Mia nahmen sich ein großes Stück von der Torta della Nonna.

Die nächsten beiden Tage waren vielleicht die faulsten in Mias ganzem Leben, obwohl sie alle drei noch ein paar Dinge für Amelies Beerdigung vorbereiteten. Aber außer diesen Vorbereitungen lagen die drei Freundinnen einfach in der Sonne oder sich gegenseitig in den Armen.

Poppy wollte Schröder am liebsten nie mehr loslassen, nachdem sie das von dem Krebs erfahren hatte, und Schröder und Mia hatten alle Hände voll damit zu tun, Poppy über ein paar Stunden hinweg immer wieder neue Taschentücher zu reichen, so erschüttert war diese von der Nachricht. Aber ansonsten ließen es sich die drei Frauen wunderbar gehen, es fühlte sich tatsächlich an wie ein sehr entspannter Urlaub.

Irgendwann nahm Schröder ihr Handy mit auf die Terrasse. Sie stellte es auf Lautsprecher, während Poppy und Mia ihr aufmunternd zunickten. Schröder wählte die Nummer ihrer Tochter, doch die nahm den Anruf nicht an. Schröder hätte am liebsten schon nach dem ersten Versuch aufgegeben, aber Mia und Poppy blickten so streng, dass sie keine Chance hatte, diesem Telefonat auszuweichen. Schließlich, beim dritten Versuch, ging Sophie dran.

»Was willst du?« Ihrer Stimme nach zu urteilen, war Sophie ziemlich sauer auf ihre Mutter.

Mia blickte Schröder erwartungsvoll an, Poppy nickte Schröder aufmunternd zu.

»Sophie«, begann Schröder schließlich, »ich ... ich will mich entschuldigen.«

»Was???«

»Mich entschuldigen.«

»Sag das bitte noch mal«, sagte Sophie, und Mia kam der Verdacht, dass Schröder sich noch nie bei ihrer Tochter entschuldigt hatte. Mia selbst machte das durchaus manchmal bei ihren Kindern, wenn sie das Gefühl hatte, sich verrannt zu haben. Aber zugegebenermaßen kam das auch nicht wirklich oft vor.

»Ich will mich bei dir entschuldigen«, sagte Schröder ein drittes Mal.

»Aha.«

»Ich war vielleicht bei unserem letzten Telefonat nicht besonders enthusiastisch, was deine Schwangerschaft betrifft, aber ich meine, du bist ja auch ...«, fuhr Schröder fort, aber ein scharfer Blick von Poppy bremste sie gerade noch rechtzeitig, bevor sie »viel zu jung« sagen konnte. »... du bist ja auch erwachsen und alt genug, um ein Kind zu bekommen. Ich wollte dir nur sagen, ich freu mich für dich, für euch, und ich freue mich, Großmutter zu werden ...«

Für einen Moment herrschte am anderen Ende der Leitung vollkommene Stille. Dann hörten alle, wie Sophie tief Luft holte.

»Tante Poppy steht neben dir«, sagte Sophie schließlich.

»Nein, wie kommst du darauf?«, antwortete Schröder.

»Hallo, Liebes«, sagte Poppy leider gleichzeitig mit Schröder.

Am anderen Ende der Leitung herrschte Schweigen, ein Schweigen, das sich endlos hinzog.

Schließlich fasste Mia sich ein Herz. »Hallo, Sophie, hier ist Mia. Ich steh auch neben deiner Mutter und kann dir sagen, deine Mutter meint es ernst. Sie hat hier in Italien über nichts anderes gesprochen als darüber, wie sehr sie sich über deine Schwangerschaft freut«, versuchte sie, die Situation zu retten. Eine fette kleine Notlüge musste hier einfach erlaubt sein.

»Ich glaube euch kein Wort.«

»Sophie, bitte«, sagte Schröder, und es klang wirklich flehentlich. Erneut herrschte erst mal Schweigen in der Leitung. Dann seufzte Sophie auf.

»Nun gut, du warst als Mutter nicht besonders, aber vielleicht wirst du als Großmutter ja besser. Jeder hat eine zweite Chance verdient. Und ich brauche übrigens jemanden, der sich nach der Geburt um die Kleine und um mich kümmert – Jacob muss leider ausgerechnet in dieser Zeit beruflich nach Hongkong.«

»Du bekommst ein Mädchen?« Jetzt war Schröder wirklich und wahrhaftig begeistert.

»Ja. Wir wollten es erst nicht wissen, aber dann war es nicht mehr zu übersehen.«

»Wie wunderbar! Und natürlich komme ich, um euch beide zu unterstützen. Wir alle kommen, um dir zu helfen …«, flötete Schröder ins Telefon, und Poppy freute sich schon darauf, mal wieder Babysachen kaufen zu können, während Mia überlegte, wo denn die Kiste mit den alten Babysachen der Zwillinge abgeblieben war.

Am nächsten Tag war Amelies Beerdigungsfeier. Es gab einen wunderbaren Gottesdienst für sie in der kleinen Kapelle auf dem Hügel beim Dorf. Amelie war zwar evangelisch gewesen, aber über solche Petitessen konnte man in Italien locker hinwegsehen, wenn man eine kleine Spende an die Pfarrei gab und der Pfarrer ein weiterer entfernter Cousin von Stefano war.

Es roch nach Weihrauch, ein paar Kerzen brannten, und der Pfarrer hielt eine grandiose Ansprache in einem melodischen toskanischen Singsang, die sicher voll des Lobes über Amelie und ihr Leben war. Die drei Freundinnen verstanden kein Wort, aber das war egal. Amelie sollte für ihre letzte Reise einfach die besten Bedingungen haben, darin waren sich die drei Frauen einig.

Später kam fast das ganze Dorf zur Feier. Mia, Schröder und Poppy hatten Tische und Bänke von Adriano und Stefano ausgeliehen und in den Garten gestellt. Schröder hatte in Siena tatsächlich ein paar weiße Callas aufgetrieben, und die Tische waren damit geschmückt. Amelies Urne stand inmitten ihrer Bilder auf einem kleinen Sockel vor einem Foto von ihr, auf dem sie strahlend lächelte. Daneben stand ein weiteres Foto aus einem längst vergangenen Italienurlaub, das die vier Freundinnen in lachender Umarmung an einem Strand zeigte.

Es gab jede Menge Essen und Trinken, und im Laufe des Nachmittags ähnelte die Beerdigungsfeier immer mehr einem Geburtstagsfest. Die Stimmung war ausgelassen, die Dorfbewohner erzählten ein paar Anekdoten über die »pazza tedesca«. Adriano stellte sich scheinbar zufällig mit einem Glas Wein in der Hand neben Mia und übersetzte ein paar der Geschichten für sie. Mia war der absoluten Überzeugung, dass die meisten Geschichten über Amelie frei erfunden waren, aber es war schön, dass es solche Geschichten gab.

Mia bemerkte, dass sie etwas zu viel von dem Weißwein getrunken hatte, und Adriano bemerkte es auch. Er nahm sie am Arm und setzte sich mit ihr unter einen Baum auf eine Bank im Schatten.

»Ihr fahrt morgen zurück?«, fragte er mit einem Bedauern in der Stimme, das Mia deutlich heraushören konnte.

»Das ist der Plan«, sagte Mia. »Wir waren sowieso viel länger hier, als wir ursprünglich vorhatten.« Sie spürte ein leichtes Ziehen in ihrer Brust. Vor zwei Wochen hatte sie nichts mehr gewollt, als abzureisen, und jetzt wollte sie nichts lieber, als noch länger hierzubleiben. Aber das ging nicht. Die Zwillinge brauchten sie, und sie musste in Hamburg ein paar Dinge klären. Oder vielmehr musste sie ihr Leben klären.

»Das ist sehr schade.«

»Finde ich auch. Auch wenn ich das noch vor zwei Wochen völlig anders gesehen habe«, sagte Mia.

Für einen Augenblick saßen sie einfach nebeneinander und schwiegen.

»Ich habe vor, wieder hierherzukommen«, sagte Mia schließlich.

»Wirklich? Wann?« Adriano war überrascht.

»Weiß ich noch nicht genau. Mal sehen. Es gibt in Hamburg sehr viel für mich zu tun.«

»Dann sehen wir einfach mal«, sagte Adriano, blickte Mia fragend in die Augen und nahm dann einfach ihre Hand in die seine. Sie fühlte sich warm an, warm und sehr lebendig. Genau so, wie Mia sich gerade fühlte. Warm und überaus lebendig, und das ausgerechnet auf einer Beerdigung.

Sie genoss dieses Gefühl für einen Augenblick. Dann stand sie zu Adrianos Bedauern auf und löste ihre Hand aus seiner. »Lass uns wieder zu den anderen gehen.«

Adriano erhob sich ebenfalls, und die beiden gingen zurück zu der Gesellschaft.

Zu Poppys Überraschung wurden sogar drei von Amelies Bildern verkauft. Ein holländisches Ehepaar, das im Dorf eine Ferienwohnung besaß, kaufte gleich zwei.

Poppy und Stefano waren so verliebt ineinander, dass sie förmlich strahlten. Poppy würde morgen nicht mit Schröder und Mia zurück nach Hamburg fahren. Sie wollte noch mindestens eine Woche bei Stefano wohnen, so lange, bis er das mit der Vertretung für die Trattoria geklärt hatte und für ein paar Tage mit nach Hamburg konnte. Poppy freute sich jetzt schon darauf, ihm all ihre Lieblingsplätze und Lieblingslokale in Hamburg zu zeigen. Und auch wenn es jetzt wirklich noch viel zu früh war – Poppy hatte in ihrem Kopf schon einen ganzen Plan für die nächsten Monate entworfen. Sie würde ihre Wohnung untervermieten, ihren sicher widerwilligen Kater einpacken und den Winter hier bei Stefano in Italien verbringen. Sie brauchte nur schnelles WLAN, und das war sicher kein Problem. War es nicht wunderbar, dass sie einen Job hatte, bei dem sie von überall auf der Welt aus arbeiten konnte? Stefano drückte Poppy an sich.

Der Anwalt, der Amelies Testament abwickelte und den die drei ebenfalls eingeladen hatten, kam vorbei und begrüßte Stefano herzlich. Poppy verstand so viel, dass auch der Anwalt irgendwie ein entfernter Cousin von Stefano war – wahrscheinlich war er irgendwie mit der ganzen Toskana verwandt. Die beiden ratschten, und Poppy versuchte ihr Bestes, um dem Gespräch zu folgen. Wenn sie in Zukunft öfter hier sein wollte, musste sie ihr Italienisch eindeutig verbessern. Der Anwalt sagte irgendwas davon, dass das Haus verkauft sei. Poppy dachte im ersten Moment, sie hätte sich verhört. Das konnte nicht sein, es waren seit Tagen keine Käufer mehr hier gewesen. Und das durfte auch nicht sein, Poppy war die Bruchbude ans Herz gewachsen.

Als der Anwalt weiter zum Büfett schlenderte, fragte Poppy Stefano in ihrem etwas holprigen Italienisch: »Was hat er gesagt? Das Haus ist verkauft? Habe ich das richtig verstanden?«

Stefano nickte. »Credo che si.«

Poppy versuchte, die Tränen zurückzuhalten. Was war sie nur für eine Freundin, die auf einer Beerdigung wegen eines Hauses und nicht wegen ihrer Freundin weinte? Aber trotzdem.

»Non piangere. Puoi sempre vivere con me«, weine nicht, du kannst immer bei mir wohnen, sagte Stefano und drückte Poppy fest. Poppy nickte, zumindest etwas getröstet.

In diesem Augenblick kam Schröder zu ihnen. In der einen Hand hielt sie ein Glas und in der anderen gleich eine ganze Flasche Weißwein. Sie fand, nach den letzten Wochen hatte sie sich jeden Schluck davon verdient.

»Ist das nicht eine wunderschöne Feier? Amelie hätte das sicher gefallen«, sagte Schröder und bemerkte dann erst, dass mit Poppy etwas nicht stimmte. »Was ist los?«

»Wusstest du, dass das Haus verkauft ist?«, fragte Poppy misstrauisch. »Ich dachte, wir wollten keine Geheimnisse mehr voreinander haben.«

»Unsinn«, sagte Schröder. »Davon wüsste ich. Der Anwalt hat sich nicht bei mir gemeldet, der rennt hier irgendwo rum und futtert sich durchs Büfett. Es war ja auch niemand mehr hier, der sich dafür interessiert hätte. Wer um alles in der Welt sollte diese Bruchbude auch kaufen?«

»Ich ... ich habe die Bruchbude gekauft«, erklang plötzlich Mias Stimme hinter den beiden.

Poppy und Schröder drehten sich überrascht um.

»Das sollte eine Überraschung sein, kein Geheimnis, und es gibt im Moment auch nur einen Vorvertrag.«

»Du bist verrückt geworden! Das wird dich ein Vermögen kosten und eventuell sogar ruinieren«, sagte Schröder.

Mia lachte. »Ich bin nicht verrückt, ganz im Gegenteil. Ich bin absolut klar im Kopf, so klar wie seit ewigen Zeiten nicht mehr. Außerdem habe ich mich in das Haus und in die

Toskana verliebt. Und vielleicht nicht nur in den Ort«, fügte sie hinzu und warf einen Blick auf Adriano, der sich lebhaft mit dem Pfarrer unterhielt. »Ich werde sicher genügend Geld haben, vielleicht nicht für die ganze Renovierung, aber es reicht für das Haus. Paul und ich haben keinen Ehevertrag, und ich werde bei der Scheidung eine großzügige Abfindung bekommen.«

»Scheidung?«, wiederholte Poppy erstaunt.

»Wurde auch allerhöchste Zeit«, sagte Schröder.

»Finde ich auch. Und was die Renovierung betrifft – also, da habe ich an zwei Freundinnen von mir gedacht, die mir helfen könnten. Die eine hat sowieso sehr viel Erfahrung mit Bauen und Gebäuden, und die andere ist absolut pragmatisch und kann unglaublich gut anpacken. Als Gegenleistung habe ich an wunderbare gemeinsame Urlaube hier gedacht ... Platz gibt es ja genügend ... auch für Partner und Kinder und Enkel. Was denkt ihr?« Mia strahlte ihre Freundinnen an.

Schröder seufzte. Diese Bruchbude zu behalten und zu renovieren war der Wahnsinn, aber vielleicht war es ein guter Wahnsinn. Und Poppy hatte natürlich schon wieder Tränen in den Augen, diesmal allerdings vor Freude.

Später, als Adriano, Stefano und alle anderen Gäste längst gegangen waren und die Sonne dabei war, hinter den Hügeln der Toskana zu verschwinden, standen die drei Freundinnen zusammen im Garten. Sie blickten über die Hügel bis zum Horizont, der in Purpur und Orange aufleuchtete. Die über die Landschaft verteilten Zypressen sahen in diesem Licht aus wie Scherenschnitte. Es war wunderschön. Poppy hatte die geöffnete Urne mit Amelies Asche im Arm.

Jede der drei nahm abwechselnd die Urne und streute vorsichtig etwas daraus in die Luft. Die Ascheteilchen schimmerten im Licht der untergehenden Sonne wie Goldstaub.

Mia bemühte sich, nicht allzu tief zu atmen. Nicht auszudenken, wenn sie Teile von Amelie einatmen würde. Das wäre wirklich gruselig. Anscheinend war sie nicht die Einzige, die diesen Gedanken hatte, auch Poppy erschien ihr etwas kurzatmig, was hoffentlich nichts mit ihren Herzrhythmusstörungen zu tun hatte, denn dagegen nahm Poppy ja schon seit ein paar Tagen ihre neuen Tabletten.

»Glaubt ihr, dass Amelie jetzt irgendwo anders ist?«, fragte Poppy und blickte ihre Freundinnen an.

»Ich weiß es nicht«, sagte Mia und blickte zum Himmel, wo schon der Abendstern, die Venus, erschienen war.

»Meint ihr, wir werden sie wiedersehen? Denkt ihr, wir werden uns alle irgendwann wiedersehen?«, fragte Poppy und verstreute die letzte Asche in Richtung der beiden Zypressen, die am höchsten Punkt des Hügels standen.

Schröder zuckte mit den Schultern, und Mia und Poppy erwarteten einen locker-flockigen Spruch von ihr. Oder etwas leicht Zynisches, etwas Ironisches, wie es normalerweise Schröders Art war.

»Ich hoffe es«, sagte Schröder stattdessen. »Wisst ihr, im Universum geht eigentlich nichts verloren. Also gibt es auch dafür eine Chance.« Sie legte ihre Arme um Poppy und Mia, etwas, das die beiden überraschte. Schröder hatte es normalerweise nicht so mit allzu viel Körperkontakt, wenn es dabei nicht gerade um jüngere Männer ging.

Die drei Frauen standen einfach so da, Arm in Arm, bis alle Aschepartikel zur Erde gesunken waren, die Sonne vollkommen untergegangen war und die ersten Sterne am Himmel erschienen.

Mia blickte nach oben.

Dort oben war die Unendlichkeit. Dort oben war vielleicht Gott. Dort oben war vielleicht Amelie. Aber sie und Schröder und Poppy waren hier auf der Erde. Und dafür war sie dankbar. Dafür, dass sie noch hier sein durfte. Dass sie solch wunderbare Freundinnen hatte. Dass das Leben so schmerzhaft und so wundervoll zugleich war.

»Hat jemand Lust auf Spaghetti?«, fragte Poppy schließlich. »Ich würde gern ein neues Rezept für Spaghetti alla Puttanesca an euch ausprobieren. Hat mir Stefano verraten.«

Eigentlich musste sie gar nicht fragen. Die drei gingen zurück in die Küche, und eine halbe Stunde später gab es die wunderbarsten Spaghetti »nach Hurenart«, und auf dem wackeligen Tisch war ein Extrateller für Amelie angerichtet.

Mia blickte auf Amelies leeren Platz neben sich. Unvorstellbar, dass da mal ein Mensch gewesen war. Ein Mensch aus Fleisch und Blut. Mit Gefühlen, Wünschen, Hoffnungen, Träumen. Eine Freundin, die sie geliebt und genervt hatte und ja, die sie am Ende betrogen hatte. Aber das war jetzt auch mehr als egal, dachte Mia und nahm sich noch einen Nachschlag.

Keine Spaghetti waren schließlich auch keine Lösung, wie Mia mittlerweile wusste. Und noch eines wusste sie jetzt ganz genau: Solange sie ihre Freundinnen hatte, würde nichts und niemand sie wirklich aus der Bahn werfen.

Mia blickte Schröder und Poppy an, stand auf und erhob ihr Glas. »Auf Amelie«, sagte sie.

»Auf Amelie und auf uns«, sagte Schröder und stand ebenfalls auf.

»Auf Amelie und auf unsere Freundschaft«, sagte Poppy.

Die drei standen da – verletzlich und unbesiegbar, mutig und ängstlich, wunderbar und verwundet, etwas älter und etwas weiser, im Herzen manchmal immer noch fünfzehn, aber egal, was war und was kommen würde, sie waren Freundinnen für den Rest des Lebens.

Was könnte wunderbarer sein?

ENDE